朱门深庭斗芳华

风尘孽妃

童颜—著

北京联合出版公司
Beijing United Publishing Co.,Ltd.

目 录

第一章

风波恶，自古人间行路难

送走了张芳华，苏浅月坐在床榻上呆呆出神。素凌端了汤药进来："小姐，喝药吧。"

苏浅月看一眼素凌，忽而笑了："素凌，你有没有想过，这汤药也有问题？"

素凌一怔："小姐，你开玩笑了。"嘴里如此说，心中亦是一惊：小姐是什么意思？防人之心不可无，只是凡事都怀疑，还如何在王府待下去？

苏浅月清浅一笑："我和你开玩笑的，如何吓成这样。快端来我喝。"

素凌这才把药碗端给苏浅月："小姐，小心总是好的。只是处处怀疑，日子就没办法过了。"

"说的是。"

"潘大夫既然能成为王府的大夫，除了医术高明，肯定是得到王府众人信任的了，不然不会长久。小姐昨晚那样严重，经他救治好了许多，可见他并非浪得虚名。小姐，你觉得呢？"素凌又小心道。

苏浅月把药喝下去，将碗递给素凌道："说的是。"

侧太妃意味深长的话犹在耳边，既然说潘大夫医术高明可以放心，为何又要提出暗中另请一个大夫来瞧？仅仅希望她快些好吗？不排除侧太妃有这一层意思，但更深的含义耐人寻味，苏浅月焉能不想？自然素凌的话亦有道理，倘若时时处处都疑神疑鬼，这日子确实没法过了。

一碗汤药喝下去，苏浅月明明知晓是为她治病的，却如鲠在喉，仿佛那些汤药就在喉咙里堆积，她不晓得是吐出来还是咽下去：万一……这药有毒呢？

素凌拿来清水为她漱口。一切完毕了，苏浅月再也忍不住心里的腻味，对素凌挥手道："你下去吧，我歇息一会儿，不许旁人再来打扰。"

素凌迟疑地看了苏浅月一眼："小姐好好歇息。我去给你煮一碗白粥，弄几个清淡小菜。"

"好。"

苏浅月一面说着身子已经躺下去，她担心多动一下就会有东西从喉间冲出来。素凌忙将棉被为苏浅月盖好。眼见苏浅月紧紧闭了双眼，她才慢慢退了出去。

挑帘出去，正好迎上了翠屏，素凌忙小声对翠屏道："小姐喝了药刚睡下。你守着门不要叫人进去打扰，我去给小姐做一些吃食。"

翠屏点头："好。"

这一觉，苏浅月睡了好长时间，睁开眼睛感觉到头脑清明，情知自己好了许多，顿时心情大好："素凌！"

素凌正在一旁静静地做着针线活儿，抬头见苏浅月正慢慢从床上坐起来，忙扔了针线过去搀扶："小姐，这一觉好睡，感觉如何？"

苏浅月微笑着，用手指抚了一下素凌的额头："大好了。"

素凌抚了抚胸口，长长吐口气："这我就放心了。"

"怎么，怕你给我吃的是毒药，我这一睡再也醒不过来吗？"

"小姐，不可以这样说话，小姐是长命百岁的。只是许多事情说不清楚。红莲与蓝夫人就如同我与小姐，蓝夫人是喝了红莲的安胎汤药流产的，这怎么说？倘若小姐有个好歹，小姐不怀疑我，旁人又会怎样呢？"素凌确实担心那汤药的作用适得其反。

突然提到蓝彩霞，苏浅月不觉怅然。那些错综复杂的事，如何评判？看一眼素凌，勉强微笑道："有人假借你的手来害我？那样的事情永远不会发生，你说呢？"

"不会不会，我不过是担心那汤药不管用，打个比方罢了。"这样的话题太叫人沉重，素凌不想在苏浅月刚刚好转就说些不愉快的，忙转换了话题，"小姐，粥熬好了。我去给小姐盛一碗来。"

苏浅月摇头笑道："我睡了这么久，只怕你熬好的粥都冷了呢。刚刚睡醒，待一会儿再吃吧。"

苏浅月的话音还没有落地，翠屏就急急忙忙走进来。她是听到了里面的说话声走进来的，一眼见苏浅月面带笑容，心下大安，不觉喜悦道："夫人！"

苏浅月抬头，已经知晓翠屏一脸轻松的意思了，问道："我睡了这么久，可有什么事情？"

"有太妃差遣过来给夫人问安的丫鬟，还有几个庶夫人亲自过来问安，都给奴婢拦下了。管家王良声称有要事回禀夫人，奴婢让他在外边等候着。"

王良？苏浅月忙道："让他进来回话。"说着下了床榻，扶着素凌的手走向外间的中堂，丝毫不顾身体的虚弱。

"是，夫人。"翠屏眼见苏浅月如此重视，忙转身去了。

素凌轻轻道："小姐，你吃点儿东西再见王良吧，再重要的事情亦不急在这一时。"

苏浅月晓得素凌是担心王良坏了她的情绪，道："无妨。"

王良匆匆走进中堂，见苏浅月端坐在椅子上，忙跪下道："见过梅夫人。奴才晓得夫人身有微恙本不该此时来的，只是夫人要奴才打听的事情，奴才觉得重要，既然打听清楚了，还是快些回禀夫人知晓的好。"

苏浅月令他起来，问道："情形如何？"

"回禀梅夫人，潘大夫祖籍周延县，祖上三代行医，到他这一代医术颇高，有些名气了，这才移居紫帝城。他原是贾夫人的表哥。对了，太妃亦很信任潘大夫，贾夫人就是潘大夫在太妃面前保媒迎娶的。"

原来如此。

苏浅月点点头嘱咐道："此事是我一人要知道的，和旁人无关，出去之后不必多言。"

王良躬身答道："奴才明白。"

苏浅月令翠屏取了一些散碎银子过来赏给王良："辛苦你了。"

王良急忙跪下谢赏："多谢夫人赏赐。"

王良出去了，苏浅月怔怔出神，许久对身边的素凌、翠屏道："有关我得知潘大夫底细的事不要说出去，否则我会严厉责罚。"

"是，夫人。"翠屏急忙施礼道。

苏浅月咳嗽一声，出神的素凌一下子被唤醒，急忙道："小姐，这下子饿了吧，进去用些食物。"

"好。"

苏浅月方才是着急了，顾不得身体虚弱，此时起身只觉得脚下虚浮无力。素凌和翠屏忙扶着苏浅月入内，服侍她用讨饭菜。

苏浅月本来是心下微安，却又因为王良的话多了一重顾虑。看起来王府中的人独独她一个没有根基，她是最孤立无援的那一个。倘若她真的出了事故，可有人为她做主？

萧天逸是她名义上的哥哥，并非亲哥哥，就算王府中许多人把萧天逸当成她的靠山，然而萧天逸终究不过是一介平民，谁会畏惧？再者萧天逸的身份不明，苏浅月已经晓得他的仆人进王府又进皇宫了，如何不忧心忡忡、担惊受怕？

一重重的忧虑驻在心里，层层叠叠，苏浅月靠在锦被上只觉得窒息。暖阁里静悄悄的，唯有炭火偶尔"噼啪"一声，好似惊雷爆响。不想被惊扰，苏浅月只留素凌一人在身边，素凌亦不敢有大的响声，走路轻巧如狸猫一般，一切收拾完毕，复又坐下做针线。

在素凌偷偷抬头望向她的时候，苏浅月再也忍不住了："素凌，该怎么办？"

素凌茫然道："小姐，什么怎么办？"

"萧义兄的仆人入王府又入皇宫的事就够我们头痛忧愁了，眼下又加了我醉酒中毒的事，这叫什么？"苏浅月原本苍白的脸色更因为添了忧愁而惨白发青。

素凌放下手里的针线，移到床边，抓了苏浅月的一只手恳求道："小姐，能不能不要想这么多，只顾把身体养好了再说？"

苏浅月不觉苦笑："我能不想吗？就说眼前，方才王良的话，你明白吗？一个小小的大夫亦是与王府有着千丝万缕的关系，我们身处王府，如何做到平安随顺？更有倘若我们遭遇不测，谁来保护我们？"

素凌张口结舌，许久才道："小姐，我们不是还有萧公子可以依靠吗？你这一次中毒，也快好了，就不要多想了。王府中平时还有张夫人和小姐交好，侧太妃对小姐青眼有加，关怀备至，她还许诺今晚为小姐寻大夫来的。"

苏浅月又是苦笑，是她饮酒中毒一事太过蹊跷，侧太妃亦有怀疑罢了。为她暗中寻大夫过来是关怀，她自然知晓，只是又有谁知晓侧太妃没有另外的意思？

方才王良说潘大夫是太妃信任的人，太妃和侧太妃之间的过节苏浅月清清楚楚。如此，侧太妃是对太妃有怀疑？或者是她对潘大夫有异议？不排除侧太妃的杯弓蛇影，不排除太妃真的暗做手脚。总之，需要苏浅月自己去澄清事实。

素凌的话，倒让她把所有的思绪凝聚到饮酒中毒这一宗事情上来，想着等侧太妃请的大夫来了，一定要把想问的都问明白。

"眼下，旁的事情都不要说了，我就等着今晚侧太妃安排的大夫来，定要问清楚我为什么会喝酒中毒！"苏浅月语气铿锵。

夜间，深邃的碧空星河灿烂，一枚弯月静悄悄悬挂在半空中，冷冽的清晖洒在地面上。一切景象影影绰绰，带着虚幻的朦胧。素凌静悄悄打开院子的后角门，一只手扶着门扇对外观望，候在暗处的翠屏带了一个中年男子出现在素凌的视线里。谁都没有提着灯笼，却都晓得彼此的意思。

素凌让开，翠屏带了男子闪身而入，素凌急忙将角门锁上。

暖阁里的苏浅月只一人静静等候，心中忐忑不安。她更愿意相信自己是真正的饮酒过量中毒，亦愿意把这个答案用来回复侧太妃，彻底消除她和侧太妃的猜测怀疑。

灯烛明亮，一点点轻轻摇动，苏浅月的身影烙印在白墙上，夸张地变大以至不真实，她却一无所知，只怔怔等候，希望快些得到答案，不论结果如何，她只要答案。

素凌带了翠屏和大夫走进来，苏浅月才踏实地松了口气。其实素凌离开的时间不长，她却恍惚如隔了另一段时光般的不同。

"小人叩见梅夫人。"那大夫见苏浅月端坐在床榻之上，慌忙跪下行礼。

"免礼。有劳大夫了。"苏浅月抬手请大夫起身。

"多谢夫人。"

大夫起身，苏浅月才看清他是一个四十多岁的男子，面容略见苍老，微微驼背，更显得持重诚实。

"小姐，你的状况我在路上已经与大夫略略说了一下，我们不要耽搁太久。"素凌说着将一只垫枕垫在苏浅月的手臂下，又把一块锦帕覆盖在苏浅月的手腕上，这才转而对大夫道："有劳大夫了，请。"

大夫又拱手施礼后，才小心地把手指搭在苏浅月蒙着锦帕的手腕上。苏浅月尽力令自己处于平静的正常状态，调匀呼吸，希望她真正的身体特征能通过手腕的脉搏传递出来，被眼前的大夫准确捕捉，亦希望这位大夫医术高明，能通过这一切得知她的真实状况。

眼见大夫定了精神，用心把握苏浅月的脉息，一旁的翠屏和素凌连呼吸都竭力放轻放缓，生怕呼吸带来的波动影响了大夫把脉。

房间里静静的，仿佛时间都不存在。不知过了多久，大夫为苏浅月把完了脉，轻轻移去了手指。

"大夫，如何？"素凌的问话几乎和大夫手指离去是同一个时刻。

"夫人的症状确实是风寒侵入体内所致，至于其他……"大夫沉吟着，素凌已经将苏浅月手腕上的锦帕取走，顺便将苏浅月衣袖褪掉一截，裸露出苏浅月手臂上的红斑，问道："还有这些，到底是由何引起？"

苏浅月胳膊上高高肿起的红斑，因为抹了药膏的缘故，已经不似最初的刺眼吓人，色泽也浅了许多。大夫俯下身去细细查看，待抬起头来后，已经胸有成竹了。

"夫人手臂上的红斑，确实是过敏所致，严格说就是中毒，不过已经消减不少，无妨了，继续用药就好。"

"中毒？"当真如此！苏浅月打了一个寒噤。自小她无论饮酒还是吃东西从来没有过中毒的，这一次……不消说了，明摆着是她食用过的某一物出现问题。

"我家小姐从来没有过饮酒中毒的，何来饮酒中毒？是真的饮酒过敏中毒？"素凌的一双眼睛瞪圆了，她确定是有人在暗害苏浅月。

大夫微微一笑，看着素凌道："我并没有说是饮酒中毒的呀！"

"什么？你是什么意思？"素凌的声音急促锐利，仿佛有金属的硬质。

"饮酒过量是可以导致人过敏中毒，却不是令所有人都过敏中毒的。有此症状的人是自身体质的因素，喝多了抵抗不住所致。夫人若平日没有过此种状况，就不能断定是饮酒过敏所致。其他的食物，亦是有能令人身体过敏的，比如海鲜类的食物，各人体质不同罢了，但不知夫人食用的，都有什么？"大夫将目光转向苏浅月。

苏浅月怔了，晚宴中她食用过什么，浑浑噩噩中早已经不记得。酒食上她都没有忌口的东西，亦从来没有过因为误食了什么而导致身体不适，凡是人能食用的东西她都没有忌讳，在这点上，她就好像贫穷人家的孩子，丝毫不计较。突然说正常食用食物亦能叫人身体中毒，她无法接受。

摇摇头，她目光呆滞地看看大夫。

大夫看着苏浅月，道："倘若能把夫人食用过的食物样品都拿来检验，说不定能找出令夫人有此症状的东西来。"

苏浅月摇头。晚宴上的食物她是拿不来的，即便是拿得来，又怎么能和她吃下去的完全一样？都不用再说了，她如此就是给人暗中做了手脚所致。

"都拿不来了。我想知道，你能否从我的症状中，判定出到底是什么令我成了这样吗？"明明知道不能，苏浅月还是问出了口。

"不能。"大夫很果断地回答，"各人的体质不同，对食物的抗拒不同，并非是旁人食用无事的东西自己就能食用了无事的，难以判断。"

悲伤、屈辱、难过……种种情绪在苏浅月胸中交织、澎湃，激得她呼吸困难。大夫的话纵然笼统缺乏细致，她却都明白了。

——她，最终是被人伤害了。

"素凌，把我用的药材和药膏都拿来，给大夫看。"苏浅月憋了气，声音异常凝滞。

"是，小姐。"素凌答应一声，急忙将按照潘大夫药方上抓来的药材都拿来，又把药膏盒子拿来，对大夫道："都在这里了。"

大夫弯了腰，一样样仔细地将那些药材拿到眼前观瞧，偶尔用手指掰下一小块儿放在口中品尝，最后才拧开药膏盒子的盖子看药膏。他看后又用力闻嗅，待他用手指挑起一点儿放在眼前鼻端努力检验时，突然眉头皱了一下。苏浅月分明看得清楚，心紧紧跟着急跳一下，心说难道这药膏还有问题？

她紧紧地盯着大夫，却见大夫将药膏盒子重新盖上。

"如何？"素凌又是迫不及待地询问。

"药材是对症的，这涂抹的药膏……按照常理亦是对的，只是……"

大夫游移的神态令苏浅月焦急，她脱口道："无论如何，请你据实言明。"

大夫犹豫一下，还是言道："回夫人，此药膏原本无误，只是小人怀疑其中有红花。红花虽是良药，但如此通过皮肤进入经脉，于夫人来说不大好。夫人学识渊博，定然明白红花的功效作用和不适宜用它的道理。"

苏浅月当然知晓红花是什么，只是不晓得潘大夫有意还是无意？或许是考虑不够周全？她怔了怔，道："倘若你有适合我用的药膏，我就不用这个了。"

大夫忙道："倘若夫人信得过小人，小人定会为夫人寻到适合的。"

苏浅月点头："好，我信你。"转而又道，"你到我院子里除了我信任的人外无人晓得。倘若有人晓得，问你我的症状，你就言说是我自己饮酒中毒好了。"

大夫忙道："是，小人明白。"

苏浅月对翠屏道："听明白我的话了吗？回去禀告侧太妃时，就说我是自己饮酒中毒吧，不要令她老人家为我忧心，明白吗？"

翠屏忙施礼道："奴婢明白。"

苏浅月都交代清楚了，才对素凌吩咐："去取银子来，多多酬谢大夫。"

"是，小姐。"素凌口里答应着，却怔怔呆立不动。

苏浅月看着素凌，情知她内心的激烈争斗，咳嗽示意，素凌还是没动，苏浅月沉下脸来："素凌！"

"啊？"苏浅月发怒的声音惊醒了素凌，她抬头一望，顿时明白，忙道，"哦哦。"说完急速地转身。

待到素凌打理好一切回来，看到苏浅月怔怔发呆。

"小姐……"素凌几乎哭出声来，"我宁愿小姐是自身原因出现这种状况，亦不愿意接受小姐是被人暗害。"这一次是过去了，没事了，下一次呢？她已经不相信没有下一次了，如此，王府里的日子还怎么过？

"我又何尝不是这样想。这一次逃过去了，下一次呢？连暗中害我们的人是谁都不晓得，又毫无线索可查，明枪易躲，暗箭难防的，今后……"苏浅月将茫然的目光投向素凌，"假如我被人害死了，不仅仅是死得冤枉，更多的是屈辱。"

"小姐，我们找出害小姐的人来交给王爷，王爷定会给我们做主的。眼下小姐还是皇封的梅夫人，这一重身份亦是显赫，小姐更不能坐以待毙，任凭奸逆小人横行霸道地施虐。"素凌锐声道。

"我知道。原本想着与所有人和平共处的，看来是我想错了，我的心思不是旁人的愿望，我亦不会做软面给人捏了。只是眼下，我们并没有真凭实据，即便心知肚明，亦得吃了这个亏。"苏浅月说着已转为平静。

她明白，任何时候，冲动和发怒都不是解决问题的办法，她需要冷静谨慎。

"小姐，你不是在端阳院中毒的吗？去找太妃说明理论。"

"找太妃理论？你的依据呢？"苏浅月不觉失笑，"你是指控太妃还是请太妃为我做主？参与宴会的人皆有可能是做手脚的人，人多手杂，怀疑不等于事实，再者……你怀疑谁又指控谁？"

"大夫说了不是小姐的身体问题，那就肯定是小姐吃了什么东西才成了这样，我们就这样算了不成？还有……还有小姐用的药膏里有红花。"素凌争辩道。

"这又如何？晚宴的酒菜食物是大家一起用的，别人都没事，独独我有事？即便是真有人在我食用的酒菜里做了手脚，想要找出做了手脚的酒菜，只能是为我剖腹，除此之外再无办法。素凌，想要得知实情，需要我们伪装细查。狐狸是有尾巴的，来日方长。"

素凌似懂非懂，最终无言地点点头。

一时，谁都不再说话。

静夜里，有木炭在火炉里"哔啵"的清脆声，给房间带来漫漫暖意，融融的舒适。苏浅月凝望微微闪烁的烛光，看烛光氤氲成一个半透明的光团，里面似乎藏着什么，又似乎是什么都没有的空灵，总之是懵懂混浊，什么都看不透。

她无法想象晚宴上的那个人是怀着怎样的阴毒心态将药物投放在她的酒菜食物里，神不知鬼不觉的，又看着她无知无觉地吃下去，到底是怎样的一种快意？那人是想将她置于死地还是只做到这个程度给她示威警告？倘若是想将她置于死地的话，她没有死，那人肯定失望；

给她警告的话，目的算是达到了。

苏浅月心中一片惨然凄凉，悲伤道："素凌，今晚大夫的话你就当没有听到过，王爷回来问起，你就说是我自身的原因造成的。"

素凌一副迷茫疑惑的神色，抬头道："小姐，我在想如何与王爷说明白请王爷做主的，为何你又做此说法？你总是委屈着自己，旁人还道你软弱好欺，我不能答应，定要让王爷知晓，免得再有坏人来害小姐。"

"不不，素凌你错了。"苏浅月急道，"你以为告知了王爷就能解决问题吗？事情已经过去了，我们又连对方的蛛丝马迹都没有，除了让王爷在府中掀起旁人对我更深重的恨意之外，没有丝毫作用。不如我们装作不知晓，静待奸人露出马脚后，再做处理。"

素凌沉思了一下，点头道："小姐有了计划就好，我听小姐的。"

如此隔了几日，苏浅月的身体状况有了好转，暗中用了另一种消肿的药膏后，四肢上的红斑隐约不见了，才去端阳院给太妃请安。不料出去一遭又受了风寒，浑身发烫酸痛，苏浅月再次病倒在床上。

素凌焦急地对翠屏道："小姐又病了，如何是好？"

翠屏亦是焦急："府中用的大夫，数潘大夫的医术最高，还是请他来为夫人诊治。我找人去请潘大夫吧。"

素凌同意："好，你安排。"

潘大夫到底不枉了别人对他的好评价，几剂草药下去，苏浅月的身体虽不能与之前相比，亦差不多了，素凌总算又放心下来，对苏浅月苦笑着："小姐，短短一段日子你都病了两次，把日后的病都提前生了。"

苏浅月一叹："倘若真的如此，便是好事了。"

翠屏匆匆忙忙走进来，喜悦道："夫人，听说王爷回来了，上朝堂复命去了。"

容瑾回来了？

苏浅月怔怔地不知是喜是悲，容瑾不在的日子，于她而言没有一日是舒心自在的。今日得知的是能见到他的消息，苏浅月想象着他的面容，竟然有些模糊。

"小姐，王爷要回来了。"素凌的声音却是满满的喜悦，"王爷外出的日子，肯定惦记小姐。"

"素凌，休要胡说。"苏浅月不觉中脸上晕染了淡淡的红霞。

容瑾，容瑾，他在想念她吗？毋庸置疑，肯定。而她，因为心思的复杂，将他抛在一个远远的地方只做了一个装饰，仿佛那只是一个人的名字而非是她最亲近的夫君，今日骤然得知要近距离地面对面了，她的心怦然而动，有喜悦亦有疏离，想见又不想见。

她的心，到底是承载了更多，复杂矛盾了。

素凌很清楚地知道，不管苏浅月的心思如何，要在王府荣光平安地生存下去，还得靠王爷，因此需要她把苏浅月想不到的方面都打理齐全了。

看一眼苏浅月晕红的脸，素凌打趣道："许多日子不见王爷，小姐是不是思念王爷了呢，还不敢承认，脸都红了。"

苏浅月佯怒："还要胡说吗？"

素凌笑道："不敢。我还有事要忙，小姐歇会儿吧。"她意味深长地看一眼苏浅月，拉了翠屏的手离开。

苏浅月激动又忐忑，容瑾要回来了，又能见到他了。他对她，算得上一腔柔情吧？丝毫不介怀她舞姬的身份，在那种艰难情形之下，刻意做了周全安排，只为能与她长相厮守。其实，王府中众多女子，他不可能做到一心一意对待她的，然而他尽心尽力，实在是难能可贵了，于她，应该是一种满足。而她的心，总是上下左右地恍惚着，太多的内容装载着，不能尽力。她晓得自己不够纯粹，十分无奈。

"小姐，是不是准备晚饭饮食，王爷回转，肯定会来看望小姐的。"

低了头心思纷乱的苏浅月骤然闻得人声吓了一跳，抬头见是素凌的笑脸，不悦道："素凌，你一贯聪明伶俐的，如何这一次如此莽撞？王爷回府自有规矩，定是先到王妃的院子里，我即便得到皇封，亦是多余的那一个，王爷心中更是明白，他怎能不顾全大局？"

素凌回转身体向后看了看，看到无人，低声道："小姐，我明白。只是，我们需要装成最为迫切盼望王爷回来的样子，即便王爷对小姐只是平常，我们都要装作王爷是最重视在意我们的样子。跟了小姐多年，不能不处处为小姐着想周全。在王府中，我们唯一能依靠的人除了王爷还有谁？因此万事以他为上，就算心不是全的，行事上也一定要做得周全。小姐，定要让王爷晓得你是全心全意只想着他，是他辜负你的心意亏欠你，然后他才能更好地善待你。"

素凌对她有此心意，意料之中又意料之外，苏浅月感动道："素凌，你将聪明全用在了我身上，当真是谢谢你了。"

素凌正色道："小姐，当初倘若不是你为救我性命又如何能沦落到落红坊受那么多的辛苦？小姐的恩情素凌一生一世都报答不清。再者，倘若小姐在王府过得不好，素凌又如何有体面的好日子过？就算为我自己，亦是要给小姐做打算的。"

后面的话，倒是素凌的明智，苏浅月一叹："往昔亦是我的命运，不能全怪你。好了，照你的意思收拾安排去吧。"

素凌慎重施礼道："是，小姐。"

她和她，极少有如此严肃的场面，苏浅月看着素凌坚定的背影，又是怔怔出神，素凌到底能猜准容瑾多少心思？

还真是没有出乎素凌的预料，虽则是晚上，但容瑾到来的应该是正常中最早的时刻。

"奴婢迎候王爷。王爷安好。"

苏浅月定定坐在床沿茫然期盼的时候，容瑾仿佛是突然而至，横空出现在暖阁里，慌得几个丫鬟急急跪下大礼恭迎，礼毕又适时悄然退去。

苏浅月在容瑾踏入的瞬间早已经看到，此时佯作听到人声才骤然看到的样子，那般惊喜异常，一张脸因为激动而灿若桃花："王爷。"她软弱着硬生生立时站起，身子不稳微微晃动一下。

"月儿。"容瑾抢上一步扶住苏浅月，"你身体不好，不宜如此猛然起坐。"

"王爷，你终于回来了。"苏浅月仰着头，明亮灯烛下她眼里闪着泪光，星眸上下左右检验完容瑾的全身，又把目光定在他的容颜之上，心的深情完全融汇在目光里，"你终于回来了。"她又补充一句，声音有微微的颤抖。

"是，是，本王回来了。"容瑾的声音里亦是满满的激动，男儿的英雄豪气在他身上消失不见，完全是浑然忘我，唯有眼前的女子是他唯一珍宝，他的心怦然而动，不觉伸出手去抚上苏浅月的面颊，"月儿，多日不见，你竟然瘦了许多，好叫人心痛。"

苏浅月感觉到容瑾的手微微颤抖，一点点将脸埋在他的胸前："王爷，你走了好久……好久。"

容瑾伸出手臂紧紧拥抱着苏浅月："不论本王走多久，没有一刻不在想念着你，今日回转，最期待见到的人亦是你。月儿，你可知晓，那些必须要做的应酬在本王看来都是烦琐又无用，只是本王不得不去顾全大局，唯有将不重要的应付完毕，才能全心全意与你一起，月儿，与你一起是本王最向往的美好，更愿意此刻就是永远……拥你入怀，天长地久。"

一只耳朵听他的声音，一只耳朵感受他胸腔的共鸣，苏浅月晓得他是全心全意，没有丝毫谎言敷衍，他的情是真的，心是真的，恍惚中，苏浅月还是感动的，为她心存的虚伪有一丝惭愧。

"月儿期待王爷，愿意与王爷在一起。"

"这就好。愿得一人心，白首不相离。本王愿意将自己的心完全交付于你，希望你也如此。"

"我更愿意，更愿意。"苏浅月明显感觉到自己的颤抖，心的无力。

愿得一人心，白首不相离！这何尝不是她的心愿？只是滚滚红尘，心意相合的人哪里寻找？她意欲相许的人不复存在，独留一颗残缺的心。容瑾是迄今为止为她付出最多的男子，亦是待她最好的男子，只是他的心四分五裂，不是她想要的专情专一，府中那样多的女子瓜分他，谁又能说清楚日后还有多少女子来瓜分他？

她更愿意的，是独有她和他在一起，不受任何限制，没有任何羁绊，哪怕生活困顿窘迫，亦是单纯的完美，她想要。然而，容瑾永远做不到，他是大卫国的睿靖王爷，受制于赫赫身份，世态牵绊，他注定不是她的唯一，更有事实上她的多余，注定是她的遗憾。

"月儿，不管本王名义上有多少女子在身边，本王的心是你一个人的。"容瑾情动之中，丝毫没有察觉到苏浅月的异样，完全以为她的"愿意"是与他心意相通的。

苏浅月顿觉有割裂般的疼痛，他最终还是言明了他的心迹，哪怕情非得已，亦是实情存在的不可更改，与她真正的"愿得一人心，白首不相离"大相径庭。如此一来，苏浅月完全清醒。

她挣扎着从他的怀抱里抬头，仰望着他："王爷，你一路辛劳，月儿都忘记了你的劳累，快坐下歇息吧。"牵了他的手，强自拉他同她一起坐下，微笑道，"王爷，众位姐妹都盼着王爷回来，眼下众人的心都踏实了。"

容瑾轻抚她的额，笑道："本王只需要你的心踏实就好。"

苏浅月盈盈一笑："月儿在见到王爷的那一刻就踏实了。对了，不晓得你是不是用过晚饭，月儿是否多余，只是听闻了王爷回来，急急命人备下饭菜，虽不能合王爷的胃口，亦是月儿的心意，王爷可否愿意与月儿一起用饭？"她的眼神里，是殷殷期待。

一向威严端稳的容瑾，脸上露出绝少有的满足微笑："本王各处都应付一口，又怎么会真正吃饱？一门心思惦记着你呢。对了，方才忘情都忘了你的身体不适。"他的眼神立刻紧张起来，满满的关切溢于言表，"月儿，你怎么会中了酒毒，让你受苦了，如今可真的好些？本王回府偶尔听到之后就急得了不得，却不得不按捺着心神各处应付，你可晓得本王的心多痛？到了你这里，乍然之下惊喜，又忘怀了此事，快告诉本王，你可好？"

苏浅月轻轻拍拍手，婉转一笑："你看月儿不是全好了吗？"

容瑾细细端详了苏浅月一遍，终于放心道："这就好。对了，你看本王糊涂，又忘记了你在等着本王，定然心焦，还没有用饭不是？"

苏浅月微微摇头，眼神里有了幽怨："当然，听说了王爷回转，月儿的心哪里安定得下来用饭？只想快一些见到王爷。"

其实，她是用过了的，素凌悄声为她准备，防备容瑾来得太晚饿了她。

容瑾摇头一叹："本王又何尝不是，每一处都不想多有一丝一毫的停留，匆匆而过后就想把其余的时间都拿来和你相处，都是见到你就心愿得偿的急切。月儿，辛苦你等候这么久，本王竟然还让你饿着肚子。翠屏——"容瑾说着，冲着外间一声呼唤。

翠屏匆匆而出，施礼道："王爷。"

"准备开饭。"

"已经备好，请王爷夫人用饭。"翠屏恭敬回道。

容瑾扭头对苏浅月一笑，牵了她的手起身。

饭毕，容瑾与苏浅月返回暖阁，却没有丝毫要离开的意思，苏浅月不安道："王爷，王妃定在等候王爷，已经这般时候了，你快过去吧，免得王妃焦急。"

"不过去了。"

苏浅月吃惊："这不合规矩的，王爷不可以如此。"

容瑾无所谓："她有什么焦急？本王已经与她说明白了，你得到皇封原本是一大喜事，本王连一个庆贺的宴会都不能陪你。令你身体抱恙，是本王有失夫君的职责，今晚就当赔礼，宿在你这里了。"

容瑾的话没有漏洞，苏浅月却觉得哪里不对，仿佛暗中有一双若有若无的眼睛监视她，极其不舒服，待要找寻，又毫无痕迹。她不停地摇头："不可以。"

"王妃作为王府内院的执掌，该公道明白，你宴会中毒她没有安排不周到的责任吗？本王来陪一陪你她还要饶舌？放心，本王同她相处许久，知她性情，算得上深明大义，你放心好了。"容瑾解释着。

"可是，王爷，论说这个，蓝姐姐小产后身体一直虚弱，她也为失去骨肉难过，你应该陪陪她好好安慰她的。"苏浅月小心道。

"日后本王会补偿她的。你不必为旁人忧心。"

苏浅月眼见容瑾的脸色沉了下去，晓得自己不仅仅是饶舌令人烦躁，而且是捅了容瑾的伤处——蓝彩霞的孩子本就是他的孩子，他如何不心疼。记得他还说过，每次见到蓝彩霞的忧怀难过他亦伤感，以至于不愿意去见蓝彩霞了。

"王爷自是安排得妥帖，是月儿饶舌了。你一路风尘，自是劳累，早些歇息为好。"苏浅月温婉一笑，极其贤惠的样子。

"你身体虚弱，亦需要多歇息的。出了这么大的事情，都是你独立支撑，实在是难为你。月儿，明日本王上朝，顺便请一个御医来为你调理身体。"容瑾用宠溺的眼神看着苏浅月。

"有王爷的关怀体贴，月儿都好了。今晚王爷辛劳，改日你来的时候，月儿为你抚琴或者舞蹈。"说着，苏浅月款款上前，仰头看着容瑾。

容瑾的手臂突然抬起又收回，紧紧将苏浅月卷入怀中。

次日，苏浅月睁开眼睛，感觉幽幽的男子气息还在鼻端萦绕，只是身边无人，探手过去，他躺过的地方似乎还残留他的体温，脑海里不觉浮现昨晚的缠绵旖旎，恍然一丝虚假，但她明白是真实存在过的，不知为何只隔了这一点点时间就恍然不似她的所为，是不留恋还是不在意？他是她的夫君，与他一起温存应该是她的甜蜜，她不仅仅没有那种贴切的感觉还有一丝失落和隐隐担忧，到底为了什么？

"小姐，早安。"正轻轻整理房间的素凌发现苏浅月醒过来，又看到她怔怔出神，开口笑了："是不是想到了王爷的多情，偷着乐呢。"

苏浅月瞪素凌一眼："愈发口无遮拦地胡说了。"

素凌毫不在意地来到苏浅月身边，笑嘻嘻道："王爷对小姐情意深厚，此乃素凌最在意的。王爷回来的第一个晚上就留宿在小姐这里，我很开心。"

苏浅月一面慢慢坐起来，一面说道："素凌，事情并非你想象的那样，我宁愿他昨晚不是在我这里。你可晓得，那么多女子的眼睛盯着他，他却在我这里，不是将旁人的怨恨嫉妒都给引过来了吗？咱们本就是众矢之的了。"

素凌拍拍脑袋："小姐说的是了，我没有想到这一层。不过，有王爷的宠爱罩着，旁人不敢轻易再针对小姐做什么了吧，还有小姐已经得了皇封，这亦是一重荣耀的身份，到底是对小姐多了一重保护。"

"还说，如果不是这个那个，我何至于给人在宴席上下毒。"苏浅月的声音里透出落寞。

素凌一面服侍苏浅月穿衣一面轻轻道："小姐的话不无道理，只要有王爷的宠爱，众人总是嫉妒的。"

苏浅月的目光里有深深的担忧："入府的那一刻就是别人的眼中

钉了，我原本就不该进入王府的。"

那些事，就不该去想，苏浅月却不得不去想，亦只有时时想一想才能多一份小心谨慎。

素凌一看好端端又引得苏浅月不开心，忙转移话题道："小姐，你知道王爷为你做了什么吗？"

苏浅月摇头："他刚刚回府，能做什么？"

话音刚刚落地，翠屏兴冲冲挑帘进来，见苏浅月已经穿戴完毕，施礼道："夫人，王妃差人送来的一些用具，奴婢搁在外间了，夫人看看喜欢哪一种就留下来常用，其余的暂时收入仓库吧。"

苏浅月疑惑道："用具？"

她住在这里很久了，生活上会有什么用具是短缺的，何以容瑾一回府，王妃就急匆匆送来？疑惑中，已经迈步向外走去。等到她看到地上的杯盘碗盏，心中顿时明了。

这些杯盘碗盏都是银器，用之可以试毒。

望着眼前明晃晃一片，苏浅月胸中激荡着一股热流，定是容瑾安排，王妃只不过是遵照命令罢了。她在宴会中中毒，即便只是一个偶然，容瑾亦怕了，要她日日用茶用饭都是银器，防止她遭小人之手食物中毒。他的心意，在这一片纯净中展露得淋漓尽致。

其实，苏浅月很清楚，众人绝不会说出其中有任何怀疑，她亦不把怀疑说与容瑾，只说是她自身的原因，容瑾因何会想到这一层？无论怎样，他是在意她的。

"昨已成伤意难平，携来皓月做鉴定。不言君情有多深，一地辉光画心痕。"

苏浅月转身道："一会儿我亲自到明霞院拜谢王妃。"

素凌急忙道："小姐，你的身体刚刚有起色，外边严寒过甚……"

苏浅月抬手制止："扶我进去重新梳妆。"

翠屏递给素凌一个眼色,两人扶了苏浅月回转暖阁。

王妃坐在妆镜前,亲手将一只赤金凤凰点翠含珠发簪插在巍峨的发髻上,之后用手轻轻抚了抚鬓发,唇角露出一丝不易察觉的轻蔑笑意。

身边,是她从亲王府带来的贴身丫鬟彩珠、彩衣,恭恭敬敬地站立一旁服侍,看到王妃梳妆完毕,彩珠将手里的首饰盒盖好放下,道:"郡主,一大早就遣人将银器用具送去,你总是处处为她着想,太便宜那个贱人了。"她的口吻中有不屑、不忿。

王妃横了彩珠一眼:"休得胡说。"

"郡主,她自己嘴贱中毒,王爷亦是大惊小怪,要郡主给她分派银器送去,郡主还真是听话,一大早就劳累着人给她送去,太把她当回事了。"彩衣亦是低声嘟囔。

"王爷吩咐,我作为王府的内院首领执掌家政,焉有不听的道理?再者,她如今的身份不同以往,已经是要与我平起平坐的势态,我自然要对她恭敬的了。"王妃不动声色。

"她一个贫贱女子,再得皇封又怎么能和金枝玉叶的郡主相比,还平起平坐,就算狗尾巴草和牡丹摆在一起,狗尾巴草还是狗尾巴草,成不了牡丹的。"彩珠依旧是不屑的口气。

"你们两个在我面前说说也就罢了,我只当没有听见,倘若在外人面前胡言乱语,或者给人看成你们对梅夫人不敬,我饶不了你们。"

彩珠、彩衣一看王妃脸色,忙答一声"是"。

王妃唇角带着一抹轻蔑的微笑,道:"去泡一壶上好的贡茶,准备着。"

彩衣道:"郡主,那贱人……"王妃凌厉的目光射向彩衣,彩衣忙改口,"梅夫人亦不过是贫民出身,我们用得着拿这么好的茶来招待她吗?倒浪费了。"转而又问,"她会来吗?"

彩珠对彩衣眨了眨眼睛："郡主的判断哪回错了？一大早给她操练，她怎么可能连一声道谢都没有？"

王妃将目光投向窗外："你休将狗眼看人低，梅夫人的梅花露自是一绝，你如何晓得她不识好歹？她是什么来历我都怀疑，今后你们言语行动若是对她有一丝不敬……小心了。"她将目光收回，冷冷地扫过彩珠、彩衣。

"是，郡主，奴婢明白。"两人连忙回答。

王妃拢了一下衣袖，慢慢起身走往外间，万花丛中凤凰展翅的屏风将外间的厅堂隔成南北两间，临窗有一张豪华的紫檀木躺椅，王妃轻轻坐下去，从躺椅前的案几上拿起一本书来，随意翻开。此时守门的丫鬟急急走进来："禀王妃，梅夫人前来问安。"

"有请。"

苏浅月一步踏进来，彩衣、彩珠迎到门口，慌忙恭敬施礼道："奴婢见过梅夫人。"

苏浅月轻轻一笑，挥手道："罢了。"

"萧妹妹，这里来。"

听闻王妃的声音，苏浅月照着声音的方向走过来，王妃从躺椅上慢慢起身，笑逐颜开："萧妹妹，你身体欠佳，该是我去看望你的，如何烦劳你过来看我，倒叫我不安了。"

苏浅月略略施礼道："姐姐，本该早些来给你问安的，就因为身体欠佳一直耽误着，姐姐莫怪。"

王妃热情地起身拉苏浅月坐下："我只盼望萧妹妹身体安好，不管旁的。"

苏浅月不好意思道："劳姐姐记挂，实在理亏。今日一早姐姐就差人为我送去那么多器皿用具，多谢姐姐费心。"

"萧妹妹说哪里话，这本是王爷的意思，我照办而已。"王妃的脸上有惭愧神色，"是我对不起萧妹妹了，都没有想到这一层。我就想，倘若那次宴席上都用银器给萧妹妹盛放酒菜食物，是不是就不会出现你中毒的状况？"

"不是的！我身体中毒不过是自己的体质所致，和旁的没有关系，真是惭愧。宴席是大家对我的心意，我内心感激，却因为自己的原因扫了别人的兴致，一直都深怀歉意，哪里料到还累了姐姐你。"苏浅月真诚言道。

王妃一直留心苏浅月的言行举止，眼见苏浅月诚恳，心中的警觉亦略略松懈，叹道："妹妹那样的症状，真正吓死人了，我们又怎么想到妹妹还是那种体质，今后再有宴席一定是万万注意的了。倘若不是救治及时潘大夫又医术高明，后果真正不堪设想，如今我都心有余悸不敢想象。"

苏浅月歉意道："实在难为情，让大家跟着担惊受怕不得安宁。"

"旁人都是小事，你平安了才是大事……"王妃说着，彩珠送茶上来，王妃亲手将茶送至苏浅月面前，笑道，"妹妹一路走过来，一定累了，喝口茶润润喉咙。"

"多谢姐姐。"苏浅月端起茶盏小心地饮了一口，顿觉口齿留香，入喉又是软滑清爽，不觉愣了一下，失口赞道："姐姐的茶，口感舒爽纯净，唇齿留香，是不可多得的春茶，绝品。"

王妃微微一愣，旋即笑道："妹妹还是品茶高手。大冷的冬天一般都饮用暖茶的，我看妹妹调制梅花茶，梅花是早春的第一高品，既然妹妹喜饮春茶，所以给妹妹泡制了春茶，不料妹妹完全品得出来。萧妹妹，这茶的名字你亦肯定叫得出来。"

苏浅月心念一转，忙道："姐姐说笑了，我只晓得这是好茶罢了，哪里晓得茶的名字。姐姐快告诉我吧，好奇着呢！"

王妃得意一笑："这茶叫玉芽春，是朝廷御用的贡品，皇上赏赐了父王一些,我上一次回娘家拿来的。"

苏浅月连连点头:"怪不得,怪不得,我只是觉得好却说不出是什么茶,原来是贡品。"说着一双含着敬慕目光的眼睛望向王妃,"王府里只有姐姐能有此贵重的茶,今日我跟着享福,姐姐转着弯儿让我沐浴皇恩了。"言毕起身望空一拜,又对王妃施礼。

王妃忙拉着苏浅月坐下:"你能品得出这茶,亦算是这茶的知己了,它不冤枉。我只怕除了你,旁人连它的妙处都说不出。"

苏浅月走后,王妃怔怔出神,彩珠上前小心地问:"郡主,梅夫人到底如何?"

王妃的目光一点点加深,变得深不可测,声音十分低沉,掷地有声:"苏浅月绝不是普通农家女子!"

彩珠一惊:"何以见得?"

王妃重重道:"普通女子没有她这种姿态,更有她的广博见识暴露了她的身份——就说这茶,说不得她即便是叫不出名字来亦晓得是绝品。我就想了,皇后再浅薄,亦绝对不会封一个普通女子做梅夫人的。"

彩珠忙道:"那如何是好?这王府是郡主掌管的,如今她大有和郡主齐平的势态,就连王爷日久在外回府的第一晚都要宿在她处,欺人太甚,我们岂能坐以待毙!"

王妃重重地看了彩珠一眼,怒道:"胡言乱语!我堂堂郡主还需要和一个多余的侧妃计较?"

彩珠慌忙跪下:"是是,奴婢该死!郡主身份贵重,明事理,晓大义,历来是以大局为重的,不是随便某个人都能有郡主的风范,王府的王妃之位,又岂是旁人能觊觎的,只怕连想都不敢。"

苏浅月从王妃的院子里走出来,又到端阳院给太妃问安,给老王爷侧太妃问安,走的地方多了,自然耗费许多时间。素凌数次站在门口张望，好容易才等到苏浅月回来。

"小姐，你竟然走这么久，你身体还虚着呢。"素凌一面帮苏浅月脱去身上的墨色狐裘披风，一面絮絮叨叨，"外边这么冷，走来走去的，又受了风寒怎么得了……"

素凌的话还没有说完，苏浅月连连打了两个喷嚏，翠屏亦焦急道："夫人，是不是着凉了？"

苏浅月坐下，抬手轻轻揉了一下鼻子，还真是的，她觉得轻微的鼻塞，又不愿让素凌担忧，轻笑道："你可晓得我今日办了多少正经事？今天出去这么一趟，好多天都可以在家歇息了，即便是冷了一点儿亦值得。"

素凌将手里的披风递给翠屏，然后急急去将她准备好的热姜茶端过来："这茶我放了红糖，小姐快喝点儿暖暖，亦有驱风寒的功效。"

"好吧。"苏浅月接过来，慢慢喝了一口，一股热热的暖流顺着喉咙一点点流向腹中，异常舒服。她回头对素凌一笑，"即便是我受了风寒，你的这盏茶也治好了。"

第二章

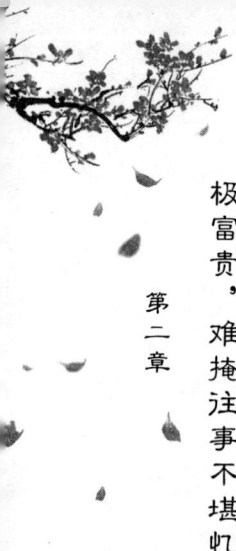

极富贵，难掩注事不堪忆

素凌言说苏浅月受风寒不过是随口一说，岂料一语成谶，苏浅月真的受了风寒，头晕鼻塞，浑身针刺般的疼痛，只能无力地躺在床榻上歇息。

素凌焦急道："小姐，还是请大夫来看看吧。"

苏浅月睁开眼睛，哑声道："刚刚将大夫送出府去又要请进来？不过是受了风寒，自己吃剂药就好了。翠屏，你去将剩余的药材都拿来，我看剩了什么，自己配了来吃。"

翠屏匆忙将药材取来，还拿来了药方："夫人，这里还有大夫开过的风寒症的药方，夫人要不要照着方子用药？"

苏浅月粗粗懂一点儿药理，平常药材亦认识一些，接过药方，看到有些药材是药方上有的，有些没有，就拣了有的来用，对素凌道："就这样煎了吧。"

素凌茫然道："对吗？"

翠屏亦忙道："夫人，还是不要如此草率，我们手里有方子，再者夫人的症状亦明显，不如奴婢带了药方到外边的药铺另行抓药，把夫人的症状告知大夫，药铺里的大夫定能晓得需要什么药，这样妥帖些。"

自己不是大夫，翠屏和素凌更是都不放心的模样，苏浅月只得道："那就随便你们了。不过不能把我的情形说出去，更不能让王爷知道，他刚刚回府事情会很多，不可以再让他分心。"

"是。"素凌和翠屏答道。

隔了两天，苏浅月的症状减轻，能下床自由走动了，心思又渐渐浓起来。坐在琴案前练习新作的曲谱，手在动，神思却飘到不知所踪的地方。

新年日益临近，一件是容瑾嘱咐她进宫献舞的事情，担忧身体不适无法练习好舞蹈；另一件是萧天逸的仆人进入王府皇宫的事情，这更为要紧，倘若那仆人再有冒险行为，万一给别人发觉势必会牵连到萧天逸，太危险了。尤其是后一件事情更让苏浅月忧心忡忡，倘若是仆人私自的行为还者罢了，连累不到萧天逸，只是她觉得不可能，这里究竟有什么隐情？无从得知，愈发不能释怀。

她想过和容瑾言明，请他为她辨明一下，又担心太过唐突，毕竟她和萧天逸的兄妹关系特殊，容瑾多心，那样就适得其反了。可是如何才能得知真相？除了从萧天逸口中证实，再无他法，亦唯有在一个安全的地方与萧天逸言谈，才能真正得知内情，换句话说，她想出府去萧天逸的住处一趟。

出府，不是随便的，苏浅月思索着怎样才能有堂而皇之的理由让容瑾答应她出府。

身体上的风寒症状并没有完全消失，又加外事的折磨，越想越是忧心，苏浅月索性停了手。正自发呆，翠屏来到，施礼道："禀夫人，外边有一女子求见，自称是日月绣坊的绣娘。"

"绣娘？"苏浅月抬头望着翠屏，她不认识什么绣坊的绣娘，更不晓得来人为什么见她，本来不想见又觉得还是见见为好，于是道："那就唤她进来吧。"

"是，夫人。"

片刻后，翠屏领进来一个面容清秀二十岁上下的女子，那女子见到苏浅月，急忙跪下磕头："民妇拜见梅夫人，夫人金安如意。"

苏浅月不得其解，疑惑道："起来回话，你见我何事？"

"多谢夫人。"女子起身后把怀里抱着的精致盒子递上来，"民妇是日月绣坊的掌绣，遵照王爷吩咐为夫人做的舞鞋，不知是不是合脚，请夫人试穿。"

翠屏接过盒子，打开后，盒子里顿时流泻出五彩光华。

"好美丽的鞋子。"翠屏一声惊叹，急忙将鞋子取出。

苏浅月一眼看去就晓得是一双舞鞋了，她接过来细看，鞋底是著名的浅翠色湘绣精锻，金线银线绣制了立体的芙蓉出水图案，鞋面是更为稀缺的烟灰色褶皱蜀锦，这些都不在话下，重要的是鞋面上的装饰，上好的大大小小各色珍珠，穿缀在一起成为莲花饰铺满鞋面，或花朵或荷叶，都栩栩如生，除了花朵叶子，其余的空闲处都用碎珠铺成涟漪，这样的鞋子，几乎是用来欣赏的贵重艺术品。

不知道什么时候翠屏、素凌也走了进来，眼见这样一双鞋子，眼睛都直了，这是鞋子？只是这样的鞋子穿在脚上，奢靡到造孽了。

苏浅月心中明白，这样一双鞋子，价值多少无法估量，容瑾如何能这样做，叫她如何敢穿？

"夫人，试穿一下看是否合脚，倘有不合适的地方，民妇拿回去再修改。"绣娘平静道。

苏浅月看一眼绣娘，心说这样的鞋子不合脚还能修改？她晓得衣裳修改起来不难，不晓得鞋子如何修改，大了小了的难不成还能修改？眼见绣娘脸色笃定，她亦不好再说什么了，只得脱了脚上的鞋子试穿。

翠屏忙蹲下服侍，帮着苏浅月将脚上的鞋子脱下来，又把新的舞鞋穿上。

苏浅月起身，本来以为鞋面上都是硬邦邦的珠子会不舒服，不料鞋子柔软舒适，感觉完全贴合，她试着走了几步，当真是轻便舒适，那么多沉重的珠子在鞋上亦没有丝毫重量感，只是软软的、绵绵的，感觉轻巧，灵动曼妙得宛如一幅能动的画。

绣娘的脸上露出满意的笑容："夫人容貌倾国倾城，穿上这样一双鞋子更是绝世美人了。敢问夫人，鞋子大小如何？是否舒适？"

苏浅月除了嫌弃这双鞋子太过于金贵之外，旁的找不出一丝毛病，只得道："很好。"

绣娘点头："这双莲花珍珠鞋价值多少民妇不晓得，样式是王爷设定，材料是王爷亲自带的，民妇只收了做工的银子。倘若夫人觉得合适，民妇就算是完成任务了。"

苏浅月将脚上的莲花珍珠鞋脱下来，怔怔地看着，不消多说，容瑾是想到了她凌波仙子的称谓，又想到她妙曼的莲步，因此他就用莲花做图案，如此，她真正算得上是步步生莲的凌波仙子了。不晓得他费了多少心思想到这一层，只明白他的心意，真心的诚实的……给她最好的。

这一份情意、心意，有心思细腻的人想出还者罢了，关键是由豪爽不羁的容瑾想出，看起来喜爱一个人真的可以有许多独到细腻的心思，难能可贵。

望一眼绣娘，苏浅月对翠屏道："鞋子极好，我很满意，看赏。"

绣娘得了赏银欢天喜地去了，苏浅月望着鞋子出神，鞋子最前面的那朵莲花，花瓣上的珍珠是按照真正花瓣的颜色，按照深浅不一的顺序做成的，要找出这样上好的珍珠又要颜色适配，该是多难的一件事啊，容瑾却能做到——为她。倘若是一件重要的不得已的物品也就罢了，偏偏是一双鞋子。还有鞋尖上缀着的硕大发光的南珠，更是难求，苏浅月不晓得容瑾费多少周折才能将这些配齐。

这一双莲花珍珠舞鞋，价值连城！

"小姐，这鞋子是用来穿的吗？"素凌久久盯着鞋子，神情怪异。

恰好翠屏走来，笑道："鞋子不是用来穿的，难道是供的？"

素凌摇头："恕我说句大不敬的话，庙里的菩萨金像是拿来供的，并不用多少银子做成，这双鞋子所用的银子不晓得能做多少尊菩萨了。"言下之意，就算把鞋子供起来都不能和它的价值相比。

鞋子是不可多得的珍贵美好，穿上这样的舞鞋舞蹈，连舞蹈都是绝世无双的，苏浅月自然是求之不得。只是，这样的鞋子穿在脚上，实在太过分。

苏浅月默默将鞋子装在华美的鞋盒子里递给翠屏："收起来吧！"

翠屏一怔："夫人，你不穿吗？"

"需要有适合的场合再穿。"

"是啊，平白地何以将这样一双鞋子穿上，没法走路。"素凌一脸痴迷崇拜地将目光投放到鞋盒子上。

因了这双鞋子，苏浅月心里更是七上八下。容瑾对她用心用情，她一直都明白，只是容瑾如此亦有些过了，更不晓得旁的夫人知晓她得了这样一双鞋子，心里对她又多了多少嫉恨。"福亦是祸"，苏浅月没来由地想到这句话，心里打了一个寒噤。

晚上，容瑾悄无声息地走来，苏浅月正在琴弦上轻轻拨弄，微微低了头，发髻上碧玉发簪顶端镶嵌的明珠在温润烛光下灵动着闪烁光芒，一串串美妙的音符从她手下流淌出来，在房间里回旋不绝。

烛光摇曳，美人临窗，素手盈动下妙音连连，此情，此景，美若仙境，容瑾不觉痴了，心境却激荡摇曳。苏浅月的美，不仅仅在容貌、姿态，更有举动和情致，一点一滴动人肺腑。

一旁服侍的素凌本来是全身心聆听苏浅月弹奏的，突觉异样，抬头见王爷进来，慌忙动身施礼："奴婢见过王爷。"

容瑾这才移步走近，苏浅月停了手上动作，起身婉转施礼："王爷。"

容瑾执了苏浅月的手，一双深眸端然凝视，苏浅月从他的目光中发现了她的影像，在他眸中那样深、那样亮，不觉脸颊发烫，微笑道："王爷，请坐。"

容瑾扶着苏浅月坐了，又在她身边坐下，道："你身体不佳，如何还在夜里劳动，如何承受得住。"

"多谢王爷关怀，月儿已经无碍。对了，今日绣娘将舞鞋送来，月儿喜欢不尽，多谢王爷用心。只是鞋子太过贵重，穿在脚上是暴珍天物，我实在是受不起。"苏浅月觉得惭愧，鞋子无价，情义无价，只是她的心不配。

"无论怎样贵重的东西，本王给得起的月儿就受得起，只要你喜欢。"容瑾将一只手轻轻在苏浅月的手上摩挲，"月儿，能以姿容舞蹈得到皇封的，王府中你是第一人。本王连你的庆祝宴会都没有参加，还累你中毒险些丢了性命，本王想想就后怕，这些都是本王的不是，没有照顾好你。送一双鞋子给你，一做祝贺二做赔罪，只要月儿不怪本王不尽责，开心就好。"

"王爷说哪里话，你在宴席上缺席是另有更为重要的事务，是为国操劳的，月儿只觉得荣光，哪里会怪，王爷能真正为皇上分忧，月儿更觉得欣慰。只是王爷送的礼物实在太过贵重，我心中有愧。"苏浅月真诚言道。

"呵呵，既然有愧，就……罚你为本王弹奏一曲作为弥补，可好？"容瑾一笑。

苏浅月略一思索，开颜道："好，月儿亦有此意。"言毕将素凌送上的茶水奉到容瑾面前，"王爷请用茶，听月儿弹奏。"

容瑾颔首，一双虎目深情注视着苏浅月，苏浅月轻抬玉臂，将衣袖拢了一下抚上琴弦，随之冷冷泠泠的音符漫漫而起，圆融饱满，看一眼容瑾，苏浅月轻轻唱道：

"为慰新晋藏心神，皆是奢侈做永新。富贵荣华君不吝，摘来裹足踏歌声。珠玉黄金皆不论，怎比郎君情意深。一样天地两样人，只把两心并一心……"

琴音流畅激越，歌喉婉转多情，令人感慨唏嘘。他为她的皇封送了绝无仅有的豪华礼物，倾其所有完全不吝惜太过奢侈，只为她的歌舞达到极致。世上贵重的黄金宝物，亦难比他对她的情意半分，如此深情，又能拿什么来相比？尤其是"一样天地两样人，只把两心并一心"的句子，苏浅月唱到了令人难以攀附的境界，他和她生在一样的天空下，长在不同的地方，却能两情相悦，一心一意。

曲罢，苏浅月内心起伏如涌动的潮水一样，不觉眼里有了泪意。其实她心里更为明白，曲子总归是曲子，有夸大的成分，哪怕她真心被容瑾的情意感动，她的内心终究是有属于她的私处，并非真正一心一意全部身心俱属于他，这是她的悲哀。苏浅月亦恨自己，为何要留一份私密的空间不给容瑾？倘若她是万千心思寄于他一身，她该是多么幸福的女子。

容瑾起身，一点点从她的身后环住了她，他是把她的心思全部搬来堆砌在他身上，以为她的身心一切完全意属于他，她的情意之深，已不能用世间的俗物来衡量了，那么他精心为她打造的独一无二的鞋子又怎么拿来相比。

"鞋子，一双鞋子而已，又怎么拿来与你我的情意相比。再者，本王只是随便想到你喜欢舞蹈，就选择送你一双鞋子作为祝贺罢了。月儿，本王晓得你由此及彼想到许多，然而本王只需你想到一点就足够，那就是本王对你的情意。"容瑾的声音带了些许的沙哑，显然是感动至极。

苏浅月一点点将手抬到了肩部，摸到了容瑾的手臂，她的手绵软又带了韧性，仿佛带了内力。

烛火突然"噼啪"一声爆响，橙黄的一个光团摇曳起来，牵引了苏浅月的目光，她微微道："世间之情，是难以用实物来相比的，只是连一点儿实物都没有，又如何能做情感的依托？王爷，你的鞋子，不说价值多寡，单单是你能想到这一层，月儿就感激感动。"

说着这些话，苏浅月突然想到萧天逸，萧天逸在她受了皇封时赠送她夜明珠作为贺礼，用她方才的话说亦是用实物寄托了感情，只是萧天逸的夜明珠送得只能是锦上添花，在苏浅月心中最重要的是雪中送炭，她更看重雪中送炭。这是她永远的遗憾。

只是，不论萧天逸做得是否恰当，苏浅月不能否认萧天逸居住在她心底的一个褶皱里，乃至此刻，她还想到了他。

"本王只愿你更为开心，能看你展颜一笑，用最饱满的愉悦做你想做的事情，本王就达成了心愿。"他说着，缓缓侧身低头，用他带着胡楂儿的下巴碰触她的脸颊，送给她绵密细致的轻吻，一点点在她脸上蔓延，"月儿，有你在，本王仿佛得了天下般欣慰。"

室内融融的暖意腾起，恍然连凌冽的冬夜都露出明媚笑颜，忘记了严寒。

今晚，他是真正情动，倘若说女子能够真正魅惑一个男子，当他情动的时候最为妥当，苏浅月心中一动，笑容如春花绽放在脸上："月儿最开心的时候，是将最喜欢的事情做给心爱的人看，王爷，就让月儿为你舞蹈一曲，如何？"

容瑾自然愿意，苏浅月一言引发了他心底蠢蠢欲动的喜悦，逐渐如水般蔓延开去，淹没了他整个人。

舞蹈……倘若不是舞蹈的缘故，他对她的情意是否有这样深厚？苏浅月的美貌倾城，又加了舞蹈的无双，如此便塑出她这个天生尤物的灵魂都有了香气，他焉有不拜倒的理由？不觉笑道："本王求之不得，只是月儿身体虚弱，舞蹈怕是需要耗费你许多体力，本王舍不得你劳累。"

"王爷送于我的舞鞋，我还没有试穿着跳舞，穿着如此豪华精美的鞋子舞蹈起来是否好看，月儿想请王爷鉴定一下。"苏浅月娇柔一笑，眼神中俱是期待，仿佛一直以来她的舞蹈专门为他而备，好坏单凭他的一句话，需要他来成全。

"如此，就跳一曲你熟悉简单的，不可以太过于劳累。"容瑾的喜悦从内到外溢出，令他整个人发出火一样的热情。

"是，王爷。"

素凌早已不在，旁的丫鬟得知王爷到来，没有召唤自然更是不敢来打搅，偌大厅堂只有苏浅月和容瑾，苏浅月亲手去把舞鞋取出来穿在脚上，顿时，烛光的照耀下，她的双脚熠熠生辉。

"这样的你，更像凌波仙子，不知飞舞起来时会是如何的美丽？"容瑾的目光一时痴了。

"飞舞？"苏浅月顿时想到适合她今晚的舞蹈《惊鸿醉》。

"野茫茫，天苍苍，鸿雁飞，排成行，碧天如水炫精灵，云间连连浮轻舟。"

那是在落红坊，一个清冷辽远的深秋，苏浅月在楼台上遥望，看天空掠过雁阵，惊起一片薄薄的清寒，惊鸿之美，顿时令她陶醉，回转之后就写下了《惊鸿醉》，并谱曲做舞，演绎鸿雁飘飞的美妙婉转。

她静静一笑，恍然天边可望不可即的仙子，言道："王爷，月儿给你跳一曲《惊鸿醉》可好？"

容瑾早已按捺不住澎湃的向往，慌忙道："好，好……"

苏浅月身上正好是一件纯白广袖的绸缎锦绣罗衣，绸缎独有的光泽柔软细腻，她在手臂上灌了气力，左足踏出一个舞步的同时，用手臂上的衣袖做了鸿雁的双翼，翩然若飞：

"翩然惊鸿，婉若游龙。颈引青山，翼覆绿水。依稀类比流云轻遮月，隐约看似雪舞芳梅瓣。遥而望之，洁如清珠摇碧叶，静而观之，灼然朝阳蒸霞蔚……"

灵动、飘逸、轻灵、曼妙，当真如翱翔天际翩翩于飞的鸿雁。静静的厅堂泛起蓝色波涛，美丽的鸿雁旋动飞舞，更有苏浅月清丽婉转的歌喉天籁般漫漫而起，画面绝美，声色俱在。这一切还者罢了，更有苏浅月脚上的舞鞋，每一个动作的变化，鞋子的色彩就跟着变化，华美异常，如同两只飞舞的精灵，缭乱了人的双眼。

这样的舞蹈，岂止是惊心动魄？容瑾原本是一个伟岸男子，却被震慑感动得眸中有了泪意，苏浅月的舞步精进到出神入化了，他晓得。

虽则是轻车熟路，苏浅月弱体难支之下，舞蹈完毕还是微有喘息，她定定站立望向容瑾，见他一脸痴迷恍若庙中入定的僧尼。

"王爷——"她走过去，轻抚他的双手。

终于，容瑾抬头，眸中闪闪发光："月儿，当初本王在落红坊看到你的舞蹈，就是这一支曲子，你边歌边舞，倾倒了本王。本王原本一介武夫，并不喜欢这些软绵绵无力度的东西，却一下子被你吸引……深深明白了凌波仙子原来是如此一个女子，从那一刻起，本王就再也放不下了，发誓将你留在身边。今日，你的舞步再次让本王回到了心动到不能自抑的境地，月儿……"往日情景犹在脑海，倘若不是亲眼所见苏浅月的天资，他如何肯信他人之言？

只为苏浅月，他做的他知道，对或者错，该或者不该，他都做了。

苏浅月一惊，顿时想到容熙所言的她本是他看中的女子，看起来容熙所言完全真实，只是她必须要做出毫无所知的样子，浅浅一笑道："王爷本是豪迈男子，岂能被月儿所牵？"

"理论上不该，赫赫男子不该儿女情长。可惜本王与你相见之下心思便完全牵系于你，即便要做许多糊涂事亦要将你收在身边，不管不顾。"容瑾反手抚摩苏浅月的手背,掌心的温暖丝丝缕缕穿透到苏浅月的手上。

"被牵……便身不由己了吗?"苏浅月不晓得是问自己还是问容瑾,只是定定看着。

"是,是的,男子的心肠被牵,便身不由己了,再也无法洒脱。"容瑾若有所思却语气肯定。

看着容瑾,苏浅月想到容熙,和容熙第一次相见,言及她是被容瑾抢夺的女子时,容熙目光中的恨意那样明显,可见他不能释怀。而她,即便是荣华富贵和皇恩集于一身,又如何能释怀曾经的心愿?虽则成了往昔,亦是难以放下的遗憾,时时搅乱她的心神。

——那个人,便是萧天逸。

就连她《惊鸿醉》的舞蹈,亦是经过他的手做过改动的,心有所动,苏浅月的眸中带了浓浓情意,言道:"王爷,你是看重月儿的了。"

容瑾一点点将她拥入怀抱:"自然,本王心意月儿不晓得吗?"

苏浅月忽而一叹:"饮水思源,成就王爷与我今日之好的人,算是我的恩人,我永远感激。这份恩情,若有机会,我是要报答的。"

容瑾点头:"落其实者思其树,饮其流者怀其源。你说得对,本王亦想到了萧天逸,成就我们之好的是他,他同样是本王的恩人。"

试探竟然成功,苏浅月忙道:"在萧义兄那里住了许久,在王府得享荣华富贵还有王爷的宠爱,却从来没有去看过他一次,显得我忘恩负义。王爷,能否准许月儿出府去看望他一次?外人眼里那是月儿的娘家,月儿回一次娘家亦是应当的,倘若真的忘了萧义兄,旁人反倒有了异议,月儿怕旁人非议。"

容瑾思索一下,道:"嗯,你的话有道理。这也到年底了,你权当回娘家一趟,看看萧义兄吧。"

苏浅月心中雀跃,完全没有料到容瑾这样容易就答应她出府,却把心头的喜悦藏起来，只认真温柔道："王爷是重情重义的人，见到萧义兄，月儿自会将王爷的谢意传送。"

容瑾眸光更深更明，更紧地将苏浅月纳入怀中，似乎要将她和他融在一起："你总是思虑周全，更懂得为他人着想。月儿，这样的你，如何不让本王喜欢？"

苏浅月感觉到身体的疼痛，骨肉的挤压似乎真的要将她和他融合在一起，却也更能体会到他的深情，不觉呢喃道："王爷……"

容瑾闭了闭眼睛："既然决定了出府去，迟早都是要兑现的，那就明天准备一下后天出去吧，带一些礼物给他，不可以吝啬。"他的拥抱更紧，"月儿，本王舍不得你离开，哪怕一天……亦是你和本王的距离远了。一天，你就出去一天吧。"

苏浅月不计较出府的时间有多久，最重要的是能出去，能与萧天逸当面聊聊，只有心中淤积的疑问有了解释，她的心才能安定下来。

素凌得知可以出府的消息，不觉跳跃一下："小姐，小姐这是真的吗？"她搓着双手，一脸红晕。

苏浅月望着激动的素凌，心中别是一番滋味。萧宅的日子舒适无忧，没有钩心斗角，没有阳奉阴违，没有攀高踩低，是她心中理想的日子，可惜不能长久。如今能出去回味一下，亦是开心的，只是她出去回味的同时另有心结，这一份压抑令她没有丝毫快乐，素凌的强烈反应反倒令她心酸。

为了不打击素凌，她只能回答得肯定："真的。你去整理收拾一下，虽然我们只能住上一夜，也要准备好行李。"

素凌施礼道："是，小姐。"迈着轻健的步子去了。

翠屏一脸的羡慕向往："夫人要回娘家了，夫人的娘家又是什么样子？"

苏浅月淡淡一笑："普通的样子罢了。"

“能和亲人团聚，就是最好的。”

亲人团聚，当然是最好的，只是苏浅月晓得她这一生都没有了和亲人团聚的资格。萧天逸是她的义兄，能和萧天逸见面亦是最大的安慰，她又柔柔地一笑：“是啊，亲情是最珍贵的。”

苏浅月的亲情，除了和萧天逸之外，再无旁人，她的牵绊，终究是和萧天逸有关。

素凌收拾好出来时，苏浅月正在和翠屏有一搭没一搭地说话，她嫣然笑道：“小姐，都收拾好了。”满足的神情溢于言表。

苏浅月抬头：“还记得哥哥爱吃的食物吗？我们到了以后只怕没有时间做，不如你在这里做出来我们带过去。”亲人最需要的就是最亲近、最真实的表达，无须客套和虚伪。

素凌倏尔一惊，苏浅月的目光里矛盾担忧多于喜悦，她的心骤然一跳，顿时明了，忙道：“是，素凌疏忽了，我这就去做。”

“夫人，奴婢去帮着素凌吧。”翠屏出声道。

“去吧。”

身边一时无人，苏浅月将最真实的面容展露出来，明日就能出府见到萧义兄了，他会以怎样的姿态迎接她？事前没有通告他的，他并不晓得明日她到，突然之下，他会开心吗？忐忑、矛盾、期待、担忧，总归是复杂的心情如铅块般坠在心间，将一点点喜悦冲散。

素凌再一次出现在苏浅月面前时，苏浅月淡淡抬头：“都准备好了？”她的眼中波澜不惊，就好像一切都无关紧要。

素凌猜不透苏浅月的心思，不敢有任何情绪表露，神态里都是歉意：“小姐，这么突然要出府，是有重要的事情吗？素凌忽略了小姐的心思，只一味为能出府感到高兴。”

“被关在高墙里，最开阔的视野也就是看看四角内的天空，能出去一趟当然是值得高兴的。得到王爷应允出府，是个意外，我也高兴。

只是我们出去并非观景悠闲，一来是能真实见到萧义兄的生活如何，二来亦是为了解开我心头的疑惑，这样难免心头沉重些，还有，后者才是我最重要的目的。"苏浅月眉宇间笼了淡淡哀愁，若有所思，"你是知道的。"

从她晓得萧天逸的仆人进入王府的那一刻开始，心就再也没有舒展过，不把原委弄到水落石出，如何能平心静气在王府待下去。

素凌骤然明白过来，是她太粗心了，竟然忘记了更为重要的事情。

"此事确实太过蹊跷，唯有萧公子才能说得清楚。关键是，萧公子是否愿意说出真相。"素凌小心翼翼言道。

"这才是问题的最关键处。上一次萧义兄来我试探问过，他完全搪塞过去，我心里的担忧就更重了，他为何不说实话？更有，他既然以一个普通人的身份出现，如何又拥有那么罕见的夜明珠来送我？重重迹象，令我对他怀疑，不弄清楚，我实在难以安心。"明日出府，也许答案就完全揭晓，苏浅月等着那一刻，却也害怕那一刻，倘若真相是她不能接受的，还不如蒙在鼓里为好。如此，渴望真相又害怕真相的忐忑令她很是痛苦。

素凌迟疑着："萧公子是不是有难言之隐才不肯说实话？"

苏浅月点头："应该是。只不过迄今为止，我的自信都被他消磨了，能不能让他说出实话都没了把握。我们并非自由身，出府一次难于上青天，定要把握住这次机会，将实情弄清楚。"

今日，明日……只待过了今日，就有望得到水落石出的真实，了却她多日的忧思牵挂。苏浅月慢慢起身，缓缓走至窗前，朱红色镂空雕花的窗户遮挡了冬日原本就稀薄的阳光，只有浅白的细碎光线散落在地上，做着和窗棂相反的图案，谜一样，叫人无处猜测，脑海里闷闷的一片。

虽然只是一日，苏浅月却觉得时间无限漫长，故意与她作对似的，都不晓得该用什么来打发，诗词？歌舞？不，她没有点滴心思投入到上面，只盼望时间过得快点儿，再快点儿，之后今日就没有了，她只要明日。她也害怕明日，万一明日之后是更为折磨的真实，该怎么办？

这样的熬煎令人难受，如一只无形的手一点点扼制咽喉，窒息蔓延而上，呼吸困难。

素凌眼见苏浅月脸上的黯色层层叠叠，她的心亦转为沉重，小心劝道："小姐，窗户边上冷，你的身体也没有全好，我们明天出府又是一场劳累，你到床上养养精神，可好？"

时间，终究不是因为人的期盼或快或慢的，苏浅月勉强压抑焦灼的心情转身回来，但没有回暖阁的床榻，而是坐在了琴案前的椅子上，沉声道："素凌，你是否确定那日见到的人，就是萧义兄的仆人？"

素凌的心一沉，她确定，只是萧天逸否认的话，她没有办法，苏浅月谨慎严肃的神情亦叫她害怕，到底有多大的干系？无法晓得更多。

良久，她还是肯定道："小姐，素凌确定那人是萧公子的仆人，只是我们出府能不能在萧公子的宅子里碰上他就难说了。"言下之意，旁人硬要否认，她没有办法。

苏浅月轻轻点头，其中利害，或许是她想多了，但是她怎么能不想？有时候，一时疏忽就是后患无穷，或者给自己带来杀身之祸亦是有可能的。

她的父母就是一个极好的例子，倘若父母谨慎提防，亦不至于给歹人在暗下杀手时毫无察觉，到她手里是一丝线索也无。萧天逸的仆人偷入皇宫，倘若给当成奸细或者谋逆抓住，他又不承担供出萧天逸来，就完了。萧天逸于她，是太过重要的人，她不要他身处险境而不自知，她一定要点醒他。

忧心忡忡之下，苏浅月精神萎靡，望一眼窗户上稀薄的阳光，不晓得如何把时间打发掉。

她以为容瑾在答应了她出府后晚上是不会来的，谁晓得她又错了。

容瑾来到，一眼就看到苏浅月的状态不佳。

眉毛紧紧地拧起来，眼睛里满是疼爱和关切，容瑾的口吻中有埋怨："为什么你的精神不见好，是对自己不关心还是怪本王对你忽视，不来照顾你？"

苏浅月忙一笑："说哪里话，月儿好好的呢，不过是……近乡情更怯，想着要出去，有点儿特别的感觉罢了。反倒是王爷，外出操劳许久，回府又连一丝歇息的工夫都没有，辛苦你了。"

容瑾悲伤地叹气："是你非知，朝廷事情实在多，都是难缠到让人头疼，本王不愿意把那些坏情绪带给你，还是希望给你一点儿清静日子。只是你，为什么不好好照顾自己，不是让本王心痛吗？"

他眼神中的不忍和疼爱那样明显，没有丝毫做作，叫人动容。

苏浅月看着容瑾，心里有一丝感动："月儿没事。王爷为朝堂上的事情担忧，我只希望你事事顺利。"为了让他放心放她出府，苏浅月还是挣扎着起身，"已经好长时间没有为王爷煮茶了，今晚就让月儿亲手为王爷煮一盏梅花露，如何？"

容瑾抬手制止："本王当然愿意品尝，只是不想你太劳累。明日出府，自当小心些，本王等你回来。"

她出府仅仅是一日罢了，明天出府到后天回府算是一日，中间隔了一个晚上罢了，他却忧心如斯，一个"等"字让苏浅月微微感到惭愧，他在等，她却只想逃。他是真心待她的，倘若她亦是一心一意该有多好？可惜了，分割的心七零八落，伤感又难堪。

苏浅月只得在眼神中装出离别的伤感，口吻亦是依依不舍，无奈道："王爷，倘若不是逼不得已，月儿不愿离开王爷半步。只是，王爷想了，我当时的情形若没有萧义兄的照应，如何有荣华富贵的今日，如何有与王爷琴瑟和谐的今日。我们之间的美好，归功于萧义兄，我不想给他当作一个用过了旁人就弃之不顾的无情无义之人，更不能给他以为我们忘了他的恩情，因此这一次我无论如何是要去看望他的。"

容瑾点头："你的话没错，只是一说你离开，本王就感觉我们的距离遥遥了似的，本王不想这样。"

"我何尝愿意。不过只一日而已，过了明日，后日月儿就回到王爷身边。"话是如此说，其实她的心没有这样想，苏浅月真真为她的虚伪汗颜：原来她伪装的本领亦是高强的。

容瑾突然将苏浅月抱起："月儿，你可知道本王多么舍不得你。"

苏浅月伸手攀在他颈上："月儿不是一直都在的吗？"她脸上是丛生的清澈笑意，好像所有的心思都牵系在眼前人身上。

望着容瑾，苏浅月心里却是悲哀：她是在他这里，此刻还是在他怀里，只是她的心飘得太远，不仅仅想起了萧天逸，恍惚中还想到了容熙。她惭愧，她并不是十分纯粹的纯情女子——在心理上，她不是。

容瑾低头将目光凝视在苏浅月脸上，然后低头深深在她脸上吻了一下："本王永远都不会让月儿离开。"虽然只和她分离一天，他却舍不得，就好像她一离开就不会再回来。

哪怕再多心思，苏浅月只能说道："月儿也不会离开王爷。"

容瑾终于释然，怀抱苏浅月走至床榻，然后轻轻放她在床上："好，月儿的话本王记下了。"就好像记下了她的誓言。

苏浅月撒娇似的看着他："月儿已经是王爷的人了，还能够去哪里？除非王爷赶我走。"

容瑾怔了一下，忽而笑道："本王怎么会赶你走，如此说来，定然是你永远都逃不掉了。"他笑着，俯身在她脸上深情一吻。

苏浅月挣扎着从容瑾怀里起身，笑道："我明日就要走了，王爷见不到我更听不到我的声音，若有兴趣，月儿就给王爷抚琴歌唱一曲，让王爷记住月儿的声音，如何？"

"不仅仅是记住你的声音，更重要的是记住你的人。"他把"人"字说得特别重。

"好。"苏浅月起身，携了容瑾的手走至外边的琴案前，坐下后，忽见墙角有一琵琶，心中一动：何不用琵琶弹奏？

微微一笑，苏浅月探身取过琵琶抱在怀中，手指在弦上拢捻抹挑，珠玉落盘之声顿时响起。她唱道："俏整花容，娇态含笑，与郎共度良宵。媚月中空，弄影摇摇，眼波儿如水，灭烛轻解罗裳。肌肤如玉滑如缎，纤腰如棉轻且暖，娇滴滴含笑。郎情妾意，温软香腻兰麝房。绫罗帐里云雨浓，郎如鱼妾如水，滴滴转转浓如蜜，好一对鸳鸯。说不尽，千种风情袅娜，万种旖旎风流。蹙眉香鬓，占得芳桂之名。莺歌燕舞妙意舒，彩蝶羞结同心扣。从今后，妾与郎，梦里销魂，醒时魂销……"

曲子还没有唱完，苏浅月的手指还在琵琶上轻灵跳跃，容瑾突然走至她身后，用力将她抱起向床榻走去。苏浅月看着他，他的眼神如梦如幻又迫不及待，迷离中只有她。

"王爷……"她一声低唤。

那些词曲一贯是她不屑一顾的，却不晓得为什么突然要唱这样的曲子，是对容瑾的依恋？有时候，亲密的私情太过于高雅反倒虚假，低俗未必不是一种极好的表达方式，她还是希望容瑾能将她看作全心全意对他的女子。

更何况，她要出府是针对别的男子，她有愧，希望做弥补。

床上，她的衣衫脱落。她看到了他结实的胸膛。她用双手紧紧环绕他的颈项。今晚他给予的一切，她都要。他是那般细心精心地给予她、呵护她，要她快乐，要她如花绽放成最娇艳动人的女子。她细细嗅着他身上夹杂着男子气味的清香，竟然有些迷醉。

到底是什么时候开始，她迷恋他了？

虽然他是她的夫君，她却一直没有将身心合一交付于他的时候，今晚有些例外。

天还没有亮，苏浅月就醒了。到底是惦记着出府的事睡不踏实，不过身边已没有了容瑾，他要上朝，已经走了。侧身，鼻端有独属于他的气息丝丝缕缕而来，伸手在他躺过的地方摸了一把，尚有余温，仿佛是慵懒，她的手久久停留在那里。容瑾每一次走的时候，担心惊扰了她的睡眠，总是悄悄离去，为她，凡是他能做到的，总是尽量去做到，包括每一个细节。想到这些，苏浅月的心里一点点流淌出感动。相对于萧天逸，容瑾为她做的够多，只可惜萧天逸是先入为主在她心里占据了一个位置，致使她不能全心全意，这是她的悲哀。

只可惜，一切都没有办法更改。

苏浅月静静想着今日回归萧宅的情形，萧义兄突然见到她会开心吗？关于她的疑问，他要作何回答？她当然盼望一切都是自己多疑，她愿意他固守一片平凡，万万不要有危险，只是……能这样吗？还有素凌，比她大了两岁，她不愿意将素凌的一生耽误在她身上，最好是托付给萧义兄为素凌寻找一个合适的人家。还有，她想见一见往昔的好姐妹青云和柳依依，亦想到菩萨庵拜会惠静师太……

原来有太多的事要做，容瑾却只允许她出府一天，若是顺利，可以把事情做完，倘若有耽搁，就遗憾了。到此，苏浅月才彻底想明白了她对容瑾的过分柔顺依从是别有目的的，万一她想做的事做不完有耽搁，会迟一些回王府，她是提前讨好了容瑾，希望他能容她。

身体一动不动，心思烦乱着，突然听得轻微响动，苏浅月抬头一看，原来天大亮了，素凌已经来服侍她起床了。

"小姐，你醒了。"素凌走近，轻声道。

"是，该起床了。"苏浅月应声道。

"今日早起也对，我们还要出府，早些起来时间宽裕。"素凌愉悦道。

"素凌，告诉我，你这么想要出去，是不是府外有你惦念的人？我已经想过了，给你物色一个好丈夫的。"看着素凌高兴，苏浅月故意逗她。

素凌俏脸一下灿若红霞，窘迫道："小姐怎么取笑了，我有说过要离开小姐的吗？素凌不离开小姐。"

晨光微曦，有一丝冷冷的淡薄，苏浅月看着素凌一双真诚的眼睛，听她信誓旦旦的口气，知道她并非敷衍。只是，她能够一生都将她留在身边，误她青春吗？

苏浅月轻轻摇头："素凌，我知道你并无此意，然而我怎么能够就这样将你留在身边耽搁？若是你有心仪的人，我是给你做主的。若是我看到有适合你的人，亦是给你做主的。"话虽如此，想到素凌离开的话，偌大的王府，她孤零零一个，哪怕有容瑾万般的宠爱，又怎抵得过寸步不离的素凌所给她的安慰。更何况素凌是她的耳目。

素凌坚决道："若是小姐嫌弃，素凌就离开。若说旁的，素凌只愿意就这样地陪在小姐身边，和小姐朝夕相处。"

苏浅月微笑："你比我还大了两岁，我怎好意思耽误你终身。不过，既然你如此，就顺其自然吧。"她说着突然想起一事，"这一段时日给父王做的汤，父王用了好像有些起色，是吗？"

素凌脸上露出喜色："小姐真是有心之人，此时还记得这个。自从小姐每天给老王爷做了这汤，老王爷确实好了许多。昨日我还听前去送汤的雪梅回来说，老王爷对你十分赞赏，侧太妃亦是欣慰，还赏了雪梅一锭银子，说她这般寒冷的天气替主子尽心。雪梅亦是十分高兴呢！"

苏浅月笑笑："我们出府了，虽然只是一天，你务必嘱咐翠屏，让她不可以忘了给父王做，依旧让雪梅送过去吧。我只带你和红梅出去。"

"是，我记住了。"

正说着，翠屏走了进来，素凌一笑道："说曹操曹操到，你来得正好，有重要事情交代你呢。"

毕竟时间有限，苏浅月没有丝毫耽误。为了节约时辰，她在出府之前已经暗中令王良找人去告知金玉楼的柳依依和流莺阁的翠云，请她们到萧天逸的宅邸一聚。她们和她是最要好的姐妹，这么久的时日不通音讯，苏浅月甚是挂念。

只是她没有派人前去告知萧天逸，她想要给他一个惊喜。

坐在轿子里出了王府，一路上苏浅月虽则忐忑不安，心情到底是愉悦的。

轻轻掀起轿帘的一条缝隙，寒冬里凌冽的冷气丝丝扑来，令人头脑瞬间清醒。虽有冷意，天气却晴朗明媚，丽日当空迎照，洒下无数金色光芒，川流不息的往来人群亦都被金色光芒笼罩，恍如满身的富贵喜气，步履神态皆是愉悦的。宽阔街道两旁遍布买卖店铺，显示了这个城市的丰饶安泰。

终日被四角天空困扰，绝少能有此不受束缚恣意观看红尘大众的机会，苏浅月用贪婪的目光观望，唇角挂了一丝笑意。其中有许多女子或手牵或怀抱孩童悠闲地行走，她们的脸上是毫无做作的自然，苏浅月不觉羡慕，普通女子不能珠玉满头绫罗加身，却拥有自在随意，谁说这不是一种幸福快乐？

快到萧宅了，苏浅月才命一个仆人快速进去通报萧天逸，想到萧天逸定然有惊讶，苏浅月的唇角带了浅浅的笑意，她……终于要见到他了。她的人生和他相去甚远，可他们两个之间的牵绊是一生都有的了，她希望这种牵挂能时时令他心中有寻常暖意和满足的快乐。

果然，萧天逸是惊讶的，他晓得有和她自由相见的时机，却完全没有想到会这么快。

　　"带我出去迎接。"

　　仆人的禀报话语落地，萧天逸迫不及待的神情瞬间流露出来，她回来了，他要见到她了，丁点儿时间都不想浪费，他只愿意她一下子就出现在眼前。

　　萧天逸迎了出来，一张脸上除了急切就是梦幻一般的笑容，苏浅月透过轿帘的缝隙远远看到，情知她确实给了他意想不到的惊喜，同样地，不自觉中她的笑容擎起，她见到他了！

　　"哥哥。"苏浅月无声言道。

　　萧天逸脚步迅捷来到轿子一旁，看到撩起半个轿帘的苏浅月，仿佛眼前一切是虚幻，口吻里带着不相信的质疑："妹妹，月儿，真的是你吗？我怎么觉得就像做梦？"

　　胸中滚过热辣辣的浪潮，苏浅月强自收回眼里的泪意，嫣然笑道："哥哥，是我呀！"

　　萧天逸不晓得怎么做，只是搓着双手："是，是……只是我没想到，你都不提前告知一声，我也好有个准备。"

　　苏浅月摇头："你在，就是最好的准备。"

　　下了轿子，萧天逸带着苏浅月走回去，惊喜中，殷殷之情完全像她的同胞哥哥："月儿，你终于回来了。"

　　苏浅月浅笑："哥哥，我每天都想着回来。"

　　萧天逸侧头看苏浅月一眼："这就好……"他很想说一句以为她会忘了这里的，最终是将余下的话忍住，只笑了笑。

　　苏浅月敏感地意识到萧天逸没有说完的话别有深意，乖巧道："哥哥，这里是我的另一个家啊！"

　　萧天逸一愣，脸上的笑容顿时愈加明亮："对，这里永远是你的一个家，家里的人随时等着你回来。"

植物的枝丫黑瘦，一片冷寂，苏浅月和萧天逸的心里却荡漾着暖春一样的热潮，完全忽略了季节的寂寞冷清。阳光裹着他的脸，亦裹着她的脸。

萧天逸突然道："妹妹，见到你是我最开心的时刻。"他的话发自内心。

苏浅月心里掠过一片凄凉，可惜开心的时候太少了，只能笑道："彼此。"

想起了在她出嫁之前，容瑾深夜来看她的情形，他说："管他国之繁忙，家之纷扰，你我醉一个荫凉清静之所，圆一生淡泊闲散之梦……"

苏浅月到现在才理解了容瑾的意思，那是他不能实现的愿望，唯有向往罢了。看一眼身边的萧天逸，苏浅月忽而意识到，其实这个愿望很好实现，假如换作她和萧天逸的话。

"月儿，这样的天气你一早就赶过来，是不是累了。"萧天逸关切道。

"只希望快点儿到，没想累不累。"苏浅月实话实说。

谈笑着一路走来，苏浅月最终感觉到一丝冷意。

寒冬腊月，临近新年，除了空气里蕴含的新春来到的喜气，更多的还是寒意，裹着凛冽的风，小径两旁的树木花草没有一丝新绿，苍黑的颜色透着渴望润泽的期待，苏浅月抬头四望，知道明年的春天已经不远，她希望那个时候她还能够回来，看到树木花草上的那一抹新绿。

翠竹馆，潇碧阁，除了季节不同一切如旧，和她居住的时候一模一样。房间里，所有的一切都洁净无尘，仿佛她一直都在，苏浅月明白是萧天逸一直都派遣下人打扫的。唯一的不足——房间里没有温暖，那种静悄悄蔓延的冷寂揭示了这里许久没人居住。

她是匆匆而来，萧天逸没有丝毫准备。不过已经有仆人正忙着生火，炉子里的火渐渐燃旺，噼啪作响，随着火焰的扩散，炽热一点点散放，房间里的寒气渐渐散去。

"月儿怎么这般任性，为什么不提前给我一个信息，也好让我早些安排。这房子里没有生过火，自然是冷的，妹妹要是冻着了可怎么办。"萧天逸的口吻中有埋怨，更多的是痛惜。

"不是已经生火了吗，一会儿就暖和了，小妹并没有觉得寒冷，哥哥带给我的永远是温暖。"苏浅月展颜一笑，是实话，亦是安慰。

"只要你愿意，我一生都给你温暖。"萧天逸突然出声。话一出口晓得失言，忙道，"这里是你的家，冷了你就是为兄的不是了。"

苏浅月佯作不知，只开心道："我知道。"

等到房间里暖起来，萧天逸才如释重负道："妹妹，你且歇息一会儿，一大早就上路，定然累了。有什么需要的，只管吩咐。我去忙一下。"

苏浅月点头道："也好，哥哥自便，不要因为我影响你太多。"

萧天逸笑笑，自去安排。

因为苏浅月的到来，萧天逸吩咐下去做各种事情，整个宅子里变得忙碌而欢腾。

房间里只剩苏浅月和素凌了。苏浅月四处望一眼，和往昔她在的时候一模一样，真真有一种回到家里的充实感受。

素凌在入了王府以后才晓得受制，一直向往萧宅里的自由随意，今日终于得了机会出来，心里自是高兴，看到萧天逸走出去，放松笑道："小姐，还是这里自由。"

苏浅月问道："这里好吗？"

素凌点头："好与不好还在其次，这里清静素雅，合乎小姐的性子，最要紧的是这里只有随意轻松，没有钩心斗角，没有暗算，我们不用提防旁人。"

苏浅月叹道："省心自然是快乐的一种。素凌，我们这一次出府另有目的，查清楚偷入王府的仆人到底怎样一回事。"不管素凌是否劳累，苏浅月只能做紧张的安排，"那个人，你是见过的，我不晓得他是不是还在这里，更明白就算他在这里，我们碰得上他的概率亦不高，但是，宁可碰了不可以耽误了，你出去一趟，就当闲逛，四处走一走，如果碰上他就将他唤到这里来，我有话问他。"

素凌脸上露出凝重："小姐，我明白。只是担心即便真的碰到他，他却不承认，我们怎么办？"

苏浅月亦用凝重的目光注视着素凌："这个暂且不用管，眼下要紧的是你我须明白那个人是不是这里的仆人。你出去即便碰不到他，也最好能把他的情况打听出来。"

"好，我这就去。"素凌忙道，言罢转身出去。

看着素凌急匆匆的身影出去，苏浅月松了口气，缓缓靠在椅子上闭了眼睛。她打定了主意，今天，无论如何都要把那个仆人的状况弄明白。

红梅悄悄进来时，苏浅月正在闭目养神，她轻手轻脚拿起一件素色斗篷为苏浅月披在身上，之后又去照看火炉。

火炉里的木炭虽然旺盛地燃烧，却过了蓬勃燃烧的时刻，再接下去火力就该弱了，如此房间里的温度会下降，红梅忙将一旁放置的木炭丢到火炉里一些。炉火在瞬间被覆盖，火焰一下子黯淡，片刻又蓬蓬勃勃燃旺，明亮的光焰散出熊熊热量，"噼啪"一个爆响，在安静的房间里如同一个惊雷，吓得红梅一个哆嗦，扭身看去，苏浅月已经从椅子上坐直了身体。

"夫人。"红梅讪讪走过去，惭愧道，"奴婢笨手笨脚的，惊扰夫人歇息了。"

"我已经歇息了片刻，不累。"苏浅月将身体上的斗篷取下，红梅忙接过去放好。苏浅月看着红梅返回来，问道，"这里好不好？"

红梅转身扫视一眼，恭敬道："布置得清雅素净又简洁，给人清爽愉悦的感觉，住在这里一定舒心，极好了。"

苏浅月轻轻一笑："比王府如何？"

红梅吓了一跳，相比王府的豪华，自然是落了下风，但是，各有各的风格，如何能有高下之说，即便是有，亦不是她能评论的，忙道：

"夫人，王府豪华，但多了烦琐困扰，这里明快雅致，居住着身心愉悦轻松，又怎么是王府能有的。"

苏浅月颔首一笑，目光中都是赞许，言道："世界万事万物都不能十全十美。"

红梅道："是呀，住在这里是开心的，夫人定是长久沾染好心情才养出好性质和高才华。"

本来只是一句恭维话，反倒勾起苏浅月说不出的难过，王府中除了容瑾、容熙两兄弟晓得她并非真正是这里的主人外，旁人怎知她的曲折？

缓缓起身，从窗户上看去，窗纸的阻隔只看到外边的朦胧一片，仿佛她的前途，怎么看都看不透。惦记着素凌外出的状况，亦惦记着柳依依和青云是否能来，苏浅月心中开始愈发不安。

红梅不知就里，不敢多言，只呆呆站立一旁，苏浅月看一眼红梅，道："突然想吃一碗面，你到外边的厨房亲自给我做一碗来吧。"

红梅不知是苏浅月要遣她离开，忙欢天喜地领命而去。

看红梅离去，苏浅月微微叹气，也不知道素凌打听到情况没有？

好在时间不长素凌就回来了，苏浅月忙问："怎么样？"

素凌因为走得急胸口起伏着，喘息道："没有见到那人，不过打听到他的情况了。"

"哦？"苏浅月急切道，一双目光定在素凌脸上。

"我出去转了一圈，就在之前与他相遇的地方做停留，许久没有见到他，正好碰到与我交好的丫鬟杏叶，我将那仆人的长相说出来，问杏叶他可在，杏叶言说他虽是这里的仆人，却总是给萧公子差遣着外出办事，并非总是待在宅子里。"素凌喘着气，"这次他正好不在，我们是找不到他的。"

"杏叶在忙什么，你能否偷偷将她唤来？"

"小姐，我们来得匆忙，萧公子之前没有准备，因此仆人丫鬟都被差遣着做这做那，杏叶也忙着，倘若我们将杏叶唤来，萧公子会怀疑，你看……"

苏浅月点头："是我太急了，没有顾虑周全。杏叶还给你说了什么，对了，那仆人叫什么名字？"

"余海。我说了那仆人的长相特征时，杏叶就笑着问我是不是大鼻子余海，我忙回答是。由此确定，我们见到的那个人就是这里的仆人余海了。"素凌用肯定的语气言道。

苏浅月吁了一口气："够了，得知名字就好。"

素凌担心道："小姐，余海是个什么人？"

苏浅月摇头："倘若知道，我就不担心了。"

素凌忧心忡忡："如果他是坏人的话，行为不端只怕给萧公子带来麻烦。"

苏浅月叹道："这正是我担心的地方。"其实她的担心更多，只是没有说出来。

素凌释然："那我就放心了。"向外望了望又道，"小姐，柳小姐和青云小姐什么时候能到？"

苏浅月无奈一笑："我要说知道，还着急吗？"

两个人絮絮说着话，另外一个丫鬟桃叶急匆匆走进来："禀夫人，柳依依小姐到了。"

苏浅月忙道："快快让她进来。"

闻言柳依依到了，苏浅月一颗心顿时激荡起来，好久不见，柳依依过得如何，是否开心快乐？她在王府虽然锦衣玉食却如履薄冰，时时提防着明枪暗箭，她不快乐，希望柳依依她们能快乐！

明明知道不能也是希望。

唇角荡起笑意，眼神里都是渴望，苏浅月举步向外走去。

"小姐，外边冷。"素凌忙取了披风给苏浅月披在身上，"横竖都等了这么久，也不急在这一时。"

"我更想早点儿见到她们。"苏浅月灿烂一笑。

素凌紧紧跟随在苏浅月身后向外走去，刚刚出了暖阁走到外间的厅堂，柳依依已经在丫鬟的引领下走了进来，苏浅月站住，目光殷切地望过去。

她见到了柳依依，袅娜的步子急促着，一袭浅青色缎子圆领长衣，领口用银线绣着简约的小朵卷花，袖口是排着的葡萄花纹，披着翠绿色棉质披风，优雅的元宝髻上别着一枚翠玉如意发簪，如此清新的装束，雪白肤色衬托着青绿色衣衫，步子的急切，令她面容上带着淡淡胭脂般嫩嫩的红晕。她——还是那样的迷人，苏浅月心中慨叹，分外欣慰。

"柳妹妹。"苏浅月感觉到脸上热辣辣的，心通通跳着。曾几何时，之前的生活鲜明生动地在她的脑海里回放。她很害怕她们俩没有相见的机会，不料这一刻轻易地来了。

柳依依脚步匆匆，抬眼早看到那端等候的苏浅月。

记得往昔的苏浅月与她交好，不分彼此的亲密，只是今日……眼望苏浅月，自她身上透出的华丽高贵令她心中一个激灵，苏浅月的身形晃动一下，发髻上宝蓝色金镶玉的双翅凤凰发簪熠熠生辉，凤凰口中衔着的珍珠流苏更是摇曳着闪耀夺目，那样贵重的首饰自是普通女子无法拥有的，柳依依明白。

今夕不同往昔，她和苏浅月已经不是一个世界上的人了，还能有之前的亲密无间吗？不觉哀叹，她是来了，只是来得对吗？不容过多思虑，她们两个的距离已经远了。

"柳依依拜见夫人，夫人万福金安。"口中请安，柳依依深深施礼，恭敬地拜了下去。

"柳妹妹。"苏浅月恍惚怔了一下，忙双手扶起柳依依，焦灼道，"你这是做什么。"

苏浅月衣袖上金丝银线绣制着繁复的蔷薇花，镶嵌一般生生落在柳依依的眼中，令她想到她和苏浅月身份的不同，心中难过，口中艰涩道："你身份贵重，如今你……我们不一样了。"

苏浅月被柳依依的话刺痛，用力摇晃着柳依依的手，急切道："柳妹妹，不论我现在如何，我们往昔的情意永远在我心中，绝不会因外在的现实有丝毫改变，否则，我又何至于自身还没有出来就急急地约你见面……"苏浅月的声音几近哽咽。

柳依依眸中闪出晶莹的泪光，忙道："对不起，是我失言，姐姐不要生气，妹妹只是担心罢了。"

苏浅月抑制住难过，拉着柳依依的手走往内室："你的担心纯属多余，我们姐妹，不论什么时候那份情谊都是不能抹杀的。我虽然离开了，但是我的心时时牵挂着你们，难道，你们忘了我？"她微微扭头，眼里都是疑问。

柳依依忙摇头："没有，只是不敢想象，害怕姐姐嫌弃妹妹低微庸俗。"

一面说着已经进入内室，融融暖意扑面而来，有微微清香丝丝消散于空气中，恍若置身春阳下的花园深处，苏浅月拉了柳依依坐下："红荷浮出水，白藕藏于泥。一茎生双物，缘何起异议？"她的目光里，有不容置疑的真诚。

柳依依感动："姐姐，我多想了。"

苏浅月坐在柳依依身侧，紧紧握了柳依依的手："我们本是一样的女子，为什么要有区别？我虽身在王府，却很想念你们，只是身不由己……妹妹，你还好吗？"

柳依依眸中掠过黯淡，忙又抬头露出笑容："多谢姐姐的磐石情意。我又如何不思念姐姐呢？只是想姐姐已经荣华富贵，有了安身之处，只为你高兴，也就释然。"一面说着，柳依依仔细凝神看苏浅月的脸，疑惑着，几乎都是不信，"姐姐锦衣玉食反而倒有些清瘦，为何？"她的眼里溢满关切。

苏浅月唇角露出一个浅浅的无奈笑容，叹道："柳妹妹，你觉得王府就好吗？荣华富贵只是表象，人的快乐安逸与否只取决于内心啊！"

柳依依内心一惊，忐忑道："姐姐，不闻你的讯息，一直以为你生活得极好，你的日子……如意吗？"她笑着小心翼翼看苏浅月。

苏浅月轻轻摇头，最终不希望柳依依知道那么多凭空担忧，言道："也是一般，没有不如意，也没有如意，日子就那样一天天地打发过去。"

想着王府那么复杂的环境，暗中虎视眈眈的人，更有那么多的阳奉阴违、钩心斗角，苏浅月心中哀愁，她只愿意过简简单单、直白随意的生活，可惜这个愿望这一世难以实现了。

素凌已经送上茶来，她抬手对柳依依示意："外边寒冷，你又走得辛苦，饮盏茶暖和一下。"

柳依依听话地端起茶盏，笑道："没有觉得寒冷和劳累，一听可以见到姐姐，我就忙得什么都顾不上了，直直地吼着环儿快些收拾了走。"言毕，看了一眼旁边的环儿。

环儿淡淡笑着，眸中露出愉悦，扫视众人，正好目光与素凌相撞，素凌做一个意会的眼神，两人又做终于可以相见的胜利手势，彼此热情地回应，眉来眼去就好像一对情人。

苏浅月正好看到，心中觉得其是安慰，正是她和柳依依深深的情意才让素凌和环儿也成了十分投缘的姐妹，抬头对她们说道："素凌，这里我和柳妹妹说话，你和环儿下去说话吧，有事再唤你们。"

素凌高兴地答应一声，牵了环儿的手自去一边说话。

房间里少了两个人，只剩苏浅月和柳依依相对而坐，两人举着茶盏凝视对方，千言万语都在凝视之中，心里涌动着千丝万缕的思潮。

外边突然有劲风刮起，带着锐利的哨音呼啸而过，连窗户都轻微抖动着，仿佛是做呼应。房内炭火烧得正旺，暖意融融，沉静清雅。坐在这里，苏浅月有一种漂泊后的归宿感。她终于回到了向往的地方，见到了想见的姐妹，感受到松散的闲适、温馨的亲切，不觉道："妹妹，曾经有许多时候我们就这样相对而坐。"

柳依依叹道："是啊，自然随意，心无挂碍。"

"我时常想念那时的日子，虽有太多的不尽人意，可我们心思纯净，快乐也单纯着。还有翠云姐姐一起……依依，我是一并通知了你和翠云姐姐的，你已经到了，她大概亦不会太晚。"

其实柳依依到来的时间不算短了，她和翠云相隔不远，她到了按照正常来说翠云也该到了，就算耽误一些时辰亦是该到的时候了。苏浅月不见翠云到来，柳依依对翠云亦是只字不提，苏浅月心中满是疑惑，难道她走后柳依依和翠云闹了矛盾？或者翠云和柳依依一起说过她的什么，翠云不再来了？

"姐姐，我只是忙着赶过来，旁的什么都顾不得。你一路赶过来，一定也是匆匆忙忙的。"柳依依连翠云的名字都没有提及就岔开苏浅月的话题。

苏浅月一看柳依依顾左右而言他，心中益发疑惑，却不敢再提翠云，只是应道："我不能确定是否真的能出府，一旦证实我真的能出来，就忙着一面收拾一面派人通知你们，希望早一点儿见到你们。"

柳依依高兴是真的，眸中淡淡的疏离亦是真的，苏浅月看在眼里，有一丝不适和惆怅，曾几何时，柳依依天真单纯不加掩饰，今日确实和往昔不同了。然而苏浅月不想冷落了这好不容易相见的场面，勉强盈盈笑语相待。

柳依依的目光紧紧盯着茶杯，欲言又止，苏浅月不觉多想，柳依依到底为何如此？倘若是不得不赶来与她相见但内心早已经和她生分的话，那她就太不值得了，想着心中顿感悲凉。更因为翠云迟迟不到，心中焦灼起来。

苏浅月佯作只管喝茶，感觉茶水顺喉而下的暖意。这茶是驱寒的姜茶，浓浓的香甜中带着一丝辛辣，却也爽口好喝，放下茶盏时，还是笑道："我没有了自由，得知真正能出府，如同给人打开笼子的鸟儿一样，瞬间都不做停留就往外跑，生怕再次给关回去。"

这话，苏浅月是发自肺腑。王府虽然华丽，却像一个囚笼，囚住了她的容颜和自由，让她不得舒展。能有出来的机会，她不敢懈怠错过。

柳依依怔怔不语，满心怅然的样子，苏浅月暗自心惊猜测，却不敢多问。

光阴流转，世事变幻，她已经不再是花柳巷中靠舞蹈歌喉挣生存资格的玲珑舞姬，而是大卫国赫赫有名的容王府的王爷侧妃——梅夫人，荣华富贵，耀眼非常，身份地位万人敬仰，苏浅月暗想柳依依是不是因她们身份的不同心有悲哀和她生了嫌隙？即便如此，也是人之常情，苏浅月不怪柳依依，只是觉得难过。

眼前的柳依依，美艳如旧清丽动人，卓越风姿更胜从前，只是清亮眼睛里蒙了一层淡淡的灰，苏浅月的心隐隐作痛。

很突然的，她极想让柳依依离开那里，所有怨恨卖笑的女子都离开，有各自向往的自由生活。她憎恨那里，落红坊、金玉楼、流莺阁……美丽的字眼儿令人神往，却是糜烂肮脏。

翠云还是没来。隐约中，苏浅月有种不祥的预感，翠云不来了，不来与她相见了，心最终沉了下去。

柳依依抬起茶盏轻轻喝茶，仿佛今日她的目的就是喝茶，苏浅月盯着柳依依的动作，终于明白了柳依依是在掩饰。她忍不住了，轻轻唤道："柳妹妹。"

柳依依将口中的茶水咽下去，一副意犹未尽的样子，放下茶盏含笑道："姐姐，我听你说话呢。"

"你只想听我说话，自己没有话与我说吗？"

"当然有……只是不晓得从何说起。"柳依依回避了苏浅月的目光。

苏浅月难过道："依依，其实我愿意嫁一个寻常的男子，过自在简单无拘无束的百姓生活。还有想要见到你们的时候，一句话一段路，之后我们就悠然自得、轻松快乐地在一起，可惜不能，我没有选择的权利。"说着话，她突然想起萧天逸，倘若她嫁的人是萧天逸，她就真正是属于这里的女主人，她的愿望岂不是实现了？可惜这里不是她的，她只是一个过客，即便有机会在这里停留，亦是短暂一瞬，这是她内心永远无法说出的秘密。

柳依依轻轻摇头，叹息道："姐姐，我亦有过如此之想，嫁一个简单的男子过一种简单的日子，只是这样的愿望属于普通人，我们身不由己没有这种福气，今生只怕荒芜颓废了。我期待来生，下一世我做最平静平常的女子。"

见柳依依如此感叹，苏浅月晓得果然是她的出现勾起了柳依依的惆怅，心中歉意，忙安慰："妹妹，万不可这么说，你的一切还没有开始，前程还十分漫长，说不定有更好的归宿在等着你。"

柳依依浅浅一笑："前事凌乱，后事就能够安泰？空有玲珑心，谁解其中味。不提我了。姐姐你如今有了归宿，荣耀尊贵，身份显赫，妹妹真心祝告你称心如意，心想事成。"她看着苏浅月，语气真挚，完全是一片真心。

苏浅月心里涌起感怀，心想事成不过是一个梦罢了，轻轻摇头："依依，你知道我的情形吗？我是睿靖王爷的侧妃，皇后亲封的梅夫人，你又怎么会晓得我是多出来的那个。”

言及于此罢了，那些话是不能轻易出口的。

豪门贵族三妻四妾顺理成章，有多少明智女子不认为自己是多出来的呢？柳依依不识内情只以为平常，叹口气道：“姐姐，不要埋怨很多，睿靖王爷宠爱你，就能说明他对你的真心了，他是重视你的。珍惜他对你的感情，好好珍惜你现在的一切。”

苏浅月只有点头。

和柳依依絮絮说着话，苏浅月隐藏着内心的焦急等待翠云快点儿到来，翠云却无影无踪。

素凌送来各色点心果品，时间长了，柳依依看到苏浅月依旧是原来的模样，心中释然，话语中不再刻意防范，她们的谈话就自如起来。

时间已经不早，翠云还是没有踪影，苏浅月焦急着。她的时间不多，她的打算是今日白天和柳依依翠云相见，晚上和萧天逸相聚，更有严肃的问题要弄个水落石出，明日她想到观音庵见惠静师太。

只是柳依依一点儿都不显得焦急，更没有只言片语关于翠云，苏浅月终于还是忍不住了，询问她：“妹妹，翠云姐姐是不是很忙呢，这般时候她还不来？”

窗上的阳光东移，只剩一点儿斜斜的影子，半个下午都过去了呢。

仿佛一记重拳，柳依依的脸色顿时黯淡，头渐渐低下，在苏浅月怦怦的心跳中，她的声音里凝结了悲戚：“姐姐，她……不来了。”

柳依依是刻意隐瞒的，能隐瞒一刻就是一刻，此时再隐瞒不了了。

“为什么？她有事不能来？”苏浅月脱口问道。

“她并不是有事，只是她……不来了。”

“为什么不来，我也很想念她的。”苏浅月遗憾着。

“我想她亦是想念你的，只是……哪怕她想念你，亦是不能来看你了。”柳依依终于哽咽起来。

"怎么了，出什么事了？"苏浅月的心忽地提上来，头皮一阵麻木，不样的感觉一下子箍住了她。

"姐姐——"柳依依慢慢将头抬起，脸上完全被悲伤笼罩，"我不愿意告诉姐姐，是害怕姐姐伤心。若是姐姐不是这般的逼问，我宁愿让翠云姐姐担任一个不义的名声，也不愿意让你知道真相。翠云姐姐……她在你入了王府之后，没有多久就去世了……"

柳依依呜咽道。

内心轰隆一声，仿佛五脏六腑都坍塌了，苏浅月整个人被震住：翠云死了？她死了？她怎么会死了呢？秦淮街上，她，她，还有柳依依，她们是最要好亲密的姐妹，相互扶持、相互依靠，任谁都不可缺少。翠云比她们年长，用大姐的风范维护着她们，又那般的出色，比她和柳依依都要出色，她怎么会死？

"为什么会这样？"苏浅月喃喃自语。

如同做梦一般，她宁愿相信她是在做梦，醒来之后一切如旧，她没有出过王府，翠云姐姐还在秦淮街的流莺阁。那里虽然不好，但她在，就算过得不幸福不如意，然而她在。

苏浅月知道，只要活着就有希望，就有出路，她一直是希望姐妹们都有个好出路，有个好归宿，而不是要她们走上不归路。

每次她遇到不如意总是和翠云诉说一番，翠云的安慰总能令她的不如意烟消云散。翠云那样聪慧、理智，又懂得世事，怎么会早逝？

"翠云姐姐那般理智，有什么想不开，她怎么会死？"苏浅月不知道是在喃喃自语，还是在询问苍天，或者是想要寻找答案，她不能接受翠云的死。

柳依依啜泣着："是啊！她本不应该的，为什么要去寻死？若说是为那样的事情去死……实在不是她的做派，可她就那样死了，死得让人惆怅……"

苏浅月一点点恢复知觉，细想柳依依的话，才晓得翠云的死不是寻常生病或者突发意外，慌忙问道："妹妹，翠云姐姐是怎么死的？"

"姐姐，她……她是自杀……"柳依依脸上挂着晶莹的泪珠，亦是疑问，"翠云姐姐那样聪明，为什么要自杀？"

苏浅月心中再一次惊骇，自杀？翠云那般冰雪聪颖的女子，难道还有什么解不开的结吗？她怎么会自杀？难不成是给人暗害了，伪装成她自杀的样子？苏浅月无论如何都不能接受翠云自杀。

苏浅月摇头："依依妹妹，翠云姐姐不是狭隘看不开的人，会自杀吗？我们相处又不是一日两日，她的承受能力比你我都强得多，怎么会自杀。再者，那种地方原本就不是把人当人的，我们都心知肚明然后自保，翠云姐姐难道不明白吗？即便再委屈，她也不会自杀，是不是有人做了手脚，翠云姐姐被害了呢？"

柳依依摇头："她若是被人害了，我或许还能够接受，可我相信她是自杀的，所以更难过。她那般聪明，只是心性太高，太高傲了，高傲得容不得一点儿瑕疵，所以自杀。"

"谁，谁招惹了她？"苏浅月急切道。

柳依依还是摇头："她那种人，怎么会说出原委？我不晓得。烟花柳巷，仔细说起来，最是无情的地方，她亦是比谁都懂得的，为什么就不能看作平常，拿性命去牺牲？"

苏浅月喃喃道："如此说来，翠云姐姐是真心爱上了一个人。"

柳依依点头："应该就是如此。只是她有可能是被对方骗了。我想，即便被骗，又为什么要去牺牲性命，太傻了。"

是的，傻，翠云是太傻了，拿自己的美好年华去为虚情假意做祭奠。翠云并非一般随意的女子，她爱上的男子一定不是普通人物，不晓得害她心动的男子是谁？

如此残忍！

柳依依细细言道："翠云姐姐是吞金自杀。她给自己穿戴齐整，哪怕最后一刻亦是最美丽的容颜。"

泪水已经在苏浅月脸上流淌："她那样的人，自然是死也要死得体面了……"

柳依依哭泣道："听她的丫鬟说，那一晚上她说不舒服，独自关了门不让人进去伺候，第二天早上丫鬟推门不开，才急忙找流莺阁的妈妈，着人把门打开，翠云姐姐已经停止了呼吸，她什么都没有说，什么都没有留下，就那样干干净净走了，不留痕迹。"

苏浅月脸上泪水涟涟，只是疑惑："既然死得不留痕迹，旁人又是怎样知道她是为了某一个男子而死，那个男子是什么样的人？"

柳依依珠泪抛洒："没有人知道那男子是什么人。我最后一次见她，见她憔悴嘱咐她好好调养身体。再次听到有关她的消息时，是她自杀，我急忙带了环儿赶过去，见了她最后一面……就那般地被草草抬出去，在乱坟岗埋了……"

那样悲惨凄凉的情景，苏浅月实在不愿意接受，她宁愿永远都不知道这件事。眼泪不停流淌，眼前模糊一片，她哽咽着："你们是如何知道那个男子的，他又是什么人，翠云姐姐为他惨死，他就……完全不管吗？残忍到没有一点儿人性？"

柳依依泣道："平素没人注意翠云姐姐和哪一个男子过从甚密，她突然死去亦没有哪一个男子为她做过什么。听说是在她死后过了几天，有一个俊朗男子突然到流莺阁寻找她，得知她死去的消息后，那男子在翠云姐姐的房里住了一夜，他临走的时候在墙壁上留了一首词，别人这才猜测着翠云姐姐的死和他有关。还有后来，翠云姐姐的坟墓被修整得十分堂皇。"

如此说，那男子并非无情，只是不得已罢了，是翠云过于急躁，等不得那男子安排。苏浅月忙忙地问："那个男子究竟是什么人？"

柳依依摇头："有身份、有地位的男子去那种地方岂肯透露身份姓名？"

苏浅月突然想起容熙和容瑾乔装看她歌舞。惹得翠云去赴死的男子绝对有隐情，她忙转向了柳依依："那男子留下的词你们知道吗？"

柳依依点点头："我听说了她房间有人留诗词，忙去看，幸好那词还在，我用一方锦帕写了下来，姐姐请看。"柳依依说着从袖子里拿出一方锦帕递与苏浅月。

苏浅月忙接过来展开，锦帕上写道：相逢不言，依月青竹窗外寒。伤心难画，隔岸花落旁人家。碧霞难留，翠云天上空悠悠。思恨成殇，滴尽沧海泪一行。

这是一首减字木兰词，只是这词……

依月青竹……隔岸花……恍惚间，苏浅月的心里惊起海啸，是不是……容熙？能惹得翠云情动的男子，没有几个，恰恰是容熙一类的人更能引得翠云青睐，难不成真的……是他？

眼见苏浅月惊愕的神情，柳依依亦惊了一下："姐姐，你看出了端倪？"

"啊？没有没有，词中藏有深意，我只是觉得不可思议，难过。"苏浅月慌忙否认。

"这锦帕上的词句我无法理解。"柳依依茫然道。

"我亦不能理解，唯一能够知道的，仿佛这男子并非有意伤害翠云姐姐。"苏浅月如此说并非有意为容熙开脱。

倘若那人真是容熙，其中必定另有缘故。她相信容熙不是那种置人于死地的性子，他没有那般恶毒。她晓得他的多情、懦弱，更有他的善良，不是吗？若他不是思虑周全顾全大局，早已经把王府搅得天翻地覆，她怎么还能周全地待在王府？倘若那人真是容熙，翠云真是错走一着，假以时日，容熙凭着愧疚之心亦要给翠云一个交代的。

只是，那人真是容熙吗？

悲伤中，柳依依再无言谈的兴致，更不愿意惹苏浅月悲伤，言道："姐姐，我原本不想把翠云姐姐的事说给你，宁愿你误会她不想来看你，也不想让你知道她死亡的，结果还是给你知道了，惹得你如此难过。姐姐，我们伤感无济于事，你好好保重，若还有机会，我们再相见。我……该走了。"柳依依抬眼，眸中深厚的情意中是依依不舍。

苏浅月的心犹如被拽了一下，疼痛到无以复加。她想着和最亲近的姐妹相聚，谁晓得不能见的已经永远不能见，能见的亦是短暂一瞬。分别在即，她不知道还能说什么。

相见时难别亦难，言语无力笑容残。苍茫前事难诉尽，落寂点点覆愁颜。

许久，苏浅月摇头："依依，我好想念那时候在一起的我们，不想和你分别。"

柳依依哑声道："姐姐，来日方长，我们保重吧。但愿下一次相见的时候，时间能久些。"

原本想要开心地相聚，结果却是这一番收场，苏浅月同样晓得再相处下去，除了悲伤难过再无旁的，不觉中双泪垂下："依依，这一次相见了，下一次相见又是在什么时候？只求我们都不要学翠云姐姐，各自保重。来日方长，我们总有再相见的时候。"

柳依依走了，苏浅月的渺茫之感如云雾般将她包围，姐妹相聚的愉悦心情完全因翠云之死而荡然无存。倘若知道柳依依带来翠云死亡的消息，她宁愿连柳依依也不见。

西沉的太阳光已经下了窗户，房间里是微暗的黄昏，给人压抑和沉闷，连给人温暖的炉火都叫人感觉不到美好。苏浅月眼前浮现着翠云的面容，清楚地知道这一生再也见不到翠云了，她永远散去了，不见了……

素凌看着苏浅月难过，唯有安慰："小姐，死者已去，伤感于事无补。翠云小姐是那种不想牵连旁人的人，你若这样，地下的她该不安了。再者你身体虚弱，忧思伤怀哪里受得住。"

难过、痛心、恍惚，苏浅月实在难以从那种复杂困惑的情绪中转过来，翠云的死太过于蹊跷了，她是为了哪一个男子？容熙吗？倘若真的是容熙，她亦脱不了干系，不是吗？隔岸花落旁人家，这一句足以做说明，只是苏浅月不敢承认，再者，一时也没有证据。

看到素凌忐忑，苏浅月只得勉强展开笑颜："我明白的，你不用过多担心。"

突然想到这是萧宅，是萧天逸的住处，她身处潇碧阁，没有恣意放纵的资格，再者一会儿萧天逸若是过来看到她伤心难过，指不定会想到什么。她不能不识趣。

想到这些，忙嘱咐素凌："一会儿萧义兄过来，我们要装作快乐，万不可把我得知翠云死去的事情露出来。我们出府的时间太短暂，只需要自己高兴也给别人带来欢乐，不能流露悲伤影响别人。"

素凌懂得，点头道："小姐说的是。你这一天的劳累，又难过许久，闭上眼睛歇息一会儿。还不到晚饭的时间，我想萧公子需要一会儿才能够过来。"

萧天逸落落大方又善解人意，一定是把所有的时间都留给她的，苏浅月明白。她点点头，躺到躺椅上慢慢闭了眼睛。

为了顺利出府她费了许多心力，又是一早过来，然后因为翠云的死伤心了许久，确实是累了，闭了眼睛就感觉到头脑中一片朦胧。

素凌悄然站立片刻，取过一条薄被给苏浅月盖在身上后，轻手轻脚转身而去，迎面红梅走了过来，素凌忙把一根手指竖在唇上，红梅立刻站住。

"小姐累了，让她睡会儿。我们出去走走。"素凌走过去轻轻对红梅言道。

红梅看了一眼手里的食物，点点头，两个人相携着出去。

苏浅月清醒过来，已经是华灯初上，烛台上的红烛已经高照，整个房间里是醇厚的光晕。红梅动作很轻地往火炉里加着木炭，素凌轻轻拭擦着桌椅。

"素凌，这么晚了不叫醒我？"苏浅月一看这个时辰，坐起身来埋怨道。

她是太累了，朦胧睡过去后做了许多梦，只是她这次回来哪里是为了睡觉歇息的？

素凌忙道："小姐醒了，你睡得很安稳。我晓得你累，怎么忍心叫醒你。"

苏浅月抬起双手轻轻揉了一下眼睛，嗔怪素凌又能怎样？问道："萧义兄可曾来过？"

素凌脸上的笑意氤氲开来："刚刚萧公子来过了，看到小姐睡着不容我们打扰，只吩咐我们小心候着，等小姐醒来再开宴。小姐，你回来，萧公子高兴得不晓得怎样才好，忙忙乱乱半天又不晓得怎样，只吩咐厨房备好上等的宴席给小姐接风洗尘。"

素凌絮絮叨叨说着，苏浅月起身向外走去。

刚回来时，见到萧天逸的第一眼，苏浅月就知道萧天逸对她的心思没有丝毫减弱，他的眼眸同原来一样，依然含着深情的目光，面对她时仿佛他们一直在一起，随意自然，又喜悦满满。只是，萧天逸如此，苏浅月心里越发纠结，私心里期待更多一点儿，理智上又明白他们的情意最好只是兄妹之情。

"有请哥哥，就说我已经醒来。"看红梅一脸笑容走过来，苏浅月慎重道。

晚宴丰盛超过了苏浅月的预想，在她眼里都觉得过分铺张，萧天逸却觉得不够，歉意道："妹妹，这里比不上王府，请你不要介意。"

苏浅月的目光里有哀痛，他又何必这样？与此相比，她宁愿多一些简朴，她和他就像她初到时的融洽和谐，永远不要有这种身份上的疏离和隔阂。"哥哥，你是在折损我。"苏浅月丝毫不掩饰她的情绪。

萧天逸赔笑道："妹妹，你又何必如此？今日的你，身份贵重不同于往日，为兄生怕委屈了你。"

苏浅月却摆出了委屈的神情："哥哥，既然你叫我妹妹，可知道我是怎样一回事？我宁愿我们永远是从前的样子。"

萧天逸容色一变，瞬间恢复到微笑，忙道："当然，我们永远是从前的样子。"

苏浅月终于展颜一笑："哥哥，如此才是我们兄妹的样子。"

丫鬟将酒满上，萧天逸愉悦地举杯："妹妹，好花常开好景常在，但愿我们永远有如此快乐相见的日子。"

他的脸上是满满的期待，眉宇间流露出深深的情意，看得出来他是真心真意。苏浅月举杯，嫣然一笑道："美景常在那就美酒尽欢了。"

"吉言长存，月儿，干杯。"萧天逸举杯一饮而尽，豪爽恣意，情意毕露。

苏浅月浅浅一笑，同样饮尽杯中酒。

宴席中苏浅月突然想起受皇封为梅夫人时王府为她庆贺的宴席，那是一场险些断送她性命的宴席，想及那时，惊弓之鸟般连饮酒都变得小心翼翼。看起来，心底有了阴影，便成为束缚自己的一道桎梏，难以消除。

府中出现的龌龊苏浅月并没有向萧天逸言及，因此萧天逸视为平常，高兴中豪饮了许多，苏浅月后来是象征性地陪着饮了一些，萧天逸只顾开心并不在意，只是道："月儿，这是自己的家，你随意。"

如此舒适自在、散漫随意，确实像极了自己的家，苏浅月心中氤氤了暖暖的感动。

吃完饭，萧天逸陪着苏浅月到房间里说话。苏浅月明白，这才是他们真正的开始。

坐下去，萧天逸快意道："见到月儿回来，为兄有喜从天降的感觉。妹妹，真希望你能住尽量多的时间。"

苏浅月笑："哥哥，无论月儿走到哪里，走多远，都会记得哥哥。如果条件允许，我愿意无限制地住下去，只要哥哥不嫌弃。"

萧天逸挥挥手："说哪里话，我巴不得妹妹永远不离开……"意识到自己失言，萧天逸忙住口，不晓得是饮酒过多的缘故，还是心中激动，他的脸上泛起别样的绝少有的晕红。

苏浅月心中一动，此乃他的真心话吗？既然如此，当初为什么选择让她离开？倘若真正想留住她，那一颗夜明珠足足可以办到，他却不，如今再说这样的话，不过是徒然增添各自心中的难过罢了。

然而，苏浅月不动声色，只喜悦道："你道我不愿意吗？"此话，她用孩童般的语气说出来，即便萧天逸听在耳中，也不会当作大人的心机。

苏浅月此话，酒中兴奋的萧天逸自然喜欢，亦不做他想，笑容更加明朗，声音也更加爽朗，兴奋道："家门永远为妹妹敞开，妹妹想要回来就回来，不必有任何顾虑。只是你这一次回来太过突然，我都措手不及，如此多有怠慢，只怕月儿心中不快。下一次回来，记得提前给我信息，我好准备，亦免得你突然而至我不在家呀。如果你来又不多做停留，我却不在家，心里会难过死的。"

酒后吐真言，苏浅月早已经将萧天逸的话在心里过滤许多遍，只笑道："即便是自己的家，我来去随意，又哪里想到哥哥在不在，心里一直以为哥哥是在的呢。哥哥，你又是常常出门的吗？"

之前她在的时候，萧天逸外出她只当平常，男子有许多事要做的，倘若永远待在家里反倒不正常了。此时苏浅月暗自疑惑：他外出究竟做了什么？

萧天逸朗声笑道："我不能像闺阁女子一样足不出户吧。"

苏浅月浅浅一笑："不管别的，只希望我每次回来的时候，哥哥都在。"转而对素凌道，"我和哥哥说话，这里不用你们服侍了。"

"是，小姐。"素凌带着红梅和萧宅中的丫鬟桃叶下去了。

"哥哥，请用茶。"苏浅月盈盈起身，将茶盏端到萧天逸面前，又道一声："我去去就来。"言毕，转身匆匆忙忙走回内室。

待她回来的时候，萧天逸已经将茶喝完，只用欣慰亲近的目光追随着苏浅月。苏浅月低了头从广袖中取出一个暗红色小巧精致的盒子来，萧天逸一时微微变色，不晓得苏浅月有何用意。

那是萧天逸送给苏浅月的夜明珠的盒子，苏浅月轻巧地打开盒子，将硕大的夜明珠托在手上，顿时，一室温润的光华灌满房间。夜明珠的光亮，有日光的明亮，月光的清澈，烛光的敦厚，种种光亮的妙处集于一身，却绝不同于任何一种，美到无法形容。

夜明珠的光华下，房间里的一切清澈耀眼，无所遁形的赤裸，她和他的脸上都有奇妙的梦幻般的颜色，苏浅月托着夜明珠静静地看着萧天逸。

萧天逸勾了下唇角，不解道："月儿，你是何意？"

苏浅月凝声道："哥哥，这是你送给我的，我怕你平时没有赏玩过，因此拿来。此物贵重，价值不菲，鲜少有宝物与之比拟，哥哥，我虽是你的妹妹，却只是义妹，你这样用心待我，觉得值吗？"

萧天逸看向苏浅月，却见她一脸慎重，他和她在一起，哪怕最重要的事情，包括与她商谈为她赎身时，她亦没有过如此凝重的表情。那么，她对此珠的重视非同一般。萧天逸心中一黯，他对她的重视，岂是这一颗珠子可以比拟的？

终于，万千情感凝结成一句话："我只怕此物都配不上你，月儿。"

"哥哥，那世上还有什么是配得上我的？"苏浅月反问一句。

"有许多东西，不能用物质的价值来衡量。"萧天逸黯然摇摇头。

"哥哥，你可知道，我最想要的是什么？"苏浅月说着，终于流下泪来，"此珠的价值，即便将十条秦淮街买下，亦是绰绰有余。"

言外之意，她知道，他更知道。

夜明珠的光亮，在苏浅月素白的手掌中如梦幻般的华美，泪光迷蒙中，对面的他朦胧难辨，同像一个梦幻，然而苏浅月明白，即便看不清他的面容亦无要紧，他的面容一直就在她的脑海里。

萧天逸倏尔一惊，苏浅月一口道破此珠价值，他唯有苦笑："月儿，等闲之物配不上你，倘若有可能，我……我愿意将天下最珍贵之物给你。可惜了，我身份有所限制，不能给你所需要的。"他墨色的眼眸愈发深奥，仿佛藏起了无穷无尽的秘密一般，叫人难以看清。

烛台上的灯光已经显得多余，却依旧毫无知觉地摇曳，挣扎一般，越发显得软弱无助。苏浅月眸中泪光闪闪，轻轻地摇头，口吻轻软得如同一缕烟雾："什么是最珍贵的，我想要什么？"

眼见苏浅月伤感如斯，萧天逸惶惑起身，不觉握住苏浅月的手轻轻摇晃："月儿，是我不好，我……"他的手掌将她手掌里的夜明珠覆盖，房间里顿时光线暗淡，如同突然间进入一个昏暗的世界。

两个人都吓了一跳，萧天逸顿时意识到他的莽撞，急忙松开手，而苏浅月在萧天逸的手松开时，骤然合拢手掌，将那光华完全收入掌心，继而又若无其事般将夜明珠收入盒子。

待她将夜明珠收好，萧天逸亦坐回了原处，意态悠然，仿佛刚才的一切不曾发生过。苏浅月眸中的泪亦被她完全收回，只是被泪水冲洗过的眸子越发明亮，如夜幕下碧空中的两点寒星。她知道，往昔就如同萧天逸情急中握她的手一样，只是一个瞬间，过去了就是过去了。

内心回归平静，现实摆在眼前，苏浅月看一眼萧天逸，终于问出了她牵肠挂肚的问题："哥哥，余海是否在？"

"余海？"萧天逸无论如何都想不到苏浅月会问出这个名字，震惊中心思转换不停，却明白再也不能否认有这个人了，却也不敢多话，唯有试探，"他不在，月儿找他有何事？"

"我想问的，是他为何在王府中出现，倘若我没有看错的话，他还在皇宫中出现过。"与其遮掩，不如直接，苏浅月端坐着，面容上皆是慎重，一双眼眸注视萧天逸，不是怀疑而是肯定。

萧天逸有一种无所遁形的感觉，即便想要撒谎，只怕谎话在这样的目光下也会露出原形。

"月儿，你怀疑的并非余海，而是我。"萧天逸长叹一声，眸中尽是痛苦。

"为何？"苏浅月脱口而出，萧天逸的话早在侧面做了说明，他——绝不是表面简单的他。她的心"怦怦"跳着，不安如同一只罪恶的手扼制了她的咽喉，只叫她害怕。

"倘若不是你在无意中碰到余海，你会怀疑我吗？"萧天逸惨然一笑，终究，他的秘密是要暴露在她面前了。

"会。因为你还有夜明珠送我，夜明珠是罕见之物，若你是普通人，没有得到的可能。"苏浅月直言不讳，掷地有声。

萧天逸内心滚过惊涛骇浪，苏浅月有此见识，又岂能是普通女子？看起来，不单单是他在隐藏，她又何尝不是？面对苏浅月笃定的眼神，他一点点融化下去。

"月儿，我的确不是普通人，甚至……虽然我是中原人的长相，细说起来连中原人都不是，我乃塞外源北藩地巴图族鲁索王爷的义子鲁索邵辉。"眼见苏浅月的目光如强烈日光照射中紧缩一样地变形，萧天逸依然说下去，"我知道吓着了你，可事到如今我不得不说。

不过请你相信我，不管我身份如何，对你毫无恶意。月儿，其实我更想呵护你，就如同你我之前的日子那般，永远在一起相互扶持照顾，不离不弃。只是我身份的局限，有许多不能，我害怕耽误你、影响你，更怕这样的我你会视为异类，我怕……"他无法说下去，痛苦令他声音嘶哑。

心中的某个地方突然坍塌，苏浅月忽然就软弱下去。他的话就好像一团密密麻麻的飞虫钻入她的脑海乱飞乱舞，她的头好痛，头晕眼花，脸上已经失了颜色，浑身冰冷得如同三九天被抛入冰水中。

为什么？

她无法接受，他的担心最终不是多余，他吓坏了她。看她如此他亦吓坏了，慌慌张张道："月儿，我发誓，我不是坏人。或许在你眼里我是一个埋伏的奸细，但我用生命起誓我没有做过坏事，甚至，我用我特殊的身份维护了国家的和平，请相信我。"

苏浅月不是害怕，而是震惊，与他相处数月，从来没有看出他有丝毫异样。他的长相与中原人一般无二，怪不得她从来没有怀疑，是他伪装得好还是她眼拙？倘若不是余海的出现，她即便对他的情形有怀疑亦不会对他的身份有怀疑的。

可怜她那样为他担心，却原来一切都是多余，一抹自嘲的笑苦苦挂在唇角，她的声音凄凉又破碎："哥哥，你终究是骗了我。"

萧天逸慌忙否认："我不是故意的，倘若说我是骗你，亦是为了你，月儿，你是不会理解我的心的。就如同你所言，那颗夜明珠的价值……我并非贫贱，自从遇到你，我就千百次想过为你赎身，之后带你离开，我们隐姓埋名到一个无人知晓的地方终老一生。可是思前想后我又顾虑颇多，万一你不接受呢？看得出你是心气高傲的女子，让你做一个平凡妇人只怕你不愿意，我能如何？再者，倘若我的身份暴露，便是死无葬身之地，我怎么能连累你？"萧天逸满面痛苦，那么多的隐衷，那么多的不得已，又如何给她说得清楚。

"月儿，我原本是中原人士，幼年时候父母双亡，我流浪街头，流浪中被潜入大卫的鲁氏发现我有练武的天赋，于是将我带到塞外习武，目的亦是要我武成之后到大卫京都潜伏。月儿，你晓得了，我原本是中原人士，即便身份特殊亦不会做有损大卫利益的事，你放心。今晚之言，是我真实的全部，倘若你害怕我祸害国家，可以揭发我的，月儿，即便你真这样做了，我也不怪你，因为我碰到了一个愿意让我说真话的人。"

苏浅月的头脑嗡嗡响成一片，最终被萧天逸的最后一句话斩断，"嘎"的一声，如此清脆利索的声音，让她的头脑一下子清明。他说了他碰上一个愿意让他说真话的人，可见说真话有多难。

"哥哥，我只是一个弱女子，只求平静安乐。对你，我愿意你对我的守护像我在落红坊时一样，愿意你我之情如我在这里居住时一样。"苏浅月情真意切道。

面对一个用真实剖白自己的人，她不能狠下心肠。他是探子就怎么了？各司其职各为其主，倘若能维护国家和平，不是挑拨离间大奸大恶的坏人，探子亦是人做的，不见得所有探子都是坏人，比如萧天逸，她相信他是正人君子，相信他是好人。

"余海的相貌奇特，才让你抓了把柄。以后，我需要小心谨慎。"萧天逸惭愧道。

"哥哥，记住你的话，不做分裂国家破坏和平的事。你——就是中原人。"苏浅月的目光，流转中如初出山坳的清泉，淙淙流淌，清澈纯净。

萧天逸眸中的感动和感慨鲜明生动，今晚他终于将心中块垒一吐为快，苏浅月不仅仅是一个温柔沉静的女子，还是一个懂世事知进退的女子，她的聪慧她的通透，以及彰显与包容，那么多的品质完美结合在她身上，令他佩服到五体投地。

　　他从来都没有如此深刻地了解苏浅月，更为失去她遗憾到悔恨，只可惜木已成舟无法回转。一时，他不晓得如何说话，只用力点头："月儿，我记下了，记下了……"

　　萧天逸走了，苏浅月瘫坐在椅子上，仿佛全身的力气被抽光。即便是再丰富的想象，亦想象不到萧天逸的身份，想象不到他做的事情究竟有哪些。

第四章　相思苦，相见时难别亦难

窗外，是黑沉沉的夜，唯有天上的星星不停闪烁，如同纷乱的心没有安宁。月光很淡，只因没有圆满更显纤弱，那样弯弯的一钩，叫人无尽的心思更显惆怅。期待吗？期待什么？生命中期待的美好大多因为现实的残忍一点点破碎，成为齑粉飞散在尘埃中。

"月儿，这几个节拍的气势显得弱了，能不能变得更强烈一些，也好渲染更强烈的感情？"

"月儿，倘若有事，一定告诉我，有我在，不让你受委屈侮辱。"

"妹妹，可惜……为兄身份所致，连为你赎身的资本都没有，实在惭愧。"

"妹妹，你还需要什么，一定告诉我或者下人，为兄虽然贫寒却不想过分委屈你。"

……

那些话犹在耳边，是他清亮的眼神含着真挚。

认识他的日子是久了，和他在一起虽只有短短数月，却是她一辈子的美好记忆，每一次想起都会心潮澎湃涌起温暖涟漪。相信他，只当他是芸芸众生中最普通的一个，从来没有怀疑过他竟然有这样复杂的背景。

萧义兄……

方才他说了："自从认识你，我心中的争斗没有一刻停止，想将你的一生羁绊在我身边，却害怕给你带来不测……终究是错失了你，我心中的煎熬不是你能理解并承受的……"

说话时他情绪激动难抑，那种哀伤和无奈叫人有肝肠寸断的疼痛，她想过那么多他不为她赎身的理由，却怎么都想不到会是这样。

苏浅月挣扎着从椅子上站起来，三更已经过了，她晓得该上床歇息，不然明天哪里还有精力到菩萨庵？

起身，才感觉到浑身绵软没了力气，脚下虚浮着，如同踩在云朵上。与此同时，缠绵的箫声悠悠响起，一点点在寂静中散开，虽然格外清晰，苏浅月却真真切切地明白其间隔着万水千山的距离，成了她和他永远跨越不过的一道鸿沟。

他的清箫扬起悠扬的余韵，她在这余韵里展示凌波仙子的绝技，这场景已经被过去的烟尘埋葬。那些快乐，亦是不可捕捉的梦了。

萧天逸一夜未眠，他清醒地意识到和苏浅月在一起的机会不多，晨曦微露就赶往翠竹馆。苏浅月会在天明后赶往菩萨庵，他想用尽可能多的时间和她说句话。

苏浅月劳累至极，又被那么多的意外轰击，原本就虚弱的身体难以支撑，因此就算是睡着了，轻浅的睡眠亦好像一缕烟，微微一吹就散的样子，她就那么猝不及防地醒转过来，头脑清明得如同湖上浮着的雪白薄冰，又脆又硬，可以泠泠作响。

醒来的瞬间就完全明白她身在何处，于是转头望向窗户，窗户已经白了，只是那朦胧的白没有照亮烛火熄灭的房间。她大大睁着眼睛回想昨日的情形，柳依依言及了翠云之死，萧义兄明示了他的身份以及剖白他的情感……这些于她而言仿佛是进入了另外一个世界，扭转了她的认知。

素凌和红梅不会在这么早的时间里进来，她们怕惊扰了她的睡眠，苏浅月用手臂托着床榻一点点撑起身体，之后走往窗户前面。

她听到了晨风丝丝掠过树梢的声音，枯瘦的树枝细细嘶鸣，是翠竹的声音覆盖了一切，那样毫无阻隔的清脆伶俐，如利刃斩断硬物一般利落，令她的心清冷凄凉。

她晓得，即便是站在这里伤感，时间也没有多少，她只是一个匆匆来客，是一个终将归去的离人。

苏浅月就那样静静地站着，突然一道霞光染上窗棂，她不觉一惊：天就要大亮了，天明以后就要动身，容不得她细想。泪水，一点点顺着苏浅月的脸颊流下。

秀帘"哒"地响了一声，苏浅月慌忙用手拭去泪痕，与此同时是素凌的惊呼："小姐，你这样早就起来，站在窗户边上要着凉的。"

随之而来的红梅亦道："夫人，着凉了了不得。"言毕忙着去给火炉添木炭。

素凌已经抓了一件棉袍给苏浅月披在身上："小姐，你是多会儿起来的，还早呢。"

苏浅月清浅一笑："即便是早，我们还有多少时间停留？"

一句话，素凌的脸上显出淡淡忧伤，她又何尝不晓得？只不过竭力克制忍着难过罢了。

红梅已经点亮灯烛，摇曳的烛火如流水一般在房间里蔓延，到了窗户上便稍微暗淡，到底是霞光的强烈霸气覆盖了烛火。苏浅月瞬间明白，比之弱小，强大的事物永远有着无可比拟的优势，此乃不可扭转的真理。只希望心中的情思，如霞光一样，照亮所有的黑暗和不堪。

"素凌，取文房四宝来。"

苏浅月一声淡淡的吩咐，却是不能驳辩的笃定，素凌忍住了心中的疑问和劝解，默默去把笔墨纸砚取来，端放在墙角的桌案上。

苏浅月心里汹涌起说不出的千头万绪，提笔而下：离人无语霞无声，万道金芒摄人魂。身去心留如霞瑞，似有似无扣命门……

"月儿，可曾起床？"

敲击门框的声音和着温和的声音响起，全神贯注于笔端的苏浅月手腕一抖，所有的心神全部凝聚在门口的声音上，不觉已经放下了手中的笔。

"哦，来了。"苏浅月扭转身体回望的同时，素凌已经答应一声走过去撩起了帘子，满面含笑道："萧公子早。"

"早，素凌姑娘，月儿她……"口里说着，目光越过素凌落在了含笑凝望他的苏浅月身上，"妹妹早。"

苏浅月强撑着，脸上带着明亮的笑意："哥哥，早。"

"担心你晚了，又害怕太早你没有睡好。"萧天逸犹豫着，矛盾的心情完全流露出来。他从素凌让开的门口走进来，几步就站在了苏浅月面前。

"没有，哥哥。倒是辛苦你了，早早来看我。"

"没有。知道你去菩萨庵，早来一刻看看你。"此话原本不该出口，萧天逸最终没有忍住。

"哥哥，我们相处的时间不多，能多说一句话也是好的。"这里亦没有旁人在，红梅并不晓得他们只是结义兄妹，苏浅月眼见萧天逸情真意切，便也不再矜持。

如同一道暖流，一点点氤氲开来，散在四肢百骸，每一个毛孔里都是温暖的感动，看起来她没有怪他，且她对他的情义没有变，萧天逸心中的一点忐忑被抹去，一切都值了。

"小姐，我和红梅去收拾一下东西。"

素凌给红梅使了一个眼色，红梅急忙随了素凌出去。

"哥哥，请坐。"苏浅月含笑道，"来得急促，给哥哥惹了许多麻烦。"

萧天逸与苏浅月一同坐下，他含笑看她："就喜欢这样的麻烦，多多益善。我一直害怕你进入王府将这里的一切忘了，看起来是我多虑。月儿，多谢你记得，更希望你永远不要忘记这里。"

苏浅月摇头："你是我哥哥，这里是我的家，我怎么会忘记？或许哥哥念起我的时候，亦正是我想起哥哥的时候。"她深深明白这里不是她的家，但她要把这里说成是她的家，要他安心地认他这个妹妹。

他给她的，够多，虽然不是口中能说得出来的，心中却明明白白，这份情义是无价之宝，她要。

"好，好……"萧天逸的眼里突然涌起一层亮晶晶的东西，激动着连续说了几个好字，然后转眼环顾，"我只怕这里配不上妹妹的身份，倘若你不嫌弃，为兄会永远把这里留给妹妹，永远！"他把目光落到苏浅月脸上，语气铿锵。

苏浅月好难过，倘若萧天逸不是因为特殊身份，断断不会让她嫁入王府，那么这里就是她永远的家。可惜了，她没有福气住在这个可以带给她快乐的家里，这是她无法弥补的遗憾。

不敢把难过流露，苏浅月那样灿烂地笑，口气慎重："多谢哥哥，只要妹妹活着，会永远把这里当成家的。"

萧天逸心中激荡，傲然道："说什么活着，我要你好好活着。月儿，倘若王府为难你，我不惜一切代价要把你抢出王府！"

他的话分量好重，苏浅月几乎被吓了一跳，忙道："我一定在王府风风光光地活着，哥哥且莫忧心。但凡有机会，我就回家看望哥哥。"

一切尽在不言中。离别在即，不舍和伤感混合在一起，萧天逸知道他无法挽留什么，沉声道："我永远等你。"

苏浅月的心早乱了，自古伤情多别离，转眼看向在光明中渐渐变淡的烛光，心道：烛火弱，五更明，不识离情正苦；一丝丝，一缕缕，无声噬心魂。最终，千言万语凝成一句话："哥哥，一切慎重，保重！"

因了萧天逸周全的安排，早饭亦是早而丰盛，苏浅月用了早饭，就有轿子在门外候着了。因为是到菩萨庵，那是素净清修的地方，苏浅月只有简单的妆饰，着一身浅蓝色长衣。简单朴素的她，更显天然俊秀，清爽出尘。

萧天逸看着苏浅月坐进轿子，看着苏浅月掀开轿帘对他挥手，他的手轻缓抬起就那样停在空中，心如刀绞，看着苏浅月一行人渐渐离去。

离去……

再相会，有那么容易吗？这一次苏浅月回来，对他而言是个意外。原本他不必太过克制那份思念，他是她的哥哥，理所当然能到王府探望，但他心知肚明，相见争如不见？再者，他尴尬的身份是隐瞒旁人的，如何隐瞒容瑾？若给苏浅月带来麻烦，他会更恨自己。

罢了。

转身，顺着苏浅月走过的路，一步步折返，恍若她的气息还在鼻端。迈入苏浅月的房间，一切都在，独独不见人，闻不到人的呼吸和衣袂窸窣，悲凉的目光掠过一室空寂，他终究难以承受这样的难过惆怅，待要出去时，突然看到墙角桌案上的文房四宝，不待一丝犹豫就奔了过去，素笺上的最后一个字还没有完整：

离人无语霞无声，万道金芒摄人魂。身去心留如霞瑞，似有似无扣命门……

"门"字的最后一弯只有大半，匆忙提笔时还带了一个蚯蚓式向外的弯曲，受了惊扰一般。萧天逸紧紧捧着手里的纸张，如同捧了一颗怦然跳动的心脏。苏浅月是极其谨慎的人，更不是故意做作的人，桌案上的狼藉都没有收拾，一来是心情纷乱，二来是没有时间。萧天逸突然想到他是绝早地赶来，之后几乎所有的时间都和苏浅月在一起了，她哪里有时间空间顾得上无关紧要的一篇诗词？看诗词内容，他占据了她的心。

一切，都够了。

看砚台里的墨幽深到难言苦涩的状态，狼毫掷在一旁迷茫到不知所措，萧天逸迅速提起狼毫，在砚台里蘸满墨水挥毫下去：

离人犹自留香馨，丝丝缕缕动人情。墨迹冉冉升华满，怎教相思扣吾心？

眼望苏浅月的墨迹，萧天逸唇边荡起笑意：月儿，或许有朝一日，我会让你留在我身边。

轿子拐到大街上，依旧是喧嚣的闹市纷扰，苏浅月再无一丝玩赏的意味，只闷头坐在轿子里，对外边的喧嚣置若罔闻。

随在轿子外边的素凌晓得苏浅月心思，左右不过是为了短暂停留伤感罢了，她又何尝不伤感？望一眼往来呼喝的人群，轻轻道："小姐，街道上热闹着呢，天气虽有点儿冷，但机会难得，小姐瞧瞧看看吧。"

苏浅月倦怠的声音从轿帘的缝隙中流出："机不可失，时不再来，你好好欣赏一下吧。"

她已经完全意识到自己只是一个匆匆的过客，一切都稍纵即逝与她毫无关系，哪里还会在意身边的一切？

翠云死了，萧天逸是源北藩地巴图族鲁索王爷的义子鲁索邵辉，这些已经够她思索的了。为什么会是这样？倘若说萧天逸隐瞒身份，连她也是隐瞒身份的，不足为奇，因此她能接受萧天逸。

重要的是翠云之死，这是天地不可重合的悲哀，阴阳不能相逢的痛苦，她与她已经成了永远的分离，再也见不到了。往日一起时有那么多的美好，却是过眼烟云，风一吹就再也找不到了。

本来苏浅月并没有打算这么早就去菩萨庵的，是翠云的死亡让她无心再在萧宅多做逗留，害怕悲伤流露出来让萧天逸察觉，那样的话他会为她担心。

和萧天逸再难见面，总有见面的机会，她只希望今后见面的机会多些就够了。

今日早点儿去菩萨庵，不仅仅是为她们活着的人祈福，也为死去的翠云多做一下祷告，希望菩萨早些超度翠云，还她一个清静之身，让她脱离魔障，安宁快乐。

菩萨庵坐落在离紫帝城十里之外的烟台山上，之前她在落红坊的时候经常去，目的是求得心静平安。许多时候亦和翠云柳依依一起，今日是她一人，还是从她离开落红坊之后的第一次，都想念那里的肃静庄严了。

苏浅月思潮翻滚，诸多悲伤和担忧在心里形成一道厚厚的墙，最终阻隔了外界对她的干扰，就那样被轿子抬着，出城，上山……

"小姐，我们开始登山了，就快到了。"

"嗯。"

轿子外边素凌通报一声，苏浅月茫然应了一声，才记起她要去哪里，是何目的。

神思恍惚，连抬手看一眼都懒得，就那样被抬着上山，不知道过了多少时间，听到了悠远的钟鼓声响，由远而近，又由近而远。

距离菩萨庵不远了，钟鼓声中她的心亦渐渐恢复宁静，不由一叹：寺庙果然是求静的地方。

轻轻地，她用手掀起了轿帘，带着寒气的晨风丝丝缕缕扑面而来，寂静的山道上弥漫着冷清的萧瑟，没有花香，没有树绿，唯有空灵的禅境伴着轿夫轻捷的脚步声。

晨风凉，山道又迎屐响。当年故，情怀满满，衰草愁见颓唐。情黯黯，故人复来，伤往昔，旧景难忘。历时弥久，往事前尘，遥遥难辨眼茫茫。有今早，虔诚多少，堪比旧时望？有谁知，一息旧梦，心已成殇。

触景伤情，即便一心只求安宁，还是难抑哀伤。倘若翠云不死，或者她会在今日约上翠云和柳依依一同到来，缺失一人，终究还是她一人踏足了。

好在离得越近，寺庙独有的淳厚气息越深，"慈悲普照处，禅意空人心"，菩萨的意念洗涤了她的心灵，苏浅月一点点静下来。

她看到了菩萨庵的山门，那道朱红的大门，不是富贵招摇的咄咄逼人，是庄严端庄的大度包容，装在坚硬又柔和的青砖墙之间，开启了参禅礼佛的方便之门。她从风中似乎嗅到了禅的接纳。

就这样进了庵门，苏浅月将轿夫吩咐，黄昏的时候再来接她。她是答应了容瑾的，第一次出府不想言而无信，在了却心中的意愿以后，她会返回王府。因此，苏浅月只带了素凌和红梅走进去，去那莲台圣地。

庵内有静静的梅花灿烂在枝头，点缀着无边曼妙让人心驰神往的禅境。那样的璀璨，成了辉煌，繁华到极致的冷眼旁观，它是有灵性的，只是在寂寥枯寂的时候给人的心送上向往的禅意，让人虔诚、让人诚信。待到春风送暖，百花争宠的时候，它再悄然离去。它的心底永远有茂盛的佛家圣景，不屑那些凡俗之物。对这禅院的梅，苏浅月唯有虔诚膜拜。

放生池中，假山上垂挂的绿色藤蔓枯瘦且萧瑟，残荷的枯枝零落在白冰上同样的寂然无声，丰腴着清波中深深埋葬的旧梦，它亦是沾染了灵性的，懂得取舍进退。苏浅月知道，明年，它依旧是出淤泥而不染，濯清涟而不妖。

早课还在进行，钟鼓清澈而悠扬，木鱼沉稳且从容。

苏浅月看到了惠静师太，和着虔诚的尼姑一起诵读经书。苏浅月凝望着师太，没有说话。惠静师太亦有短暂地凝望于她，亦没有说话。视而不见亦是相见，相对不语更有千言万语，苏浅月明白。

跪在了菩萨面前，没有叩拜，只是轻轻地合掌，苏浅月相信菩萨能明白她的意思。

她突然想起之前和翠云，柳依依一起来礼拜，三个人，同样的虔诚，同样的信仰，把自己的心愿诉说于菩萨。

今日只她一人，菩萨是不是难过？因为她难过了。

苏浅月轻轻对菩萨道："只有我一个人来了，翠云死去了，我很难过。"

菩萨轻轻叹口气："我知道。"

知道了……就这么简单吗？苏浅月问道："为什么会是这样？"

菩萨道："没有为什么，这样的就是这样的。"

"就没有个缘由吗？"苏浅月执着着，她不相信。凡事都有原因，然后才有结果。

"既然你知道，又何必问我。"

菩萨自然是通晓一切，苏浅月却依旧执着："我只是不愿意要这个悲惨的结果。我们都是善良的。"

菩萨笑："慈悲心，人皆有之。"

苏浅月不懂，毕竟她不是菩萨，不懂菩萨的慈悲心。

抬起眼睛看着菩萨，她是慈悲的，端端正正地盘坐于莲花，宝相庄严，平静若水。

苏浅月突然想起，菩萨无所不能，她又何须饶舌？只是既然来了，那么多的心愿还是要诉说与菩萨，于是她虔诚地许愿。

"菩萨……"

菩萨面前，唯有虔诚更见重要，希望菩萨慈悲。苏浅月不知道说了多少话，亦没有记得说了些什么。

或许，苏浅月只是想找一个心灵知己对话，将心中那些不能外道的隐私隐秘倾吐出来获得释放。不！菩萨不是人，是人上人，天地万物无所不知、无所不晓、无所不通、无所不能，不然凭什么得香火供奉、万人敬仰膜拜？向菩萨倾诉祷告最有意义、有价值，一切都值得。

苏浅月有一种得到救赎的释然。

早课结束，苏浅月结束了和菩萨的对话，却依旧虔诚地跪在菩萨前许久。相比于她，菩萨的话不多，却足够她在今后漫长的时日里去参悟。

菩萨庵，不仅仅有菩萨，偏殿还有诸佛。这一次苏浅月和菩萨对话了，就不想再去惊扰佛的圣心。辞了菩萨后，只在佛前磕了头填了香，然后离开。

所有的尼姑俱已离开，只惠静师太静静地在廊下站着，等候苏浅月。

苏浅月走出来，秀目转合望向惠静师太，浅浅一笑，用俗家弟子的礼节拜过惠静师太，恭谨道："师太安好。"

惠静师太一脸的肃穆慈祥，双手合十，诵了一声佛号，道："苏施主，有劳你了。"

她的这一声称呼立刻又让苏浅月心里涌起说不出的滋味，想当初来这里的时候，是她，翠云，柳依依，而今是她一个。

惠静师太波澜不惊，仿佛一切本就如此，苏浅月不晓得惠静师太是否知道她已经出嫁，翠云已成故人。

惠静师太热情地执了苏浅月的手："你和之前很是不同。"一面说一面打量苏浅月，淡然语气中透出喜欢的神情。

苏浅月一笑："师太，您身体如何，多时不见您依然仙姿翩然。"

惠静师太微微笑："贫尼垂垂老矣，身体还好，但是哪里还有翩然之姿。苏施主的风姿却是更见出尘，翩然若仙了。大冷天的你怎么这么早就过来了，路上不冷吗？"口吻中颇为关切。

苏浅月微微动容："谢师太关心，我不冷。"

苏浅月又想到她也不应该冷，比起地下的翠云姐姐，她不该冷，而是应该有幸福的感觉了。想到这里，她的眼里擎了泪。

惠静师太看着她，慢慢说："时节的冷暖只是外在，心的温暖才是温暖。"

苏浅月用含泪的眸子看向师太，她的话里带着禅意，需要深深地领悟。点点头，她认同。

惠静师太不再多言，牵了苏浅月的手，慢慢向禅房走去。

还是之前的甬道，青色石子铺就的光滑温润，洁净无尘。不染世俗的宁静中，是她们浅浅的脚步。这种情形，即使是狂涛翻滚的心亦能平静，苏浅月心中亦是无限平静，扭头看一眼惠静师太，是一如既往的平静无波。

不晓得什么原因，苏浅月忽而想起惠静师太在庵中漫长的年月里，心里有无不舒畅？哪怕她跳出红尘，能够静观云水、壶中日月，但一颗心总是肉做的，是不是总保持宁静的心态？难道永远没有牵挂红尘中的事情吗？能令一个人心如止水的，除了天生的圣人，便是红尘绝望者，她不信惠静师太是天生的圣人，那么到底是什么原因让她遁入空门？

惠静师太还没有用过斋饭，在她的邀请下，苏浅月陪着用了些，之后才跟随惠静师太回她的禅房。

简单、洁净的禅房，齐整，井然有序，带着远离红尘俗世的静谧祥和。火炉里的木炭和檀香都燃烧着，让人觉得十分温暖。

地上有莲花蒲团，端坐其上，心中的杂念通通被苏浅月赶到脑后。手里有惠静师太亲手煮制的观音茶，是别样的清爽滋味，带着禅的意境，深重且悠远，饮一口，是甘美纯正的醉人。

惠静师太就在苏浅月对面，纯净的笑容纤尘不染："苏施主，又一次见到你，觉得你比之前的单纯多了成熟，风韵悠然丰满，智慧中亦添了沉静，与之前有些差异，你的人生定是有了变化。"

好犀利的眼光，苏浅月暗吃一惊，道："不管怎样，我还是信奉佛教，愿意来这里感受菩萨点化，见一见师太，聆听师太教诲。"

惠静师太的目光中有欣慰，点头道："你是个有慧根的孩子。尘世繁华热闹，却也多有污秽，感受一下禅意，不为修行只为静心亦是好的。"

苏浅月有些惭愧："师太，我暂离喧嚣的尘世，想要求得一袭清静庇护，实在是世俗。至于说修身……实在惭愧，倒是想的，可惜我没有那样的境界，只能感受一下菩萨点化，接受师太教诲了。我也不知道来的目的是要得到什么，总之是想来。"

其实这样不好，来的时候虔诚，许一段自己牵挂的尘愿，之后又匆匆离开，即便静心一时，回转后还是被万丈红尘埋葬。苏浅月心中感慨，她来时来了，带来了什么，去时又去了，能带走什么？

惠静师太笑着说："一切随缘，能够得到的不用渴求就得到了，不能够得到的渴求也是枉然，坦然才能够自然，随心就好。凡事都有起因和过程，贫尼明白你的心。"

明白两个字是通透的，能够用上这两个字，需要智慧。

苏浅月轻轻道："师太，往昔是我们姐妹三个一起，今日……只有我来了……"她抬头看，却没有看到惠静师太脸上有一丝变化，仿佛这是应该的，或者说理所当然，或者一切她都知晓。苏浅月心中佩服惠静师太波澜不惊的境界，却还是解释，"我已经出嫁，在我出嫁之后，翠云姐姐过世，这也是我昨日刚刚才得到的消息……"说着，苏浅月不觉悲伤，喉头哽咽。

惠静师太合起了双手："人各有命。"

她就那样说了四个字，没有给苏浅月的出嫁一句道贺，亦没有给翠云的过世一声叹息，好像没有听懂。

苏浅月心中感慨：惠静师太那份接受一切的平静自然让她佩服，而她是永远没有那份豁达的心了，只能叹服。

禅房里安安静静的，香炉里的檀香袅袅上升，沉沉香味氤氲了整个空间，如同庙宇中菩萨宁和端庄的气韵散发出的佛光，给每一个虔诚者沐浴。

就在苏浅月沾染了菩萨的宁和，平静下来时，惠静师太敛眉："你得到的，无论是不是你想要的总归在你名下，你只能安心领受；翠云施主得到的，或许不是她想要的却是她选择的，她亦应该安心。万事皆有心生，自己对自己负责，接受属于自己的结果。"

听闻惠静师太的话，看着她不喜不悲的表情，总觉得她的话更有深刻的禅意，是暗示着什么？

你只能心安……说得很对，苏浅月确实只能心安，接受一切，因为她别无选择。只是翠云，在她心里就是悲剧，她没有惠静师太那样的境界，只能言道："师太之言极是，只是那么多艰难，我不能洒脱，还是心乱。"

惠静师太脸上慢慢露出戚容，言道："你没错。菩萨与诸佛亦是如此，当初都是从劫难中走过，经历过了，看得开了，蜕变成佛。我们还是俗人，没有佛的境界，都不能洒脱。"

苏浅月惊讶中看着惠静师太，忽而想到她定是有一番不平凡的经历，期待她能说下去，解除一下她心头疑惑，惠静师太却双手合十垂下了眼眸，神态安详得恍若方才的感慨不是出自她口。

安静中苏浅月的脑海一点点清明，慢慢道："历经劫难心无碍，过尽沧桑始无悔。"

她亦合掌，心中默念："观自在菩萨，行深般若波罗蜜多时，照见五蕴皆空，度一切苦厄。舍利子，色不异空，空不异色，色即是空，空即是色，受想行识，亦复如是。舍利子，是诸法空相，不生不灭，不垢不净，不增不减。是故空中无色，无受想行识，无眼耳鼻舌身意，无色声香味触法，无眼界，乃至无意识界。无无明，亦无无明尽，乃至无老死，亦无老死尽。无苦集灭道，无智亦无得，以无所得故，菩提萨埵，依般若波罗蜜多故，心无挂碍，无挂碍故，无有恐怖，远离颠倒梦想，究竟涅槃。三世诸佛，依般若波罗蜜多故，得阿耨多罗三藐三菩提。故知般若波罗蜜多，是大神咒，是大明咒，是无上咒，是无等等咒，能除一切苦，真实不虚。故说般若波罗蜜多咒，即说咒曰：揭谛揭谛，波罗揭谛，波罗僧揭谛，菩提萨婆诃……"

午斋后，苏浅月就在惠静师太的禅堂小憩，素凌轻轻道："小姐，诸事已了，要不我们早些回去吧。天气有些阴沉，太晚更寒冷了。"

苏浅月走至窗前往外看，天空一点点堆积铅色的云，湛蓝明朗中有了灰色。她微有惆怅，回去——就这样回去吗？她实在不舍这样的清静之处：安心，清心，静心……

回到王府，又是诸多的烦心，她不愿意。但她明白这里不是久留之地，只能是留得一刻算一刻。

心里想着，不觉对素凌说了出来："留得一刻是一刻。"

从菩萨庵中回来，已经是黄昏。外边刮起了很大的风，吹响黑瘦树枝发出呜呜的声音，叫人心生怯意。天空也渐渐飘起了雪花，一朵一朵，绒绒的六角形，如同轻盈飞舞的精灵，不言不语自由随意。

苏浅月迈进暖阁，翠屏就忙把她身上的披风脱下来："夫人，你可回来了。这样的天气，奴婢担心呢！"

靠近床榻那一面墙角的花梨木桌子上，琉璃花瓶里的梅花在暖气氤氲的缭绕里更见娇艳，浓浓香气毫不怜惜地飘散在空气里，对着苏浅月扑面而来，这让从冷风里归来的她陶然欲醉，浑身泛起融融暖意，顿觉舒适。

她笑笑："在房间里待着看外边是有些畏惧，走出去也并不见得如何。"

翠屏似有尴尬，端上来她早已经准备好的暖茶："夫人，这暖茶是用生姜、红枣加了红糖熬制的，快喝口暖和一下身体，奴婢担心夫人冷。"

炉火里的火旺盛地燃烧，雪梅生怕暖气不够，急忙地往炉火上加木炭，口中言道："天气说变就变了，不知道夫人什么时候回来，奴婢们担心夫人路上不好走，又害怕冻着了夫人。"

苏浅月喝口茶，给了她们一个宽慰的笑："没有那样娇气，不必担心。"

其实外边的天气很是糟糕，坐在轿子里冷风透过轿帘穿透了衣裳。

再喝一口香甜中微有辛辣的暖茶，温馨的气息顺喉而下，在整个身体里融会贯通。抬头看，房内和她走的时候一模一样，洁净无尘，豪华中不失淡雅，富贵中不存骄奢，依然是她喜欢的样子，没有一丝一毫变化。只是，就那样看着，苏浅月恍惚中有隔世之感，仿佛这不是她的所在，更是与她生生地剥离。难道出府一次就感觉全变了吗？是因为翠云和萧义兄，还是因为惠静师太？

最让苏浅月不解的是惠静师太，她恍若一切都不在意，却又有她第一次见到的悲伤情绪，她说"无有佛的境界"，到底是什么意思？她是苏浅月最膜拜的心灵通慧的女子，却说不能洒脱的，又是什么缘由？难道说惠静师太是个有故事的人？这个问题苏浅月在回转王府的路上想了一路，想不出惠静师太的故事在哪一方面。

目光迷离，纷乱思绪，这里的时光和菩萨庵是多么的不同，仿佛两个世界，阻断了她不起波澜的心，再次坠入无法预测的未来。

突然又想起了蓝夫人，想起了卧病在床的老王爷和时时看护他的侧太妃，苏浅月决定明天先去看望蓝夫人，之后再去看望老王爷，也和侧太妃聊聊天儿，给她一个安慰。想到这里，苏浅月突然想起她走后安排翠屏给老王爷做的补汤，忙问翠屏："今天有没有给老王爷做补汤？"

翠屏见问，忙回答："还在炉火上炖着呢，夫人回来了就围在夫人身边，这就好了，让雪梅送去就成。"

因为蓝夫人的前车之鉴，苏浅月担心有点滴纰漏，吩咐素凌道："你去看看。"

素凌心下明白，道："我去看，小姐放心。"

出府一次，得知了那么多的事，走了这么久的路，风尘仆仆，身心俱疲，实在是难以支撑，苏浅月吩咐翠屏安置沐浴。

不一会儿，翠屏回来道："夫人，都准备好了。"

苏浅月点点头起身走往浴室。

除去身上的衣衫，苏浅月闭上眼睛，觉得自己像一朵水中绽放的莲，绽放妖娆的姿态。

红梅用手捧起梅花瓣，轻轻附在苏浅月身上："夫人，你肌肤如玉，柔滑如缎，这般美好的肌肤，绝少有人拥有。"

红梅柔软的手舒缓了苏浅月的疲倦，令她从萎靡中醒转，苏浅月温婉一笑："是吗？"

不仅仅是容貌和舞蹈，还有凝脂肌肤和珠玉才华，倾城之美又怎么是简单的肤浅？苏浅月心知肚明。倘若不是她的出众，容瑾又何至于为她付出那么多。

"当然，能有几个人比得上夫人美丽。"红梅真心言道。

只是，美丽又如何，丑陋又如何，将来同样是一把土。苏浅月不由想起了翠云，想到了红颜白骨，心中一下怅然起来。

出浴后，精神好了许多，如瀑的秀发披散在腰际，苏浅月扶着红梅走出浴室。

炉火熊熊，烛光灼灼，琉璃花瓶里怒放的梅花依旧散发清爽浓郁的香气，一切都没有变，不知为何，苏浅月却总觉得哪里有了不同。仅仅是出府一次，为什么觉得生疏？这是种很奇怪的感觉。

"夫人劳累，沐浴完了早点儿歇息吧。"翠屏走过来，关切道。

如墨黑发瀑布般散在腰际，即便抹干了水分，依然有重重湿气，苏浅月举起双臂从耳后开始，顺着黑发一点点捋下去，柔软腰肢像没有骨头一样后仰，美丽姿态夺人眼眸。只是一个随意的动作，不晓得在世间男儿眼里有多么勾魂摄魄，苏浅月浑然不觉。

"王爷。"

瞬间静默中突然听得有人唤起，她扭身看到了容瑾如痴如醉的目光。

苏浅月脸上微红，浅浅一笑："王爷。"

容瑾轻轻挥手，目光定在苏浅月身上。苏浅月眼见翠屏她们施礼后悄然退出，容瑾却依旧毫无知觉般不见得目光有一丝移动，苏浅月无声叹息，笑着施礼下去："王爷，月儿回来了。"

"哦。"容瑾目光中的光焰一点点更为明亮，那种宠溺欣赏的渴望浓郁到化不开，终于移动了脚步到苏浅月面前，再次从头到脚打量她，每一寸目光都像贴上去撕不开一样，"你终于回来了。"仿佛她走了很久很久。

被他如此痴情地瞧着终究是难为情，苏浅月脸上涌起胭脂般的红晕，轻笑道："王爷，我岂能言而无信，再者还能有不回来的道理。"

容瑾突然出手，以迅雷不及掩耳之势，苏浅月还没有任何察觉已经被他牢牢抱在怀里："月儿，你回来了，本王好担心你还没有回来。"

他战战兢兢的，生怕苏浅月离开，生生将她镶嵌在他身体里一样，早已经忘了苏浅月是一具鲜活的有感觉的肉体。

痛痛痛……骨头都烂了，苏浅月只觉要被他捏死，呼吸都没了，只剩惊骇的目光抵死一样看向容瑾。

恍惚中容瑾骤然看到苏浅月痛苦的目光，一下子意识到什么，慌忙松了紧箍她的双手，歉意道："哦哦，本王一时情急，忘了。"

钳制的力量骤然撤去，苏浅月脑海里嘶鸣的轰响亦消失了。他说他忘了，忘了什么，忘了她是一具肉体吗？再这样给他拥抱下去，只怕是石头亦要被他捏得粉碎。

苏浅月言道："王爷，月儿是你的人，不是你练习武功的一件器材。方才王爷要是再用力一点儿，月儿就要变成一摊烂泥了。"虽是开玩笑的意思，然则如此说法并非妥当，言毕，她忍着骨碎般的疼痛反手去抱他，轻唤一声，"王爷，月儿也想念你。"

将头抵在他胸口，苏浅月心里涌起酸涩，看得出来他是真心的，倘若不是在意，他何至于忘情如此。仅仅隔了一天啊——

彼采葛兮。一日不见，如三月兮。彼采萧兮，一日不见，如三秋兮。彼采艾兮。一日不见，如三岁兮。

忽而想起古人的诗词，苏浅月深深领悟了一日不见如隔三秋的深意。

容瑾的脸上略有尴尬，亦有微微的羞涩，这两种情绪与他的性格实在大相径庭，事实上他的确如此了。环住她，动情道："月儿，本王一时一刻都不想让你离开。"

倘若不是担心她不开心，他绝不会让她出府。

微微弯腰，将她横抱在怀里，容瑾大步走往暖阁："你出去，本王总是不放心，天冷寒气重，有没有冻着你、累着你？"

　　他一贯威严，这样温柔的话语半点儿不像他，苏浅月抬眼看到他方正下巴上有青青的胡楂儿，不觉抬手轻轻摩挲，是一丝钝钝的、刺刺的奇异感觉。他感觉到她的抚摩，低头在她手上轻轻吻了一下。

　　她的长发拂着他的手臂。他的手臂那样有力，怀抱那样温暖，苏浅月有短暂的眩晕："王爷，虽则天冷，月儿穿得暖和，至于劳累，来去都是轿子，哪里还能累着我。"

　　将她放置在床榻上，容瑾唇角勾起一弯矜持的笑意："只要你不受累，一切都好。"

　　伸长手臂，再次将她拥入怀中。

　　苏浅月衣衫单薄，感觉就是紧紧贴了他的肌肤，透过衣衫，有他的温度，带着炽热，还有成年男子旺盛的气息，丝丝缕缕萦绕在她鼻端。

　　容瑾一手环绕苏浅月的腰身，另用一只手缠绕她未曾梳理的长发，一圈圈在他手指上缠绕，那样缠绵的缠绕，永远不许脱离的认真，之后又一圈一圈慢慢散开，一副如痴如醉的情态。

　　苏浅月仰面看到他的痴醉，轻轻唤道："王爷。"

　　"哦，萧兄身体如何，一切安好吧？"容瑾骤然想起苏浅月出府的目的，忙问了一句。

　　"嗯，一切如旧，就是安好吧。他令我带话给你，问候你安好，另外，有一件事情拜托你。"

　　苏浅月故意停住不说，一双亮晶晶的眼眸看着容瑾，容瑾不明所以，急切道："什么事月儿请讲，他帮了我们那么多，凡是他的事，只要是本王办得到的，一定去办，算是还他的恩情。"

　　"他的事情有些难，我亦不好开口。"苏浅月眨了眨眼睛，一副为难的样子。

"本王一人之下，万人之上，虽没有通天遁地的本事，普通事情又怎么难得住？月儿不必担忧，但说无妨。"豪迈自信以及天生的狂傲原本就是男子的特点，更因为容瑾并非普通男子，那份威严凌然的气质顿时浓重起来，气吞河山。

苏浅月心中一凛，早晓得他会如此，这样的玩笑不开也罢，忙笑道："王爷，又不是让你上战场，杀气腾腾的吓死了月儿。哥哥只是嘱咐我女子训诫，言说要你好好待我，珍惜我们的感情罢了。"

口中说着，萧天逸的面容在她眼前闪出，他何曾这样嘱咐她？苏浅月暗中猜测着，或许萧天逸宁愿容瑾待她普通一些，好给他重新得到她的机会。不过，既然有了前言，这个玩笑她还是决定开下去，看容瑾如何回答。

容瑾的手停顿，目光深深注视着苏浅月，他们的两双眼睛对视着，她看到他眸中的她，在明亮的光线里，她在他眸中晶晶发亮，仿佛要将她深深刻进去。到底要多深的情义才有这般深刻的注目？苏浅月不晓得，更不晓得他在她眼眸中又是怎样。

最终，是苏浅月低了头，撤离了她的目光，不晓得她对他的情义有多少，因此害怕露出破绽。她的心颤抖着，脸颊一点点发烧。

容瑾没有察觉到苏浅月的心思，喃喃说道："月儿，他多心了，即便没有他的嘱咐，本王又怎么会待你不好。"

苏浅月忙道："月儿自然晓得，只是哥哥作为月儿的娘家人，这担心不是很正常吗？"容瑾点头："也是。"

言罢，他低头吻她的唇、下颌、颈项。苏浅月无法说出话来，任由他亲吻，亦不知道该怎么拒绝。

刚刚出浴，身上单薄的罗衫原本就系得松，此时已经敞开，露出了晶莹如雪的胸，他的唇一点点滑移到她的胸口，落到她坚挺饱满的双乳上，令她骤然涌起一阵荡漾的感觉。

这里只有她和他，多支菱形烛台上燃着梦一样的灯光，闪烁着脉脉温情，平添了许多暧昧的气息。他的呼吸灼热，滚烫在她胸口横溢，令她心里生出细密绵长的情愫，缭绕了她的思维。

苏浅月无声叹息，纵然她的内心深处有不足为外人道的隐秘，这一生亦只能这样交付给眼前的男子，一切无从更改。

床，温暖而柔软。在这个属于两个人的天地里，他们肢体交缠，恣意温存，仿佛这个世界上只有他们两个。

苏浅月暂时忘记了那些不快，包括翠云的死。

夜已深，外边雪花簌簌下落的声音，于万籁俱寂中更显清晰，苏浅月不晓得雪下得多大，只觉得定是一片银白，银装素裹的景象一定很美。

这样的夜晚应该有安睡，有美妙温馨的梦。

"王爷，王爷——"

突然一个声音自外边响起，苏浅月一惊，那突兀的声音继续说下去："那边太妃遣人来，说老王爷病重，请您过去。"

惊人的话语响起，苏浅月即刻感觉到心脏急剧地跳动，似乎要蹦出胸腔。容瑾也十分震惊，一时没有任何动作，就那样僵硬地抱着苏浅月。

枕在他臂弯里的苏浅月轻轻唤道："王爷——"

"月儿，本王要过去看看。"他说着轻轻把苏浅月的头放在枕上，然后起身，"你安心睡，不必担心。"

苏浅月此时身上只有一件纯白底色碎花织锦的单衣，哪里顾得上容瑾安心睡的嘱咐，直直从床榻上下来，赤足站在地上："王爷，要不要我陪你过去。"

老王爷突然病重，以他一贯羸弱年迈的身体，倘若不是危急绝不会在这个时候有太妃的命令，她惶惑着，一双眼里都是惊恐。

"不用。"

容瑾自是心知肚明，急匆匆地穿戴完毕，回头用安慰的眼神看着苏浅月，道："月儿不必担忧，老王爷是旧病，之前亦有过这样的情形，每一次都能转危为安。你安心躺下休息，等本王料理好了过来陪你。"

苏浅月眼见容瑾眼神里的紧张，已经明白他的话不过是安慰她罢了，忙道："王爷，还是月儿陪你一起过去吧。"

容瑾的眼里流出冷硬的制止："不行，天黑路滑，又寒冷，不用你过去。倘若需要，本王派人来接你过去。"

容瑾的话板上钉钉，苏浅月无法多言，只目送着容瑾匆匆出去，站立在地上怔怔发呆。

"小姐。"

厚厚的织锦刺绣门帘撩起，素凌步履匆匆走到苏浅月身边，伸手将苏浅月扶到床上："地上那么凉，你又穿这样一点儿单衣，不是要冻病吗？"

"素凌，老王爷病重，他那样大年纪，能承受得住吗？我这心惶惶不安的，不会出什么事吧？"苏浅月的一颗心依旧怦怦跳着，用求助的目光望着素凌，仿佛素凌是救世主。

"小姐，你总是心善牵挂旁人，老王爷年纪大了，又是久病体弱之身，想必是因天气骤变引发的不适，过了这个当口自然无事。再者王府请来的大夫不会是平庸之辈，不会治不好老王爷，更有朝廷御医，王府有的是本事拣最好的来，因此你放心吧。"素凌用最宽人心的解释安慰苏浅月。

"你说的对，只是我为什么总觉得不安，有一种不祥的恐惧？"

"小姐是不是因为侧太妃之故？你总说侧太妃照顾老王爷辛苦，是担忧老王爷病重了侧太妃更劳累吧。唉，也是无奈，侧太妃不是一般女子，她晓得保重自身。你睡吧，睡一觉养养精神，明天去看望老王爷，一切就都知道了。"

苏浅月摇着头："素凌，方才说的是太妃传话让王爷去的。太妃一向远离老王爷，你不是不晓得。眼下都是太妃做主了，你不觉得事态严重吗？"

素凌无奈笑道："小姐，太妃就算再远离老王爷，他们也是都在端阳院住着，能有多远？别胡思乱想了，早点儿睡了，明日早早起来去看老王爷吧。"

苏浅月心中再是不安担忧，也毫无办法，只能躺下去，言道："嗯，明早我早点儿起来去看望老王爷。"

"这样才对。"

素凌将苏浅月的被子抚弄好，看到万无一失才道："小姐，闭眼睡吧。我就在外边陪着你，有需要随时唤我。"

苏浅月"嗯"了一声。

素凌出去了，苏浅月没来由地觉得一阵阵寒意袭来，心头的恐惧不安越发浓重，是容瑾离开带走了所有的温暖吗？还是老王爷病重给她造成了惊吓？如同浸泡在冰水里，寒冷从外到内，一点点浸入骨髓，苏浅月瑟瑟发抖。

鲛绡纱帐外，烛台上的烛光迷迷蒙蒙，恍惚中距离更远，似乎是你进一步它退一步的不能捕捉，带着神秘的色彩。明明素凌走的时候，是特意把烛花剪掉的，不晓得为什么此时烛火的顶端又带了一个大大的烛花，凝着麦粒般大小的星火一动不动，有一种诡秘的氛围。苏浅月突然有些害怕：老王爷会不会……

她不敢想象。

在萧宅时，柳依依叙述了翠云之死，翠云为了避免死后的惨状，化了最精致的妆容，但苏浅月还是想到没有生息的面容，冰冷冷的僵硬……无论如何，都是一种恐惧，她还是害怕活着时想象死亡的悲惨。

胡思乱想中哪里还有睡意，苏浅月穿衣起床，又将缎面描花的绣鞋穿好，用心谛听，感觉除了外边窸窣的雪花落下的声音再无声息。缓缓走到窗前，隐隐约约看到外边堆积了厚厚一片银白，雪花似乎犹自轻轻地飘落。

　　苏浅月喜欢雪，这一次却焦急，不晓得雪还要下多久，明天会是怎样的天气。

　　又是脚步声响，苏浅月下意识地扭头看，容瑾回来了？潜意识里，她太盼望他即刻出现在她眼前。

　　"小姐，你怎么又下床了？"

　　一见是素凌进来，苏浅月的眼底浮起失望，忧心道："老王爷突然病重，这般急切地将王爷叫过去一定不是什么好兆头，我担心，素凌。"

　　素凌紧紧攥住苏浅月的手："小姐不必太多担心，老王爷吉人天相，不会有大碍的，就算一时危急，总会挺过来的。"素凌看了苏浅月一眼，犹豫着，还是把她想说的说了出来，"小姐，你是明智的人，更明白生老病死的自然，老王爷偌大年纪了，又卧病在床多年，即便是……亦属于正常啊！"

　　被素凌一语道破，苏浅月激灵灵打了一个寒噤，恍惚中抓了素凌的手，双手早已经变得冰凉："老王爷的身体一直很差，若是添新的病症，确实不好。"

　　素凌轻轻拍苏浅月的手："小姐一直都希望别人好，希望大家能够健健康康、平静安乐，然而那些事又怎么是我们的心意所能够达到的。"

　　苏浅月叹口气："你也这般的智慧坦然，都懂得了，我却这样，真是惭愧。"

　　素凌道："小姐是关心则乱罢了。"

两人心里明白，即便躺下亦是忧心忡忡，索性相互偎依着站在窗前看雪。

　　还没有一盏茶的工夫，外面突然响起激烈的敲门声，两人都吓了一跳。

　　素凌忙起身："小姐，你去床上安坐，我到外边看看。"

　　苏浅月没来得及多想，外边嘈杂混乱的声音响起，有人高声叫道："把给老王爷做汤的人都交出来！"

第五章 心如雪，赤诚女子遭诬陷

苏浅月轰然一惊，已经顾不得什么，跟随在素凌身后走了出去。

是王府的容总管带着人来，骤然见了苏浅月还是有些惧怕，忙跪下去："梅夫人恕奴才莽撞。老王爷危急，太医查出是老王爷吃了什么不该吃的东西，所以凡是给老王爷送东西吃的人一律审查。今晚梅夫人处亦有人给老王爷送汤，那些人要带走接受审查，这是太妃命令，请梅夫人准许。奴才……奴才亦是无奈。"

看着眼前跪下去黑沉沉一片，虽然是恭敬请求的姿态，安知不是威逼的意思？苏浅月的心一点点沉下去。

沉沉的夜，乱纷纷的雪花，冷风带起哨音穿堂而过，那么冷，冷到人的心底里。悲伤、心痛、惊惧，仿佛有谁在拿着一根针不停地刺着她的心脏。

世界之大无奇不有，苏浅月不能排除真的有人祸害老王爷，更不敢确定她手里的人都是清白无辜的。按照常理，太妃此举亦没有不妥，但是，被侮辱的怒气还是一点点上升。

……是谁，是谁这般狠毒？

凌霄院所有的仆人、丫鬟早已经一起聚拢了过来。

苏浅月一眼看到雪梅就在她身旁不远的地方，似乎在举目望着她，身体瑟瑟发抖。苏浅月知道今晚是雪梅为老王爷送汤，但她相信雪梅不会在汤里做什么去害老王爷，至于说做汤的人——素凌？翠屏？她们更不会。纵然有人指控，亦是无稽之谈。

苏浅月想着，突然更深沉的恐惧自心底漫出来，倘若真的是她这里的人对老王爷做了什么，她也会被牵连进来。与其说是找这里的那个人，不如说是针对她而来。

是的，一定是针对她！她原本就是一个多余夫人，太多人想将她除之而后快。

惊怒中，苏浅月声音冰冷："要怎样审查？这汤是我要人做的，做了很久了，老王爷用过感觉很好，并不只是今日一次，因何说是我这里的过错？是要本夫人去接受审查的吗？"

容总管忙磕头："请梅夫人息怒，梅夫人息怒，奴才不敢，夫人身份贵重，借给奴才一百个胆子都不敢动夫人一丝一毫。奴才不过是奉命行事，要……要那做汤之人和送汤之人去接受盘查，与夫人无半点儿牵连。"

即便是他唯唯诺诺匍匐在脚下，苏浅月还是感觉到被什么利器狠狠地抓着，血肉模糊，心肺紧紧地缩成一团，浑身寒意枷锁一样束缚着她无法动弹。

"胡说！一派胡言！小姐岂能是谋害老王爷之人？"一个严厉的声音破空而来，素凌箭步挡在苏浅月面前，"血口喷人亦不看看对象是谁？我家小姐贵为王爷侧妃也就罢了，还是皇后娘娘亲口封的梅夫人，你们敢如此对梅夫人大不敬，来日查清事实，叫尔等狗头不保。"

"素凌姑娘，我是王府总管，管一些主子们交代的事情罢了，如何敢擅自招惹哪一位？姑娘是服侍梅夫人的，只管尽你的职责，才是下人的本分呀，如何来管我？"料不到素凌出头，容总管的奴才嘴脸即刻消失无踪，取而代之的是不屑一顾，哪怕跪着，凌人的气势也隐隐从挺直的脊梁上透出来。

"你既晓得尽忠职守，为何不去查找真正的原因，却来这里胡搅蛮缠，是何道理？"素凌毫不示弱。

"姑娘此话差矣，我正是尽忠职守才按照太妃的命令到此呀。你我都是下人，除了遵照主子的命令行事，还能如何？"容总管步步紧逼，仿佛他的行事就是理所当然。

素凌气结，正要反驳，翠屏言道："容总管，你的意思原本不差，但其中有无偏差，你心里清楚。"

"是吗？"容总管见翠屏出言，不觉中站了起来，"翠屏，你我同在容王府当差，亦并非一日两日，怎么会不晓得当差的苦衷？"

"我自然知道，不然如何提醒你呢？有时候，主子的意思并非如此，是我们做下人的领悟错了，待到事情水落石出，少不得还是我们受责罚，你说呢？"翠屏言语中有隐隐不屑，暗藏的深意却需要当事人慢慢品尝了。

"我没有阳奉阴违，没有领会错太妃的意思，用不着你来教训我。"想到翠屏的话心里不是滋味，容总管的脸上带出怒容，"翠屏，你是暗指我对梅夫人有指控了，你凭什么……"

"容总管，没有谁说你对本夫人指控，亦没有说你对本夫人不敬，是你的行为摆在那里，是也不是？方才我可曾允许你起身？"

苏浅月突然出声，容总管浑身一颤慌忙跪下："梅夫人赎罪，奴才……奴才一时……情急……奴才不敢对夫人不敬，是……是她们……"

苏浅月声音平静，暗中的威严只叫容总管瑟缩，顿时矮了一截似的。

"你奉命行事原本不差，只是你有无注意态度？既然你一口一个不敢对本夫人不敬，却在本夫人面前如此嚣张，失了奴才的本分。我和太妃一向婆媳情深，定然不是太妃指使你如此做派的，你倒是仔细说来。"这一番话，苏浅月再不是平静而来，凌厉的话锋刀刃般劈向瑟瑟发抖的容总管。

其实，苏浅月的心里已经是一片灰暗的冰凉，她为老王爷做汤实实在在是好心，却是好心不得好报，如今老王爷病重，不管是否跟她的汤有关，只要她身边的人给带走去接受审查，一番口舌总是落下，日后给人留下讥笑的话柄。这样的侮辱，才是她最悲哀的根源。

"奴才……夫人，奴才该死，求夫人饶过奴才。"容总管在地上磕头，非常可怜的样子叫人不忍，"奴才一心办事，只是急了些，并无半点儿冒犯夫人的意思。倘若奴才不能交差，奴才……奴才……"

他说不下去，苏浅月情知此事再无回转的余地，心中剧烈的震荡疼痛令她的面容同雪一样白，今夜容总管带人是势在必得的，她不能阻止已成定局。

只是……

被人诬陷的滋味十分难受，却又无从申辩，苏浅月终是长叹一声："你要带走谁？"

容总管一看事情有转机，慌忙道："请梅夫人恕罪，太妃让奴才带那做汤之人和送汤之人去接受太妃询问的，奴才不敢违抗。还有侧太妃身边服侍的人，一并都要审查。"

都这个时候了，他还是没忘记将太妃拉出来做护身符，还把侧太妃那边的事情也揪出来，苏浅月更是清清楚楚地知道今晚之事再无更改的余地。

老王爷食物有误危及生命，太妃的命令原本无错，只是此事实在蹊跷，到底哪里有错？为何是她出府一天刚刚回来的当夜？

"小姐，那汤是我做的。"素凌突然出口道，"就让我跟总管大人去吧！"

翠屏走前一步，把素凌掩在身后："不是，今晚这汤是我做的，和你无关。还是我跟容总管去接受审查。就请总管带我去见太妃。"

苏浅月还没有出声，身边的两个人都争论开了，连苏浅月都不能阻止，半点儿余地都没有了。苏浅月震惊中，素凌又道："院子里的事情还是你来打理，我去就可以。"

苏浅月又惊又怒："住口……"

"不不，是……是我给老王爷送汤……"苏浅月的话语还没有落地，雪梅一旁说道，声音里带着难过。

苏浅月悲哀地摇头，这些人都是傻子，白白要给人拿去受侮辱，她却无能为力了。

果然，容总管暗暗笑了："夫人的人真正敢作敢当，还是夫人您调教得好，不用多问就站了出来，省了夫人好多力气。既然她们都说自己有嫌疑，夫人，您看……"

容总管抬头，哀求的目光看着苏浅月，苏浅月即便再气愤悲痛也没了办法，只得挥手示意："你起来吧。"

"多谢夫人。"容总管再次磕了一个头才起身。

他起身，看看苏浅月身边的人，又躬身道："夫人，不是奴才要这样做的，是老王爷出事危及生命，所有人都要接受审查，端阳院那边也不仅仅是侧太妃身边的人，凡是接近了老王爷的人都要接受审查的。这三位……"

她们是自己争着要去的，苏浅月心中晓得她们不知厉害，还以为是争着去做一件荣光的差事，完了就万事大吉。只是事到如今，她能用什么办法挽救？

目光带着威严和凛然，苏浅月扫视着容总管："本夫人岂能是不明理之人！亦相信身边的人不会恶毒阴险，既然是所有人都有嫌疑，本夫人不会徇私庇护，将人交出去亦是理所当然了。"

容总管慌忙施礼："夫人果然深明大义，奴才谢过夫人。"

苏浅月心中悲伤，又急又痛却无可奈何，这三个人自己站出来当面承认有嫌疑，她如何包庇又如何为她们辩解？哪怕心中明明白白地晓得此一去十分凶险，亦无力挽回点滴。目光回转，抬手一转指着她们三个："你们去了以后好好说话，不可以惹太妃生气。我明白你们的清白，等你们回来。"

她唯有祈祷她们惊恐而去，平安而回。

素凌果断道："小姐，清者自清浊者自浊，相信事情会水落石出，你快回去吧，外头太冷了。"

翠屏道："夫人请回，奴婢们去去就来。"

"如此，就请夫人回去。奴才这就去复命。"容管家不失时机地施礼带了她们三个人去了。

素凌、翠屏、雪梅，皑皑雪地里她们走得好轻松，仿佛只是出去游玩。苏浅月望着她们的背影，心沉甸甸地压下去。几个女子说得轻松，去去就来，只是……真的去去就来吗？

"夫人，他们都走远了，夫人请回吧。"红梅怯怯扶了苏浅月道。

苏浅月扭头看看勉强做镇静的红梅，晓得她站在这里于事无补。

"夫人，赶快回去吧。奴才这就去打探消息，一有特殊情况就来汇报给夫人。"王良恳切道。

"也好，你去端阳院看看。"苏浅月道。

转身，她感觉到孤单无助，继而又有一种万丈悬崖跌落的感觉，只有红梅在了，身边空荡荡的，只剩无边无际的虚空和绝望。苏浅月明明知道不是她这边的人所为，却无力救回她们，甚至连一句辩解都不能够。

红梅的手有点儿发抖，苏浅月感受得出来，她又何尝不是心惊胆战地发抖？她很绝望，只在想今后这样多此一举的事情还是不要做了。

重新坐到床上，苏浅月才觉得寒冷，不仅仅是身体，还有彻骨的心寒。红梅一看苏浅月不是躺下歇息而是端坐在床上，小心地把被子盖到苏浅月身上，道："夫人，你还是躺下睡吧。"她的眼神中带着歉意和羞愧，仿佛目前的状况是她造成的。

苏浅月看了一眼红梅，茫然道："王爷知不知道从我这里带走了人呢？只怕他忙着照顾老王爷，一切都不知情。事关老王爷的身体，不是小事，谁都无法保证是哪个人做了手脚的，王爷即便晓得从我这里带了人，又怎么能袒护偏私？又怎么能为我这里的人说话？世事难料，人心难测，我只是恨那个暗中下手的人，太过恶毒，却把这样的罪责让别人承担，良心安稳吗？当然我知道，若是他们还知道良心，就不会做出这等事情来了。我给老王爷做补汤亦非一日，很多人是知道的。如今有事出来，好心也担了干系。"

红梅心头突突乱跳，苏浅月说出这样一番话来，可见心里是乱极了，亦担心急了，只是她能怎样？能在苏浅月身边近身服侍的人，自然也算聪明伶俐，可惜此时红梅唯有张皇和不安，脑海一片空白，连一句合适回答的话都找不到，愣怔一会儿才道："夫人。"

"我是为了老王爷好的，亦是为了侧太妃能省心一点儿，完全是好意，你们都知道。我……我怎么会容身边的人害人去？我更担心有人借此陷害我，这里的事情太复杂了。"

苏浅月无知觉地自言自语，面容沉痛，眼神茫然。

红梅眼见宽敞的暖阁里只有她们两个，不由惊慌失措，深更半夜的，倘若夫人再有什么不测，如何是好？她慌乱着，脑海里突然想到苏浅月口中的王爷，忙道："夫人，有王爷在，一切自有王爷做主，你不用担心。"言毕，急忙去为苏浅月倒茶。

须臾，红梅手脚麻利地端来安神茶，声音细细的，小心道："夫人，请饮一盏茶吧。"

苏浅月看到茶盏里清亮的茶水不停地抖着涟漪，才醒悟过来，忙伸手将茶盏接过，自嘲道："红梅，你晓得杨家将的故事吗？此刻的你，比得上杨六郎了。"

红梅一双受惊的眼睛不停地眨动，神情中又是满满的胆怯，苏浅月实在难过，论说起来，红梅真是有福之人，虽说跟她外出受了很多辛劳，却也免去了这一嫌疑。倘若留在府中的是她，今晚给老王爷送汤的人就是她了，遭殃的人亦有她。

红梅摇头："夫人，奴婢不晓得。"

面对红梅懵懂的恐慌和凄伤，苏浅月用另外一只手拉她坐在身边："红梅，陪我坐下。"

红梅怯怯地坐下，轻轻道："夫人，你……你别太担心吧，说不定她们一会儿就回来，反正她们都会没事的，奴婢相信。"

苏浅月点点头："我更相信，你也不要怕。"

突然想起什么似的，苏浅月问道："红梅，府中可曾出现过类似事情？"

红梅低了头："夫人，王府的事情奴婢并不完全知道。府里的人太多了，谁都有自己的私心，奴婢只知道若是有人想要陷害旁人，就会有很多的借口，主子们之间争名夺利的有，争宠的有，想要借助旁人往上爬的亦有，想对主子献媚讨好的，帮助主子谋害旁人的……不堪的事情肯定是有了，奴婢也说不好。眼下说老王爷被害，说不定又是有什么人做了手脚找借口害人，一下就要连累很多无辜了。"

哦，原来红梅也想到了这一层，不觉中苏浅月的冷汗涔涔而下。

她原本就是多余的，在她到来的那一天，就被看成是不应该有的人，她心里明白。到了王府，容瑾又是对她百般宠爱，自然遭人嫉恨，不晓得有多少人想置她于死地而后快。

上一次她得到皇封，庆贺的宴席中被人做了手脚害她险些丧命。这一次，倘若老王爷真的不好，她定是"陪葬"的那一个了！

若说不怕，那才是骗人呢。

只是怕不能解决任何问题。苏浅月眼下只求老王爷能平安无事，就好像她的饮酒中毒一样，一切都是虚惊一场。

苏浅月看着红梅，直言道："红梅，老王爷即便是吃了有害食物导致危急，亦不是咱们的人做的，你心里明白。只是旁人这样大张旗鼓将咱们的人拿去，是冲着我下手的，你说是也不是？"

红梅忙道："夫人还是皇封的梅夫人，身份贵重，怎敢有人对你下手。只是……只是……"

"只是你也说不好。"苏浅月接下去道。

红梅无言地点点头。

"唉，都是我无能，让你们跟着受累。"苏浅月一声哀叹，凄凉的口气令人想要流泪。

"不是，是奸人心狠手辣。"红梅急忙道，继而又道，"夫人，你还是歇息了吧，事已至此，我们自己暗中难过都无济于事，需要你养好精神去应对。明天……也许明天的事情更为复杂，你没有精神如何去打理。"

明天的事，不仅仅是复杂，很可能是凶险，苏浅月又叹了一声："是我无用，不能够保护好你们。"

记得刚进入王府的时候，苏浅月是抱定独善其身不与人争长论短的目的的，可惜每每都是人在家中坐祸从天上来，旁人不放过她。她的软弱只能是给人增加凶狠的资本，她又一贯单纯善良，都不晓得拿什么作为武器来维护自己。这一次她要如何帮助自己和身边的人化险为夷？

苏浅月明白，眼下只能是养好精神，见机行事。

她没有睡意，红梅也不敢总是督促她躺下，主仆二人在恍惚的灯光中恍惚茫然着、不安着，等待天明，等待翠屏她们三个平安回来。

不晓得是什么时候，门外传来轻轻的敲门声，冲入苏浅月脑海的是素凌她们三个回来了！抬眼去看红梅时，红梅早已经疾跑着出去开门了。巴望的目光投向外边，苏浅月希望素凌她们走进来时她一眼就能够看到，紧张中心都提到了嗓子眼儿。

片刻之后，却是红梅一个人返了回来，苏浅月一下子就失望了，红梅已经开口："夫人，是王良，他怕夫人太担心，去端阳院那边打探了消息来报。"

"好。"苏浅月急忙起身走出暖阁。

中堂里，王良见到苏浅月忙施礼："夫人。"

苏浅月出口道："王良，那边的情形怎么样，你可完全知道？"

王良道："禀夫人，奴才从和奴才关系要好的人那里打听，说是老王爷在掌灯以后上吐下泻，整个人虚脱晕厥，侧太妃忙遣人告诉太妃，太妃着人去宫内请来太医调治，太医怀疑是吃了什么不合适的东西所引起。现在老王爷的情形暂时好一点儿了，却也危急，因为老王爷身体一向虚弱难以承受。到底老王爷是吃了什么东西出现了这种状态，只有追查了。老王爷身边服侍的人，还有我们这边的人，都……都给关了起来……"

苏浅月的心浸在冰水中似的冷，老王爷吃了什么？是真的有人害老王爷？"除了我们凌霄院和老王爷身边服侍的人，别的院子里有没有人也因此事牵连被关起来？"苏浅月想知道今晚到底有多少人被关。

王良摇头："没有。只有我们凌霄院的人，其余的都是老王爷身边服侍的人。"

苏浅月心中雪亮，无须多言，是有人针对她来了。上一次没有害死她，这一次改了方式。她为老王爷送补汤的事王府中人尽皆知，老王爷因为饮食出了问题，她难以逃脱嫌疑。

原来有许多时候是不能为别人打算的，善良不一定都好，苏浅月突然明白了这个道理。

"你去吧。有任何消息都直接来禀报我。"苏浅月怅然道。

再次回了暖阁，苏浅月不仅仅是担忧而是完全陷入恐惧，恍若有一个不明物体在阴暗处对着她冷笑，待她想要看清楚那物体又隐去，在她不注意的时候突然又冒出来，口中发出呵呵的诡异阴森笑声，令人毛骨悚然。

"现在是什么时候了？"苏浅月失声问，倘若不是还有红梅，她一刻都不敢在房间里待下去。

"早就过了三更，快要四更了。夫人躺下歇息一会儿，奴婢就在这里陪着你。"红梅除了用关切的目光望着苏浅月，不晓得还能怎样。

苏浅月浑身僵硬，哪里还能躺得下去："红梅，这里没有了素凌她们三个，我怎么觉得凌霄院都成空的了呢？我躺不下去，我要等她们回来。就让我们两个一起说话，等她们回来吧。"有人一起说话可以消除恐惧。

很明白等待是徒劳的，今晚她们不会回来了，可她还是想等。与其说是等她们回来，不如说是给自己一个安慰。

苏浅月心如油煎。她不停地和红梅说话，却不晓得都说了什么，最终是劳累和困倦令她体力不支。

"夫人，就快天亮了，你歇息一会儿吧。天明了我们就能亲自出去打探消息。"红梅同样乏困得厉害，可是苏浅月的狂乱状态让她不敢有丝毫倦怠，只是眼睁睁看着苏浅月。

苏浅月实在支撑不住，本能地躺了下去，口中呢喃模糊："好，我歇息一下。"

红梅看着苏浅月安静下来，才长长地无声地松口气，然后闭了眼睛打盹儿。

此时端阳院里的忙乱慌张已经过去，众人疲惫不堪，老王爷除了有微弱艰涩的呼吸外再无动静，身旁服侍的人只保留最后的一份警觉守护他，其余丫鬟仆人即便是躬身站立着的亦微闭眼睛打晃。

侧太妃脑海中一片恍惚，强撑着看一眼老王爷也昏昏地合了眼睛。这一场事故中，她是最关心老王爷安危的人，却也在投入全部精力后再也撑不住了。

与此同时苏浅月躺在床上，却丝毫感觉不到床铺的温暖舒适，只感觉到一片冰冷的死寂，这两天的紧张劳累也让她不能再有一点儿机敏的意识，就那样闭了眼睛睡去。

很茫然的，不晓得怎样就坠入了无边的黑暗，苏浅月睁大双眼试图找到一丝光明，结果除了眼前的黑暗什么都没有，四周更是一片阴冷，冒着死亡的寒气，仿佛有太多不知名的东西想要攀附在她身上，令她毛骨悚然呼吸困难，她不想就此被困住，残留的意识是即便死也不能死在这里，那么是不是有什么可以攀附的东西让她出去？纵然害怕伸出手去摸到不该摸的东西上面，她还是拼尽全力伸出手去，就在她颤抖着一点点伸出手去的时候，一个冰冷滑腻的软软的东西附着在她手上，随之有腥臭的气息汹涌而来还夹杂着丝丝阴森的冷笑，苏浅月惊骇中失控，张口狂呼……

"夫人……"

"救……救命……"苏浅月拼命挣扎中感觉到她的声音从干裂的唇齿间发出，继而听到一个声音唤她，还有一双温热的手摇晃她，慌忙睁眼，眼前是红梅面带惊恐正呼喊着她的名字："夫人，夫人您醒醒——"

"哦……"

终于清醒了过来，察觉到自己还在床上，苏浅月意识到刚才做梦了。

红梅看到苏浅月睁开眼睛，一颗心"噗"地落回原位，只用一只手紧紧攥住苏浅月的手，另外一只手为她拭擦额头的冷汗："夫人，你刚才是做梦了，不怕，梦是假的。"话虽如此，方才苏浅月梦魇中的呼唤以及惊恐的面容令她心有余悸。

感觉到浑身无力，苏浅月还是挣扎着慢慢坐起来，强自睁着酸涩肿胀的眼睛问红梅："现在是什么时候？"

"夫人，天就要亮了。"

天亮了，天亮了……

苏浅月四下看看，这屋子里只有她和红梅，素凌她们没有回来，那份冷寂和虚空依然存在。

烛台上的红烛还在燃烧，而窗户上已经泛白。是的，天就要明了，这艰难的一夜终于过完。只是，昨夜发生的事情又延续到了今天，她该怎么处理？

"为我梳妆，我要去端阳院。"苏浅月沙哑的喉咙里是火辣辣的疼痛，她全然不顾伸出双腿下床。

"夫人，现在还早，你再躺一会儿也不晚。"红梅急忙劝阻，之后疾步跑到桌前将备好的茶水端过来，"夫人，先喝口茶润润喉咙。"

苏浅月接过红梅手里的茶盏，仰头就把茶水喝光，如同倾倒一样快速，之后将茶盏递还给红梅："为我梳妆。"

天色微明，苏浅月就由红梅扶着匆匆走出凌霄院。顿时，扑面寒风瑟瑟而来，冷气让苏浅月昏乱的头脑瞬间清晰。

昨夜的积雪在地上恣意汪洋成雪海，凡是能够落及的地方都覆盖了起来。

雪，是苏浅月喜欢的，它本轻盈、柔软，而且浪漫，带给人圣洁的想象，苏浅月每每在大雪覆盖的时候吟唱舞蹈，歌喉漫过雪野一波波远去，水一样的轻灵叫人神往，雪天的她更美如瑶池仙子。此时的她，面对纤尘不染晶莹如玉的冰雪王国，丝毫没有童话般的曼妙心境，一改往日，只觉得这雪带来了许多不便，轻灵已是沉重，洁净亦是覆盖了污秽的虚假。

厚厚的雪带来阴寒，扑面的风灌在喉咙里辣辣的难受，更觉寒意彻骨，从内到外都冷透了。

"夫人，天气还早，要不要我们先回去，等天色大明了再过去？"红梅害怕冻着苏浅月，怯怯说道。

偷眼看此时的苏浅月，眉目如画，清婉动人，唯有她晓得这是经过她的妆饰才成。早起的苏浅月长发凌乱脸色青白，一双溜溜眉眼水肿不堪，是她将苏浅月的长发绾成一个百合髻，横插一只银镀金镶宝蝴蝶发簪，之后用了胭脂将她的青白脸色覆盖，完全遮掩了那层叫人心惊的青白。

苏浅月晓得红梅的意思，毫不介意道："无妨。"

身上是玫红色锦缎小袄，外罩是颜色略深一点儿的浅紫黑色大袄，下身是紫色云锦百褶锦绣裙，外披深红色狐裘披风，衣领上雪白的银灰狐狸毛柔软蓬松，愈发显得她高贵。如此装束，她在镜子里见过，是庄重而威严的，给人威慑力。

着衣时，红梅诧异，因为她一贯喜好素淡清雅的衣裳。她解释道："素淡清雅虽好但震慑力不够。"装束与场合有关，苏浅月明白，今日她不想在旁人眼里纤弱不堪。

衣裳在苏浅月眼里不伦不类，却足够有威严。她不为与谁斗艳争奇，只为在特殊的时候有压服的力度。

扶了红梅的手臂一路慢慢走去，积雪还没有被清扫，踩上去没过了脚踝，若不是她们穿了长筒的棉靴，雪早已经灌到了鞋里。

雪地上很滑，咯吱咯吱的声音在脚下流淌，随着她们的脚步蔓延而去，红梅小心道："夫人，小心脚下。"

"嗯。"苏浅月小心在意脚下不被滑倒，心里却急如火焚，只想一步跨到端阳院。

层层院落，深深甬道，苏浅月径自走往端阳院后堂老王爷的住处。

后院里的仆妇奴才匆匆忙忙进出，见到苏浅月稍稍有些惊愕，却不敢有丝毫疏忽地忙着施礼问安，苏浅月心中明白，倘若不是情形特殊，他们不会这样匆忙，一颗心愈发紧张了。

焦急着不得安抚，苏浅月问红梅："老王爷不会有事吧？"

红梅一则不晓得，二则哪里敢乱说话，只是道："夫人不要慌张，我们就要到了，进去一看便知。"

苏浅月焦急中没有深思红梅的话，只急急向内走去。

苏浅月这么早就赶过来，早有丫鬟进去禀报，所以在她踏入福宁堂时，迎面就是容瑾。

苏浅月眼望对面一堵墙似的容瑾，怔了怔，施礼道："王爷。"

容瑾微不可闻地叹口气，轻声道："月儿，天还早，你怎么这样早就赶过来。"

"我放心不下老王爷，他情形如何？"与其说放心不下老王爷，不如说她更担心素凌她们，倘若老王爷不好，她身边的人不论是否有错都不会给轻易放过，不过这样的话不能出口罢了。

苏浅月用求助的眼神看容瑾，希望他能明白她的意思。苏浅月很想和他说素凌她们因为老王爷被带走，张了张嘴没有说出来。

"暂时没事。只是老王爷身体一向欠安，需要静养。难得你这样惦记，早早赶来。"容瑾的脸上带了难掩的倦容，口气混浊。

"王爷，就为了老王爷能早日安好，我特意为老王爷做补汤，你是晓得的。"苏浅月的眸中带了复杂不安，望着容瑾。

老王爷的身体不仅仅是他一个人的，而是整个王府的，还关系到那些照顾他的人的命运。

"本王明白。"容瑾淡淡道。

他明白了什么？是明白她的好意还是明白院子里的人被带走？苏浅月不明白。

"王爷，我院子里的人……被带走了……"苏浅月还是没有忍住，到底把话说了出来，一双眼睛求救一般看向容瑾，"不是说老王爷是吃了不该吃的东西了吗？有没有查出是吃了什么，谁不小心？亦不能叫人白白伤害老王爷吧？"

"月儿，你只需管好你自己。"容瑾话语沉重，一双原本就威严的眸子带了更深的幽暗色泽。

苏浅月吃惊地抬头看他，仿佛不认识，他是什么意思，难道怀疑真是她的人所为？还是他无能为力？原以为她和他心有灵犀，眼下，是他没有明白她的意思，她也不能明白他的意思了。

苏浅月相信她身边的人不会害人，容瑾如此淡漠，她如何甘心，人还被关着，关在哪里情况如何还不晓得，她需要容瑾一个肯定的回答，然后才能踏实。

"王爷。"她倔强道。

"月儿——"他回一句，语意暧昧。

容瑾的神情令她猜不透，是不是在没有清楚老王爷的状况到底因何造成，没有确凿的证据证明是谁给老王爷造成伤害时，所有被看作有嫌疑的人都不放过？

即便此时的话苍白无力，苏浅月还是强撑着又道："有没有查找到什么，确认了什么？"

容瑾的目光一下子带着困扰和疑惑，还有诸多疼痛，那么复杂的目光投向苏浅月，苏浅月的心不觉坠下去，仿佛她是无理取闹。

"我只是担心老王爷，担心查不清楚事实，担心你……"再一次鼓足勇气，苏浅月争辩道。

"月儿，王府如此复杂，许多事情不是你想象的这般简单，本王此时亦没有头绪。"

"王爷。"苏浅月的声音里已经有了抑制不住的酸涩和悲哀。

"王兄——"

一个清凌的声音唤起，苏浅月倏然扭头，看到了一颗头颅正从屏风那边移出来，不用多想亦晓得那人是容熙。

容熙老早就看到了苏浅月，眼见苏浅月和容瑾说话，两个人神情不是一般，所以他最先唤了一声才走出来。

带着端庄正派心无旁骛的表情，容熙大方地走出来，举手对苏浅月施礼："梅夫人早安。"

苏浅月情知一切，内心激荡却用最平常的神情释然回礼："二公子安好。"

原本一切正常，可苏浅月突然间感觉空气中有莫名其妙的紧张。

"二弟，何事？"

容瑾转向容熙，神态间完全是兄弟间的平常自然，苏浅月一颗心揪起来，又想起容熙对她的那些言语，正要找借口告辞，容熙道："王兄是否有更要紧的事情要做？倘若没有，我们有要事相商。"

"王爷，二公子，我去探望老王爷了，告辞。"苏浅月说完施礼告别，扶了红梅匆匆入内。

早有丫鬟撩起福寿绵延图样的锦绣帘子，苏浅月一眼看到了坐在太师椅上的太妃，还有侧太妃，老王爷就在床榻上仰面睡着，一动不动，听得见他的呼吸不够顺畅又十分沉重。

房间虽然宽大，但是那么多的人在，看着就拥挤的样子，却是十分安静，唯有老王爷的急促艰涩呼吸让人有拘谨的难受。

老王爷那般情形，苏浅月自然不便打扰或者问讯，只是对太妃施礼，轻声道："太妃安康。"

太妃看着苏浅月，一副面容有些僵硬："起来吧，不必多礼。"说完恢复一动不动的姿态将头扭向老王爷。

看着太妃苍老又忧戚的面容，苏浅月微微有些心痛，床榻上危重的病人是她夫君，即便两个人之间有太多隔阂嫌隙，这般时候还能有多少计较？苏浅月不晓得太妃想些什么，却晓得她心里的难过。

片刻的犹豫，苏浅月又忙给侧太妃施礼，轻声道："侧太妃安泰康健。"

两位太妃是长辈，无论何时礼节是不能废弃的，苏浅月不做无礼之人。

侧太妃身体前倾做了一个搀扶的动作："快起来，都什么时候了，不必多礼。"她的目光示意，早有丫鬟为苏浅月搬来座椅。

情形特殊，大家也只是示意一番算作行礼。

苏浅月轻轻坐下，目光看往床上的老王爷，还是忍不住轻轻问道："老王爷情形可有好转？"她希望别人的回答是很好，没有大碍。

侧太妃仿佛在一夜间苍老了许多。老王爷是她服侍多年的夫君，眼下即便是回转过来，就他的状况生命能维持多久？目光暗淡着，轻轻叹气："此刻倒是安稳地睡了，想来……想来没有大碍了。"

侧太妃的想来两个字让苏浅月心情沉重，想来是自己想的，不等于事实，也就是说老王爷的情形实在不容乐观。

苏浅月低了头，老王爷这种情形，倘若一个呼吸上不来就有生命危险，这种情形下她如何能够对太妃计较旁的？能够对谁去说这不是她院子里的人所为？所有的语言都在肚子里打结，只能是静静陪着两位太妃。

　　眼望老王爷呼吸间身体微微耸动，那是胸腔中气息不畅的痛苦所造成的，看着叫人难受，不觉自己的呼吸也困难了。苏浅月心中难过，眼里有了泪意，只祈求老王爷快些好起来。

　　静默片刻，太妃站了起来，对侧太妃说道："妹妹，天已明，老王爷情形依旧如此了，你我歇息片刻去吧。"她脸上纵横交错的皱纹里都是疲惫，这样年龄的她一夜未睡，亦是无法再坚持下去了，用失神的眸子看了一眼苏浅月，声音沙哑道，"月儿也来了，就劳烦她在此守一会儿，旁人到了再换她回去。"

　　"两位太妃只管去歇息，这里有我守着，你们放心去吧。"苏浅月忙起身道。

　　"姐姐且去歇息，我稍待片刻也去歇息。"侧太妃道。她虽然比太妃看上去年轻一些，却也无法抵挡这种煎熬，疲惫中混杂紧张，那种失落和担心深刻到让人揪心。

　　"也好。"

　　太妃在两个丫鬟的搀扶下蹒跚而去，苏浅月和众人都起身恭送。

　　重新坐下，苏浅月对侧太妃关切道："你也去歇息，别累坏了。这里有月儿在，倘若有状况就遣人去请你来。"侧太妃长期照顾老王爷，此时的心力交瘁已经掩饰不住。面对此情此景，苏浅月只能是顾惜眼前的人要紧，哪里还敢提起她那被关押起来的三个人？

　　侧太妃转头，深深呼吸一下，又轻轻拉起苏浅月的手，倦怠道："月儿，老身亦是实在支撑不住了。"言毕轻轻拍打了一下苏浅月的手。

　　苏浅月晓得侧太妃是要她精心不要出错的意思，忙答了一声"明白"。

　　心力交瘁的侧太妃在丫鬟的搀扶下姗姗离去，苏浅月复又坐回去，目光茫然地看着老王爷，他还是原来的状态，没有丝毫变化。

此时天还早，众位夫人都还没有过来探望，容瑾和容熙亦都没有回转，偌大的暖阁中只有苏浅月一个主子。再次望向老王爷的时候，看着他一波又一波困难的呼吸，苏浅月突然害怕，一个老人怎会是这种状态？倘若一个呼吸上不来，真的真的就……

惊恐中几乎要喊出声来，苏浅月慌忙用手捂住自己的嘴巴。

红梅紧紧站立在苏浅月身后，眼见苏浅月的面容变色，慌忙在苏浅月的肩头轻轻拍了拍，轻声道："夫人。"

苏浅月即刻从恐怖的臆想中挣脱出来，扭头看到红梅安慰的眼神，这才平静下去。不过是真的发愁了，要她一个人在这里守候多久？她不是不想守候，而是太害怕。

"王妃早安。"

暖阁里的帘子被丫鬟撩起来，紧接着一个声音恭敬道，苏浅月心里一松，抬眼看去，王妃已经款款走了进来。

苏浅月悬着的心彻底踏实地落回肚子里，不觉微笑起身施礼，道："姐姐早安。"

王妃还礼："萧妹妹早，我还以为我是第一个来的，你却比我先到，你对老王爷这般有孝心，我自愧不如，惭愧。"

王妃或者只是就事论事，没有旁的意思，苏浅月却脸颊微红，她何曾是只想到老王爷的安危？倘若不是昨夜她身边的人被关了，劳乏成软泥一样的她这个时候还不一定起床。

心中的想法是不能表露在外的，苏浅月只能微笑："哪里，我只是起得早了一点点，比姐姐早到一点儿时间。"

王妃是皇室郡主，又是容瑾的正室夫人，苏浅月是多余的侧妃，倘若不是有皇后亲封的梅夫人的封号，她和她的身份相差十万八千里，只怕王妃不会把她放在眼里。此时，王妃就坐在苏浅月的上首，貌似对苏浅月十分亲热："还是累了你，我不及你勤谨。"

苏浅月轻轻摇头，看一眼床铺上的老王爷，轻轻道："我只是偶尔起得早了，又怕睡过去耽误才勉强起床的，哪里是姐姐刻意惦记着来的。"

平时她和王妃关系一般，就算她成了皇封的梅夫人亦没有和王妃有过刻意的亲近，再者她的身份还是比王妃低了一点儿，自然不想在旁的事情上强过王妃，出头鸟的事情苏浅月不想做。当然，苏浅月对王妃态度恭谨却也是不卑不亢，她不愿意刻意巴结谁，亦不愿意恶意欺凌别人，这是她的准则。

"唉。"

王妃缓缓叹息一声，起身轻轻走至老王爷床前，细细看老王爷的面容，苏浅月自然不能端坐不动，亦随在王妃的身侧细细观看老王爷的状况。

老王爷是久病卧床之人，身体虚透了的，羸弱不堪，黑黄的面容此时更加暗沉，他就这样闭着双眼，呼吸时而急促时而细弱，有时候又如同灶上拉火的风箱一般。苏浅月心里说不出的凄凉难过。

王妃轻轻拉了苏浅月一把，轻轻道："萧妹妹，我们坐下吧。"

苏浅月将目光移到王妃脸上，见她的目光中都是关切，明白了王妃的意思，点点头，随了王妃又去坐下。

房间里除了老王爷轻轻重重的呼吸之外，依旧没有别的声音。苏浅月说不出的心烦意乱，老王爷的状况若是不见好转，难道等待他的是死亡吗？

死亡……黑暗冰冷，太可怕了，苏浅月拒绝那个一去不回头的地方。她被阵阵寒意包围，无法解脱。

张芳华进来的时候，苏浅月依旧胡思乱想。在他们两个眼神对望的片刻，苏浅月看到张芳华传输过来的安慰。平时她们两个的关系亲近，她的到来缓解了苏浅月的紧张。只是这样特殊的时刻，谁都是严肃的。

接下来李婉容，贾胜春也都到来，连同容熙的两位夫人秦夫人和王夫人，只有蓝彩霞没到，她小产后身体虚弱，许久不出门了。

好些女眷就这样聚在老王爷的卧房，每个人都带着丫鬟，一时房间里拥挤了太多，却都是静静地陪伴老王爷，没有一个发出声音的。苏浅月希望有一个奇迹：老王爷突然坐起来，开口告诉她们他没事了。可是老王爷依然如故闭眼昏睡。

苏浅月将茫然的目光投到张芳华脸上，张芳华只回望她一个不要紧张的目光，然而苏浅月怎么能不紧张呢？这边老王爷的身体没有起色，那边她的三个人还被关着。情形到底会发展到哪里？

所有人中，以王妃为首，她不发话让别人离去，别人是不敢离开的，所以就算拥挤了太多人，也唯有这样拥挤着，陪着老王爷，静静地期待老王爷苏醒。

苏浅月貌似端庄地坐着，一颗心受刑一般熬煎，不晓得她的人被关一事还有多少人知道？说不定那些人正在幸灾乐祸地嘲笑她。

煎熬中，外边匆匆走进一个管事，躬身道："太医到，请各位夫人回避了吧。"

他的话如同为紧张得就要爆炸的闷罐打开一个缺口，苏浅月看到所有人都松了一口气。

王妃脸上露出舒缓的微笑："太医要来给老王爷诊治，各位妹妹就先请回房候着，若是有事再遣人去院子里告知。"

王妃话音落地，众人纷纷起身告辞，相继往外边走去。苏浅月感觉脚下踩着云朵一样，在红梅的搀扶下摇摇晃晃走出端阳院。

天空没有晴朗，灰蒙蒙的，一片皑皑白雪压着苍茫大地，似乎连空气都给压得稀薄了，叫人呼吸困难，凛冽的寒冷扑面，叫人瑟缩。

苏浅月小声道："我们走了这么久，不晓得素凌她们是否回去。"

红梅暗暗叫苦，这个时候她们回去？只怕不可能。夫人的意思不过是因为她见了王爷，王爷会帮她把人放出来。以她在容王府几年的经历，此事大概不可能，苏浅月想得未免太天真了，只是不敢把实话说出来罢了，于是模棱两可道："也许，我们走出来的时间不短了。"

"萧妹妹，慢走。"

身后一个声音呼唤，苏浅月停下脚步慢慢回头，是张芳华。

其实她已经听出了是张芳华的声音，唯有张芳华用这种带着关切的声音唤她。笑容氤氲在苏浅月脸上："张姐姐。"不晓得张芳华是拐了几个弯故意落在她后边等着她的。

张芳华带了红妆匆匆赶过来，看到四下除了白茫茫大雪没有人时，言道："萧妹妹，昨夜一定没有睡好，瞧你眼里的疲惫，红血丝有那么多。"

苏浅月伸手摸了摸脸颊，倘若不是精心化妆，只怕一张脸难看到吓人。

在王府，也唯有在张芳华面前她可以袒露一下自己的真实，难过道："张姐姐一定听说了我院子里的事情，素凌她们三个人被带走了。我晓得她们无辜，却无法救得了她们，现在都不知道她们怎么样了。"苏浅月眼里都是无助，含了泪花。

张芳华四处看看，道："也不只是你的人被关，老王爷那里还有人被关了。这种事情一时难以分得出青红皂白，只能等等看了，我们不做亏心事不怕鬼叫门。"

张芳华分明是安慰她的，苏浅月黯然道："我本是出于好意对待老王爷，却给身边的人带来祸患，我十分后悔。都是我的错，怎么会不担心。"

张芳华拉起了苏浅月的手："好妹妹，你别想那么多，一切我都明白。老王爷年老多病，突发状况亦是有的，说不定老王爷是自身的问题，却被太医误诊，又或者是真的有人暗中对老王爷下手，没人说得清楚。王府不是普通人家，诸事都没有我们想象的简单，别急，总会有办法。"

苏浅月茫然道："只怕有人借此事嫁祸我，若是那样，旁人总有一千条理由的。"

张芳华又道："清者自清，浊者自浊。你且安心回去等待，这个非常时候我也不好过去陪你，只好半路拦着你说话了。你回去好好歇息，保重自己。若是有事，亦可差人告知与我。"

不是极深的情义，张芳华不会如此对她，苏浅月心中感动，点点头："多谢张姐姐关心，我记下了。姐姐也请回吧，站在这里太冷了。"

张芳华松开了苏浅月的手，给了她一个安慰的眼神，转身离去。

苏浅月看着张芳华的身影消失，只觉得怅然若失，慢慢地转身，扶着红梅一起走回凌霄院。

走至玉轩堂，苏浅月转身看定红梅，吩咐道："你去把王良叫来。"在端阳院没得到丝毫关于素凌她们的消息，苏浅月如何安心，定是要找人赶快去打听消息的。

红梅默然低头，怔了怔道："是，夫人。"言罢就往外走。

"小姐，小姐……"

红梅举步间听到声音，慌忙回头，屏风后脚步声响起处，素凌和翠屏已经走出来。

"小姐。"

"夫人……"

"素凌，你们。"苏浅月几乎不敢相信自己的眼睛，胸口激动的热潮滚成一团火焰，堵塞着胸口，再多一个字都说不出来。

果然，她们回来了。

清早走往端阳院的时候就想过，她不在的时候她们会回来的，一定！看起来意念也管用，她把她们给"念"回来了。

"她们回来了，夫人，她们回来了！"红梅转身就往回赶，一张脸上喜出望外，连声地喊着，跑过去拉着她们两个的手摇晃，"你们回来了，回来了……"然后又四处看了一下，问道，"雪梅呢？"

苏浅月只顾高兴，也忘了雪梅不在，红梅问起，忙把询问的目光投往素凌和翠屏。

素凌和翠屏互看一眼，却没有回答红梅的问话，苏浅月心里"咯噔"一下，是一种特别不好的反应。

"雪梅呢？"她的问话冲口而出。

素凌避开了苏浅月的目光，说："小姐，我们回来了。"

她们回来了！

听到素凌说出此话，苏浅月心里一下子轻松了起来，如同烈日撕开厚重的乌云，所有的阴暗瞬间获得阳光照射，却依旧忍不住追问："雪梅忙什么去了，叫她来见我。"仿佛是历经生死劫难后的重逢，只有见到所有人在，她的心才彻底安宁，她要所有人都平安。

翠屏尴尬道："让夫人担心，是奴婢们的罪过。"她脸上的笑容那样勉强，不见得有一丝轻松，苏浅月的心不觉提起来。

看看素凌，看看翠屏，苏浅月急道："雪梅呢，她怎么不来见我？"这句问话再次出口，那种不祥的预感亦紧紧抓住了她。

翠屏的脸色顿时发白，连嘴唇都失去了颜色，素凌的头慢慢低下，轻轻道："小姐不要着急，雪梅随后就会回来的。我们暂且回来照顾小姐。"

"雪梅怎么了？是谁审问你们，为何留住了雪梅？"苏浅月浑身冰凉，雪梅清纯的面容在脑海里出现，这样的女子哪里有阴狠歹毒的迹象？她从来不曾怀疑雪梅心术不正。

　　如今独独留下雪梅，苏浅月怎么会不心惊，无力道："雪梅在给老王爷送汤时，做了什么？"

　　话一说完，苏浅月即刻感觉到了眩晕，身边有蛇蝎心肠的人在？她一无所知，太可怕了。

屈
冤
魂，
天
理
昭
昭
恨
难
雪

　　红梅忙扶住苏浅月，轻轻唤道："夫人，不会的。"她的声音里
已经带上了哭腔。

　　"不不，不是夫人所想的那样。"翠屏突然跪下，"是奴婢的过
错，奴婢是这院子里的领头，却没有将院子里的事情打理好惹了麻烦。
雪梅被扣押，让夫人担心，都是奴婢的错，请夫人责罚。"

　　苏浅月挥手让翠屏起来，在红梅的搀扶下慢慢走往椅子前坐下，
大惊大喜又大悲之下，苏浅月已经失去了原本沉稳镇静的气韵，口气
也急了："你且把事情详细说与我知道。"

　　翠屏进前一步，惨然道："奴婢们被带到霜寒院的柴房——就是
王府关押罪人的牢房，奴婢们三个被关在一起，另外一处关押了老王
爷卧房的人。清晨时奴婢们给崔管事提出来审问，大家都是据实而言，
因是奴婢和素凌一起煎汤，雪梅独自送汤，崔管事言道两个人一起不
会商量着下药的，定是雪梅独自送汤时所为，就这样雪梅又给关了进
去。其余的奴婢就不知道了。"

　　苏浅月的脸色一点点惨白，雪梅独自送汤是有做手脚的可能，但
以此作为怀疑的理由实在是牵强附会，雪梅有被冤枉的可能。当然，
人心隔肚皮，雪梅有没有做什么谁能晓得？泠泠寒意禁锢了苏浅月，

越是这样她越是觉得害怕：缩小了目标，目标中的人危险性就大了。

雪梅真的有卑鄙行为，那么就算是死——也死有余辜，关键是她如果被冤枉了呢？她拿什么证明自己清白？

到底是不是雪梅心肠狠毒，苏浅月想要自己弄个明白，她突增力气，从椅子上霍然起身："素凌翠屏你们两个好好歇息，我去看看雪梅。"扭身对红梅道，"红梅，你带我到霜寒院。"

翠屏慌忙阻止："夫人，你去不得那里。"

苏浅月一顿："为什么？"

"那里……那里……"

眼看翠屏嗫嚅着，苏浅月断喝一声："快说！"

翠屏骤然抬头："夫人还是不去的好。"

"是王府的规矩，我不能去？"

"是……是有规矩，旁人不能去的，怕和犯人串供。"翠屏低了头解释。

苏浅月一声冷哼，这样的规矩她能够理解，然而她还是要去。难不成真的有人跳出来指控她指使雪梅去谋害老王爷？

苏浅月的声音柔和了许多："好，我明白了。你们好生歇息，我去去就回。"

一直没有说话的素凌突然走到苏浅月面前阻拦："小姐还是别去了。"

苏浅月看了素凌一眼，绕过她身旁向外走去，红梅慌忙跟上。身后，素凌和翠屏面面相觑，无尽的沉重一点点压上两人的心头。

"要不，我跟着去吧。"翠屏看着素凌无奈道。

素凌伸手抓住了翠屏的手腕："算了，小姐的脾气我晓得，她不许你跟着去的。你我这一番折腾也受不了了，就先歇息一会儿，倘若你我都倒下了，会更糟糕。等小姐回来看看情形再找应对的法子。"

被一溜高墙围着的霜寒院在王府最后边最偏僻的地方，苏浅月心急如焚，只晓得走路用了许多时间，其余的都没有在意。

霜寒院在大雪覆盖下荒凉得就像是荒郊野外，里面低矮的草房卑微地蹲在地上，寂静无声，越发显得凄凉。

通往霜寒院原本就窄窄的通道，此时给偷懒的奴才草草打扫了一下，只容得下一行脚步，残余的雪被践踏成了滑滑的一溜。红梅全神贯注地扶着苏浅月，一颗心悬着，生怕苏浅月滑倒，还在嘴里不停地提醒苏浅月小心。

苏浅月远远走来，心里的悲伤无以名状。还没有走到大门口，守门的奴才就忙忙地跑过来，躬身行礼："奴才参见梅夫人，夫人吉祥万安。"

苏浅月松了口气，还算他长眼睛，晓得她是梅夫人，冷冷地看着他，心里明白他今日的机警不过是晓得里面关了重要的人。矜持着，苏浅月威严的目光扫视他，冷冷地问："雪梅在哪里？"

"这个……"他的眼神慌张地四处查看，"奴才不……不晓得。"

"胡说！"苏浅月勃然大怒，"关在这里的犯人多了，你不晓得谁是谁？"

守门奴才急忙跪下，完全不顾冻成坚冰的雪地："不……不是，夫人息怒，王府有规矩，不准旁人来看望犯人。"

苏浅月一声冷笑："是不是犯人，由你一个奴才说了算吗？你焉知关在这里的人都是犯人？连本夫人也敢拦挡？"

"不……不是，奴才天大胆子不敢为难夫人，只是……是王府规矩，奴才不敢……敢……"

他浑身颤抖，不晓得是冻的还是吓的，红梅扯了一下苏浅月的衣袖，急忙对地上跪着的奴才道，"我们夫人仁慈，怎么会为难了哥哥你。此时这里没人，哥哥就行个方便，我们进去一下就出来。"说着，从头上拔下一个发簪递到他手里，"天寒地冻的，哥哥亦不容易，拿这个去换点儿酒喝，暖暖身子。"

"这个，这个……"地上的仆人看了看红梅，"姑娘不是为难我吗？"

红梅拉了他的手将发簪放在他手里："夫人还有要事，倘若在这里耽搁太久误了事情，我们都担当不起呀！"

苏浅月一看红梅此举亦是愣了，许久才明白过来，一看那仆人的样子，心里的悲哀越发浓重，亦不敢在此多耽搁，于是道："起来吧，本夫人不会为难你，拿了去换点儿酒喝，天寒地冻的，难为你了。"

守门奴才一看苏浅月发话，忙从地上爬起来，弯着腰打开了门，恭敬道："夫人请进，奴才不过是担心这种地方晦气太重，沾染了夫人。这会子还没有来提人，夫人快去快回，若是给人撞到就不好了。"

苏浅月沉声道："明白，带我进去。"

雪梅在最西边的那一间，那奴才从腰间拿出一些钥匙，从中找出一把打开了房门："夫人请了，只是不要太大时间，免得他人看到，对夫人不好。"

苏浅月和红梅走进去，一股霉味扑面而来，几乎扼制了她的呼吸。苏浅月不觉大吃一惊，此乃天寒地冻的时候，若是夏天又该是什么污浊不堪的气味？人还能在这里待着吗？屋子里光线昏暗，只有北门的墙壁有一扇小小的窗户，一时苏浅月无法适应，一切都看不清楚。

"夫人，你怎么来了？"

墙角响起一个声音，苏浅月寻着声音的来源仔细看去，恍惚中才看到是雪梅的轮廓。适应了一下，她才看清了雪梅。

"雪梅……"苏浅月心里悲哀难过，五味杂陈。

雪梅已经给戴上了镣铐，如同监狱里的犯人一般，正艰难地走向苏浅月。

苏浅月看此情形，心头又是一凛：难不成雪梅真是残害老王爷的人？如此真是枉费她的心意了。

"雪梅，你怎么会被如此折磨？"苏浅月的浑身被寒意浸透，话语如从阴寒的地底穿透而来。

雪梅猛然愣住：不用多说，夫人是怀疑她了！一股说不出的悲痛从心底溢出来，雪梅"扑通"一声跪下去，泣道："夫人，你不相信奴婢吗？"

苏浅月心中复杂，毅然选择最要紧的问："雪梅，你只需要告诉我，你有没有在给老王爷的汤里做过手脚？"

雪梅摇头，一脸的泪水珠子般掉落到满是尘土的地上："奴婢怎会做那种丧尽天良的事。无论奴婢是什么结果，就算所有人都说是奴婢谋害老王爷，也请夫人相信奴婢。"说完重重地磕头。

苏浅月的一颗心终于掉落回原处，暗暗为她对雪梅的怀疑感到惭愧，伸手扶起雪梅，道："他们如此对你，实在是太残忍了。"

雪梅的手是入骨的冰冷，那寒气从她的手上传过来，苏浅月浑身一下子就被寒意浸透。

雪梅依旧泣道："这里岂是夫人能够来的地方？夫人快快请回。"雪梅的声音带着感动，完全没有想到苏浅月会来看她，"能见到夫人一面，就算奴婢给冤死，亦值得了。"

苏浅月只觉得悲伤又愧疚："雪梅，都是我的不是，是我带累了你受尽委屈，倘若不是我要给老王爷做什么汤，如何会有这样的事情发生？我想办法让他们放你出去。"苏浅月的声音不由得哽咽，一旁的红梅发出了轻轻的抽泣。

雪梅头发凌乱，上面沾了些微的草屑，苏浅月腾出一只手为她轻轻把头上的草屑拂去，想起雪梅平时那般乖巧懂事，又一心一意地对待她，心如刀割。

雪梅惨白的脸上露出一丝笑意："谢过夫人，夫人来这里看望奴婢，奴婢已感激不尽，只求夫人多保重。这里太冷太污浊，不是夫人待的地方。"她转首看着红梅，"红梅，带夫人离开。"

红梅哽咽道："你也多保重，你是清白的，我们都相信你。他们会放你出去。"

雪梅睁大流泪的眼睛点头："我相信，你们快走。"

"雪梅，我想办法救你出去。"

苏浅月的话掷地有声，说完转身而去。

她要赶快回凌霄院。既然已经明白雪梅是无辜的，为什么还要她在那里受煎熬？霜寒院的柴房太可怕了，地狱一般，在这冰封三江、雪飘万里的天气，竟然没有生火，里面的人待得太久就算不被折磨死也要被冻死。

苏浅月心想旁的人她无法说服，说服容瑾还是可以的，她相信容瑾能帮她。

一口气回到凌霄院，刚刚坐下，素凌就把一盏热姜茶递过来："小姐。"

苏浅月接过茶盏看一眼素凌，转头对红梅道："红梅，烦请你去给雪梅送一件厚实的寒衣，顺便让那守门的奴才多多照看雪梅。"

红梅含泪："是，奴婢这就去找衣裳给她。"

苏浅月又对素凌道："去取过几锭银子交给红梅，让她为雪梅打点。"

素凌道："是，小姐。"

看着红梅离开了，苏浅月又吩咐翠屏："翠屏，我自己去端阳院不够方便，你且让王良寻找可靠的人去寻找王爷，就说我有要紧的事情请他回来一趟。"

"是，夫人。"翠屏又答应一声，匆匆走出去。

苏浅月把茶盏放下，抬头看着素凌，沉重道："素凌，雪梅不过是一个丫鬟，她谋害老王爷的意图是什么？指不定又有人耍了手段，假借老王爷之事来陷害我罢了。"

素凌迟疑着："小姐，我也是担心这个。自从到王府的那一天我们就小心谨慎的，不和任何人过不去，为什么偏偏有人要陷害我们？"

苏浅月哀声道："我是多出来的那位，我分享了王爷的感情，旁人会不嫉恨我吗？"

素凌紧张道："小姐，我相信雪梅没有去谋害老王爷，一定是别人使坏。我们想办法救回雪梅，唯有证明雪梅是清白的，此事才不会连累到小姐。"

苏浅月用力点点头："是。"

累，说不出的累，但苏浅月没有丝毫想要歇息的意思，内心的躁动令她再也坐不住。

起身伫立窗前，厚厚的窗纸上透出外边暗淡的冰雪天气，仿佛天空层层叠叠地倒扣下来，阻隔了空气，闷得人心胸爆裂。

苏浅月一颗心纠结成千千结。她在等，在盼，期待雪梅顺利回来。莫须有的罪名原本就是冤枉，难不成王府要将莫须有的罪名扣到一个小小丫鬟的头上？不，不会。

"夫人。"

苏浅月转身看着呼唤她的翠屏，道："王爷何时回来？"

翠屏难过地摇头："夫人，王爷被皇上召走，说是有军机大事相商。此时工爷没有在王府。"

苏浅月的脸色一下子白了，翠屏的话让她跌落万丈深渊。除了容瑾，她寻找谁去？凭她一个多余夫人，谁会信她的话？

苏浅月喃喃道："谁去救雪梅出来？你们都明白，雪梅是冤枉的。"

房间里寂然无声，不起一丝波澜，素凌和翠屏都默不作声。

又有轻微的脚步声传来，苏浅月以为是容瑾回来，一颗失望的心骤然燃起希望的火焰，猛然回头，却是红梅走了进来，失望中她缓缓地吐了一口气，目光追随着红梅。

红梅望一眼苏浅月，匆匆道："夫人，衣裳为雪梅送去了，也求那边的奴才多多照看一下。"

"雪梅可曾说了什么？"看到红梅眼里泪光闪闪，苏浅月的问话那样机械。

"她说，若是她有什么不测……请夫人帮她照看姐姐。"

红梅的泪顺着冻得通红的脸颊流下来，让苏浅月有说不尽的伤感。

"姐姐，雪梅的姐姐是谁？我如何照看？"

"雪梅的姐姐是侧太妃身边的婢女，名叫雪兰，这次也是被怀疑的人。王府总管审问了她们几个人时，雪梅才看到了她的姐姐。奴婢去时总管正在审问，奴婢藏在一旁等总管走了以后才悄悄过去。"

红梅悄悄低了头抹泪，苏浅月的心却越发沉沉下坠，倘若需要姐妹其中的一人承担，雪梅是让她的姐姐承担，还是她承担？

都不好！

苏浅月突然想到了容熙，容瑾不在王府，她能不能去寻容熙澄清事实？这个念头一闪而逝，她不能去。

一则他恨她，再则即便是他放了雪梅，容瑾会以为他是为她徇了私情，心里的阴影会成为更深的伤疤。今后，还指不定因为此事又衍生出什么想不到的事来。

良久，苏浅月道："红梅，情势不好，她们两个不方便跟我出入端阳院，就辛苦你跟我再去一趟端阳院吧。"天气恶劣，红梅跑进跑出一张脸都冻成了紫色，苏浅月却没法怜惜。

"是，夫人。"

"小姐，你这样跑来跑去的，行吗？我们没有证据证明雪梅无辜，只怕都是枉然。事情没有明朗之前，王府怎么肯听你的解释放人，不如就等王爷回来再说。"素凌出言制止。

苏浅月何尝不明白这样，只是就这样她有一种任人宰割、坐以待毙的感觉，她待不下去。

"霜寒院岂能是长久待的地方，雪梅无辜，我还是要想想办法尽快救她出来。"

刚刚迈进端阳院的大门，就听到有人声传来，"怎么是这样的天气，不是要冻死人吗？"

苏浅月抬眼，贾胜春正好从对面走出来，越是不想见的越是要撞上，苏浅月像是吃了只苍蝇一般腻歪，只是已经躲闪不及。

贾胜春不期然碰到苏浅月，脸上即刻流出绝少有的别样笑容，盈盈看着苏浅月，比任何一次相见都要亲切，苏浅月只得迎着走上去，不料还没有开口，贾胜春已经规规矩矩对她施礼："梅夫人好。"

苏浅月心中明白，她这种抬举不过是因晓得雪梅之事在幸灾乐祸。事已至此，她亦只能端了肃容回礼："贾姐姐客气了。"

贾胜春脸上的笑容愈发明媚，仿佛三春时盛开的花朵："梅夫人如此客气，我倒不好意思了。如此天气，梅夫人不顾贵体又来看望老王爷，可见对老王爷的关切，这份孝心实在难得，叫人感动。"

不晓得是心理作怪，还是事实如此，苏浅月总觉得贾胜春的笑容诡异，而且好好的话从她嘴里说出来听着十分刺耳。即便如此，苏浅月面上依然是和婉的笑容："贾姐姐不也对老王爷十分关怀的吗，如此寒冷的天气亦难为了你。哦，老王爷现在情形如何了？"

"老王爷吗……我也说不上。原本身体就不好的老人，给歹人害了一下就更不好了，一个卧病的老人都想去谋害，可见那人心肠歹毒。"她口中说着难过的话，忽而眉宇间笑意盎然，"梅夫人你说是不是？"

"当然是了，害人者是心肠歹毒。"苏浅月微微点头，一双眼眸平和看着贾胜春幸灾乐祸的面庞。

"对了，听说嫌疑人里面还有你的人呢，梅夫人，你说此话不怕……不怕不好吗？"贾胜春硬生生把"不怕应到自己身上"这句给咽下去，语中之意再明显不过。

"'为人不做亏心事，不怕夜半鬼叫门'这句话，贾姐姐一定听过的。"眼见贾胜春的眸中闪过一丝恶毒，苏浅月心中惊跳不已，强制按捺住心神轻描淡写言道。

被人耻笑已经不重要，苏浅月更害怕的是另有阴谋，当下不动声色，保持了一份矜持的微笑。

贾胜春本来想激怒苏浅月看一场笑话的，谁料给苏浅月貌似漫不经心实则更具毒辣的一句话碰回来，脸上的肌肉不停地颤抖，继而笑了笑："死鸭子嘴硬的话，你一定也听过的。"

苏浅月点点头："听过。"转而又道，"贾姐姐在告诉我，有的人喜欢强词夺理太过嚣张蛮横。不过害人的事总归是不能做的，提防害人反害己。要知道，人在做天在看。"

贾胜春微微愣了一下，笑道："对啊，做人还是恪守本分，千万不要好高骛远自不量力，还是晓得自己几斤几两了就不会贪得无厌。鸡蛋，永远碰不过石头。"说完，她脸上的笑容突然消失，"我晓得梅夫人嘴巴是硬的，别忘了柴房里还有你的人，倘若真有不测，可就麻烦得很了。我先走一步，你自便。"言毕转身，身上橘红艳丽的貂裘披风如同冷硬的刀片锋利而过。

苏浅月心中漫过一波又一波惊涛骇浪，感觉自身就是一片被狂风暴雨击打的枯叶，毫无抵抗能力。没想到和贾胜春又是一番唇枪舌剑的争吵，她的话刀锋一般又刺在她胸口：倘若真有不测……

"红梅，我们快走。"苏浅月举步疾走。

红梅跟随在苏浅月身后，急道："夫人，贾夫人不是善类，又一贯和夫人作对，方才她的话奴婢越听越觉得不对，什么叫鸡蛋碰不过石头，难不成真的要冤枉雪梅，我们都救不得吗？"

苏浅月心中慨叹，贾胜春无非是嘲笑她平民的低贱身份没有依靠，又想要荣华富贵，最终不过是水中月、镜中花罢了，她如何不知？怕只怕雪梅真的不好。

"我们走，不用理会她说了什么。"苏浅月头也没回。

贾胜春出了端阳院，转过墙角踏上另一条甬道时，突然停步，扭头看了看冷笑道："苏浅月，我看你能嚣张到何时？"

身边丫鬟秀儿急忙献媚道："夫人，她不过一个最下贱的女子，有什么本事能逃得出夫人手心，您就等着瞧吧。"

贾胜春仰头深深吸口气："就是因为这个贱人，王爷已经许久不曾到咱们院子里了，留着她终究是个祸害，且看我怎样一步步收拾她！"

秀儿低头笑道："凭她？如何逃得过夫人的手心。"

福宁堂里，侧太妃看了看床榻上沉睡的老王爷，对一旁的容熙道："二公子，你也太劳累了，老身在，你去歇息一下吧。"

容熙俊雅的脸上挂满忧郁："侧太妃，这几年老王爷病重在床，劳累的一直是你。老王爷突然病重，你比旁人更着急更忧心，还是你去歇息一下吧。"

侧太妃再望一眼老王爷，幽幽道："老身不是大夫，不懂得病症，不晓得老王爷是吃了什么不该吃的食物，到底怎么回事啊？"

霜寒院关了那么多人她是晓得的，却无话可说，因为老王爷的病情太过突然。她心里更明白，倘若不是她服侍老王爷多年，只怕她才是第一个被怀疑的人。她最忧心的是，是不是真的有人心怀不测要害老王爷？还是老王爷自身发的病症？无论怎样她都怕，但求一个明白，只是不能明白。

容熙无声地叹息，他亦不明白。

床榻上的是他父亲，倘若有人害他父亲他自然不会饶过，但要不是呢？毕竟老王爷的身体虚弱多年，突发奇异症状亦是有可能的。

到底是什么原因令老王爷突然危急？

一时，两个人都不再说话，突然外边的丫鬟来报："梅夫人到。"

苏浅月在丫鬟的迎接中迈入暖阁，一眼看到了侧太妃和容熙。

侧太妃没有休息多少时间就又来了，眼里的红血丝那样明显，面容中多了的皱纹那样深刻，苏浅月一时愈发心酸，忙施礼道："侧太妃。"

"玥儿，你又来了。"侧太妃声音里全是无奈，拉了苏浅月坐下。

容熙也过来施礼："有劳梅夫人了。"

苏浅月看着容熙，心里明白他对她的恨和怨依旧存在。她不怪他，倘若换作她，能否做到容熙这般还不一定。相比之下，容熙还是大度的。

看着他，苏浅月心里转过许多念头，要不要和他说出雪梅的事情？不能！可是若不说出来，雪梅会一直受苦。心思浮沉中，最终还是客气地还礼："二公子客气了。"

又扭头问侧太妃："老王爷可曾有过好转？"

侧太妃轻轻摇摇头，苏浅月的心一下子冰冷到极点。病人危急到此种程度，难不成她还要饶舌旁的，在这里理论她的丫鬟没有害人？

望一眼床榻，老王爷依旧是原来的姿势，依旧是早上她来时的模样，老王爷果然没有好转，苏浅月一时不知道该怎么好。

她是真的为难了，心中百转千回地难过，最后连诉说的勇气都没了。

还是侧太妃看出了苏浅月的神色有异，起身道："玥儿，你跟老身来一下。"

她们转过屏风，走往一个小暖阁，这是侧太妃暂时栖身的地方，除了床榻之外，仅仅是必要的桌椅，布置十分简单。她拉苏浅月一起坐在床上："玥儿，你可有什么事情要和老身说？"

苏浅月摇头，哀伤道："侧太妃，老王爷的身体确实是有人在饮食中放了什么所导致的吗？"

侧太妃亦摇头："老身不懂。老王爷确实是一时就不好了的，上吐下泻，呼吸困难，十分危急，潘大夫诊断说是吃了什么食物引起的。太妃到来以后派人去宫里请来太医，太医没有说出真正的原因，亦没有否认潘大夫的说法。"

侧太妃尚且如此说，她能说什么？胸口如堵塞了一团棉絮，苏浅月无助道："怎么办呢？"

侧太妃脸上的沉疴担忧仿佛刻上去那样明显，抬手揉了揉额头，道："老身不晓得。老王爷是在老身的看护下突然发病的，老身慌忙遣人寻了潘大夫来诊治，太妃到来之后疾言厉色训斥了老身一顿，好在我们亦是多年的情分，倘若是年轻时候，她会疑心是我对老王爷……"苏浅月倏然警觉，内心骤然一跳，看向侧太妃的目光十分明亮，侧太妃猛然意识到说错了话，急忙苦涩一笑，"老身到底是老了，说到哪里了呢。太妃亦是焦急，潘大夫一时不能令老王爷有好转，太妃一面叫瑾儿来一面慌忙遣人进宫寻找太医，亦找了王妃来……老身真怕老王爷一口气喘不上来……可……可怎么办？"

到底有多凶险，到底有多慌乱和混乱，苏浅月几乎全部能想象得出，如此情形在人命关天的情形下不算反常，人在特定的时候会有特殊的心理和做派。只是，老王爷真的给人暗算？侧太妃就在老王爷身边，首当其冲是嫌疑人，或者她完全被排除在外，谁能说得清楚？

许久，苏浅月黯然道："老王爷卧病在床许多年都是您尽心服侍，没有人对您有异议，只管放心等待老王爷好转就是。"

那些堵在胸口的话苏浅月再也说不出一句。侧太妃的难过比她有过之而无不及，她再来饶舌所在意的，就不仅仅是不懂事了。

凌霄院里，素凌和翠屏如同热锅上的蚂蚁，好容易等到苏浅月回来，但见苏浅月虽然有胭脂遮盖却依旧苍白的脸色就晓得事情不妙。

素凌小心翼翼道："小姐，没事吧？"

心里的痛那样明显，五脏六腑就好像是给人一针一针刺着，倘若那些仆人里面有人指控侧太妃服侍老王爷太过艰难，因此她要取老王爷性命，侧太妃如何逃得了干系？哪怕她没有丝毫残害老王爷的意思，又如何能逃得过去？欲加之罪何患无辞。苏浅月只盼老王爷能平安度过此难，那么所有人就都解脱了。

"夫人——"翠屏战战兢兢看一眼苏浅月。

自从昨夜被关入柴房，她就明白要坏事了，不晓得什么人假借老王爷一事大做文章，祸端要落在谁头上？王府多年的生活她见多了阴险暗算。

"我没有成事。"苏浅月只说了一句。

翠屏吃惊后心一下子凉透，只觉得害怕，素凌急道："小姐，我们明明白白晓得雪梅没有做害人之事，你怎么不说明呢？倘若真被说成雪梅的错，我只怕还要连累小姐。王爷不在还有太妃、侧太妃……对了，还有二公子，二公子……"

"够了！"苏浅月生硬地打断了素凌，"你有完没完？"

素凌在苏浅月的呵斥中惊跳一下，立时住口，余下的话生生堵在喉咙，同时脑海里也清明了，倘若小姐有一线之路，岂能袖手旁观，是她太浅薄了。

房间里一时静得无人一般，苏浅月全然不顾，冰冷的一张脸上毫无表情，她虽然是皇封的梅夫人，但在王府的资历太浅又没有依靠，王府没有为她安排丁点儿掌管事宜的权力，她能怎么办？那些话无处可说。她已经明白，老王爷一事绝不会悄无声息下去，即便没有人谋害老王爷，亦是要被有心人寻一个理由找一个替罪羊来，不幸到底要落到谁的头上？

时光被拉长，如同一条永远都扯不完的丝线，叫人生出漫无边际的惶恐，无所适从。

一直到天黑下来都不见容瑾的踪影，苏浅月实在熬不下去，吩咐翠屏道："去让王良派人守住王爷回府的路，只要王爷回府就设法告诉他我在等他，务必请他来。"

翠屏回应道："是，夫人，奴婢这就去。"

素凌再也忍不住了："小姐，都一整天了，你吃点儿东西吧！"

眼看素凌乞求的目光那样痛苦，苏浅月道："就煮一个清淡的白米粥，做几样清淡的小菜就好。"

素凌脸上终于露出一点儿笑容："好的，小姐，我这就去准备。"

再怎么样，横竖是要吃饭的，苏浅月一整天了没有吃饭，素凌岂能不急。

忧心忡忡，急如火焚，一切全没用。

夜来了，窗外的黑暗没有那般浓烈，全因为有白雪的映照，却更显阴鸷，寒意入骨。

苏浅月焦急地在房间里走来走去，心脏一下又一下剧烈地跳动，浓重又沉闷地敲击着胸腔，每一下都疼痛，连累呼吸都疼痛。倘若今晚都见不到容瑾，又该怎么办？难不成是他躲起来不让她见？

苏浅月觉得没有这种可能，日常中容瑾都经常来，难不成她出事他反倒撒手不管？他不来，到底是什么事绊住了？

平日里都是不经意的时候，容瑾径自走来，今晚苏浅月如此在意，却等不到他的脚步声。那样努力地竖起耳朵，每一个细微的声音都不放过，无数次地扭头看向门口，皆是失望。

夜，漫长到无有边际。

心里澎湃着屈辱和难过，实在难以打发时间，苏浅月转来转去，素凌实在看不下去，小心道："小姐，要不要取过一本书来读？"

苏浅月微微一怔，有许多难挨的日子是靠诗书来打发的，今晚能静心看书吗？只怕是眼睛定在字上都看不清是什么。

长叹一声，苏浅月道："外间的古琴，我是不是很久都没有碰过它了？"

其实也没有多久，但苏浅月如此说，素凌想到了小姐是想要弹琴，忙道："是的是的，只怕琴上都落了灰，我去打扫一下。"无论什么，苏浅月只要不转来转去就好。

苏浅月点了点头，随素凌走到外间。

案上的琴洁净锃亮，素凌忙笑道："小姐你看，好着呢！"

苏浅月走过去坐下，思虑间，手指按上琴键，伴着清幽的琴音响起，她唱道："暗夜已沉寂。到如今，悲忧难禁，怎生调停。本是多情遭人欺，笑我善良好欺。空有愿，难遂人愿。慈悲情怀不丢弃，却落得，案头独叹息……"

一首曲子还没有唱完，耳畔有轻微声音，苏浅月慌忙抬头，正对上了容瑾的眼睛。

"王爷。"苏浅月从来没有用如此惊喜的声音呼唤过容瑾，从来没有如此急切地渴望他到来。

方才虽然在弹琴，她依然是将最敏锐的听觉放在容瑾的脚步声上。好在他没有辜负她的期望，他来了。

"王爷，你终于到了。"苏浅月比任何一次都要尊敬地对他行礼，真心真意。

"月儿，本王已忙乱到天昏地暗的地步。等忙过这一阵子，好好陪你。"容瑾伸手扶起苏浅月。

不管是他自愿到的，还是王良请他到的，总之他到了，那么雪梅的事情就有了着落。

为了雪梅，苏浅月晓得今晚她必须要取悦他，眼里是盈盈欲滴的泪，却含泪而笑："王爷繁忙，但是也要顾及身体啊！厨房有炖好的银耳羹，王爷要不要喝一点儿？"

容瑾欣慰地笑："难得你有心，那就给本王端一碗来。"

"素凌，去把炖好的银耳羹端来。"

苏浅月转头望一眼素凌。这些安排还是素凌提出来的，目的就是拿来讨好容瑾。

素凌赶忙答应一声，须臾就将银耳羹端来。苏浅月亲手将银耳羹送至容瑾手上："王爷，难为你又是国事又是家事，即便再操劳亦要注意身体。"

容瑾接过苏浅月手里的银碗，抬头看着她道："你在意本王？"

苏浅月一时没有明白容瑾的话，怔了怔忙笑道："王爷说哪里话，你是月儿的夫君，月儿不在意你难不成在意旁人？只是月儿一贯羞于表达，才让王爷觉得月儿冷漠罢了。"

容瑾捏了捏苏浅月的手，低眉将碗里的银耳羹大口喝下，苏浅月将碗接过交给素凌收走，两人意会一笑，携手走回暖阁坐下。

苏浅月一双纤纤玉手在容瑾肩头按揉，突然叹口气，难过道："月儿晓得王爷劳累，能为王爷分忧才是月儿最想做的，只可惜我太不懂事，不仅仅不能帮到王爷，还尽是给王爷添乱了。"

容瑾轻轻拍苏浅月的肩："月儿是最懂事的，本王不需要你帮忙，只要你能好好陪着本王。"

苏浅月泫然欲泣，摇头道："王爷，月儿……对不起……"

"老王爷的身体……"苏浅月的目光小心地在容瑾脸上试探，刚刚说出这几个字就见到容瑾的脸色变了，她马上住口。

"本王明白，无论老王爷身体如何都不是你故意去害的，你没有害老王爷的理由和动机，不用解释。"

容瑾的声音冷而且硬，再不给人转圜的余地。

苏浅月一惊，不由变了脸色，难不成会有人怀疑是她指使丫鬟去谋害老王爷吗？不然容瑾是不会说出此话的，看起来这一次她是在劫难逃。

苏浅月鼓足勇气道："老王爷的状况确定是有人在食物中下药所致吗？或者又是什么不该吃的食物所致？就算是，月儿保证自己没有去谋害老王爷。给老王爷做补汤已经很久，老王爷喝了亦是有些效果，不知王爷是不是明白月儿的心意。至于那些丫鬟，都是月儿信得过的，希望王爷像信任月儿般信任她们。如今还有一个丫鬟被扣留在霜寒院，求王爷明鉴，将她放出来吧。"

不管容瑾如何想，该说的话还是要说出来。苏浅月横了心，一双目光逼迫一般看着容瑾，强硬地等待他的答复。

容瑾抬头，久久地看着苏浅月，苏浅月心里发慌却毫不退缩。

最终，容瑾言道："月儿，本王相信你的话，只是你能拿出什么来证明？除却你这里，就是侧太妃那边了，难不成是侧太妃因为嫌弃服侍老王爷下的手？一边是你，一边是本王的生母，你让本王怎么去做？倘若有大夫确凿诊断老王爷发病与旁人无关，本王会即刻放了所有人，不然……本王不能做任何决定，因为老王爷不仅仅是本王的父亲，这些你都晓得。月儿，你可知道本王内心的难过？"

容瑾的脸上呈现出说不出的痛苦，令苏浅月惭愧。这些，她何尝不明白。

苏浅月突然流泪，慢慢起身立于容瑾身后，容瑾沉了脸，一点点抓起苏浅月的手，一点点蒙在他脸上："月儿，贵为王者，亦不是万能的，不是为所欲为的。"

苏浅月感觉心里被一把利刃翻搅，却不晓得这一把利刃来自何处，疼痛、焦急，她需要的是结果，谁来给她结果？她不能令任何一个大夫诊断出老王爷的病因。

惊恐紧紧箍住苏浅月的心，哽咽道："月儿晓得王爷为难，只是……月儿一时情急，请王爷谅解……月儿只盼早些真相大白。"

容瑾闭了闭眼睛，点头："月儿是最懂事的。"将她的手拿开，起身道，"本王今晚不能陪你，你不要胡思乱想，好生歇息。"

他看着她，目光中有艰涩难言的苦涩和依依不舍的眷恋。

苏浅月强忍了眼里的泪雾点头，汝之奈何？她无法再给他增添压力、增加负担，亦不能强逼他，心中再多不甘也无能为力。

她竭力对他微笑着："月儿懂得，王爷去吧。"

他走了，望着他坚毅又无奈的背影，哀痛、悲伤又无奈的心抽搐成一团乱丝，被他的背影一丝丝抽走，随着距离的远去，心渐渐被抽空，苏浅月跌坐下去。

事已至此，她再无旁的法子将雪梅在今晚拉回身边。一切有待明天，明天又会怎样？此时被困的是她和侧太妃，最终被困的是她们哪一个？苏浅月不愿意是她本人，更不愿意是侧太妃。所有的希望寄托于微乎其微的转机：有人出面将她和侧太妃一起解救。

素凌一直在外边偷偷关注里面的一切，此时见苏浅月如同泥塑木雕一样枯坐着，再也忍不住，轻轻走进去，怯怯道："小姐，情形如何？"其实不用问的，苏浅月的神情已经做了说明。

苏浅月悲哀的目光投向素凌，绝望道："不好。"

素凌浑身一冷，霜寒院是个什么所在，她明白，不敢往深处问，更不敢做无谓的安慰，只是劝说道："小姐，你早点儿歇息吧。"

苏浅月点头。再做任何挣扎也是徒劳，她明白，但是她能歇息吗？只怕今晚又是一个不眠夜。

清晨，王妃款款走出暖阁，清亮双眸水银样流转自如，彩珠露出一个微笑："郡主，你今日的精神格外好。"

王妃露出一个温婉得意的笑，用手摸了摸保养得极好的白皙面庞："人逢喜事精神爽，看起来我是要有喜事了。"

彩珠笑道："即便没有喜事，金枝玉叶的郡主亦是想要怎样便怎样的。"

王妃走到妆台前坐下，明黄的铜镜中映出她姣好的美丽容颜，对着铜镜笑笑，唇红齿白的笑意显出志得意满的舒心，彩衣打开妆盒："郡主，还是你亲手挑选首饰吧。"

彩珠已经拿起梳篦为王妃梳理乌亮的长发，那样润泽的长发在彩珠手里好像一匹上好的丝缎，王妃对彩衣伸手道："好。"彩衣忙将妆盒递到王妃最方便的位置。

彩珠瞄一眼妆盒中金光闪闪的璀璨首饰，笑道："郡主的头发亦是越来越好了，首乌乌发膏的效用真好。"

彩衣道："自然，宫里的东西哪有不好的。"

王妃手里率先取了一支金镶玉的衔珠凤凰双展翅九尾玲珑挂珠发簪，五彩的凤凰九尾用上好的南珠按照需用的颜色和大小排成，穿起南珠的是一根金丝，耀眼夺目精美绝伦，凤嘴中衔着的珍珠晶莹剔透，此种首饰，普通富贵人家是绝难有的。发簪华美的光华耀了一下，彩衣的眼前闪过一道光芒，她笑道："郡主，今日的发髻要不就梳成凌云髻吧。"

王妃转了下眼眸，沉静道："不，如意双平髻就好。"

凌霄院里，苏浅月亦在梳妆。

又是一夜没有睡好，乌青的眼圈又浓重了一些，直叫人心痛，苏浅月望一眼镜子里的面容，迟疑道："翠屏，先为我梳妆。"

今日有更重要的事情要等待和处理，关于雪梅的。

翠屏看一眼苏浅月，怅然地答应一声。拿起梳篦，从镜子里望一眼苏浅月憔悴的脸，心里的酸涩一点点溢出来，一夜……仅仅是一眼，她看上去憔悴了好多。

"夫人，今日要怎样的装束？"翠屏小心问。

苏浅月从沉重中醒转，道："庄重一些，不可以太艳。"

老王爷的身体还没有好转，雪梅还在霜寒院，她哪有心思浓妆艳抹？只要将容颜掩盖得平静无澜，不许任何人看出她无尽的心思和忧愁就好。

只是不晓得今日会如何？倘若就此无尽地延续，霜寒院的人只怕会冻死。无论怎样，今日要了结。她还是要找容瑾，要他给一个结果。

翠屏道："夫人肤白貌美，有灵性似的，每一种装束就是一种风格，各有千秋。今日，就给夫人梳朝云进香髻吧，庄重、吉祥。"

"好，只要你觉得好就可以。"苏浅月的心不在此，却喜欢这个名字。

一整夜的祈祷平安，希望美好的事情发生。但愿老王爷身体回转，一切都是虚惊。

"夫人，老王爷的事……不晓得王爷怎么看，也许奴婢不该探问，只是奴婢好担心。"翠屏一面为苏浅月梳理头发，一面小心问。

"老王爷的病情突然，我们都不是大夫如何说得清楚，没有人敢保证什么。王爷亦不能说出决断的方式。"于他而言，一边是喜欢的女子，一边是亲生的母亲，无论是谁的错都不是他愿意的，他又如何敢说出不关旁人那样的话？病榻上的人是他父亲。苏浅月理解容瑾的难处。

"是让王爷作难了。"翠屏脸上的忧郁愈发浓重。

红梅一直没有出声，只是默默地从妆盒里挑选出一只白银镶珠发簪。那只发簪晶莹如雪，玲珑剔透，配上苏浅月如墨的黑发，黑白分明，清新靓丽，端庄典雅。翠屏从红梅的手里接过发簪，细心插在苏浅月光洁的发髻上，又用极致素雅的珠花做了点缀，愈发显得苏浅月肌肤胜雪，飘逸绝尘。

苏浅月轻抚了一下容颜，脸上的憔悴已经不复存在，薄薄的粉黛遮掩了昨夜的颓唐和疲惫，与她旧日的清婉出尘毫无二致，宛若夏日荷塘里的芙蓉，恰到好处的发式庄重中见灵秀，平实中具严谨，姿容庄严，不可侵犯。

望着镜子中的妆容，苏浅月很满意。

素凌端上了燕窝粥，抬头看一眼苏浅月，稍微吃惊了一下，她害怕苏浅月萎靡的情绪给人识破，看来一切都是她多虑了。

将燕窝粥放置在桌上，素凌轻轻道："小姐，先喝点儿粥，想要吃什么，我再去做。"一大早起来她就守着炉子煮粥，生怕旁人不可靠煮不出苏浅月喜欢的味道，自己一直守着。

苏浅月点头微笑："好。"

昨日都没有好好进食，又是一夜辗转，她早就腹内空空，哪怕再不想吃，亦是要强逼自己吃下去的，不然哪里来的精力应对一切？

雪梅的事情没有解决，人心惶惶，亦需要她把最好的状态拿出来让别人放心。

素凌眼见苏浅月顺从，脸上的紧张消失，看到苏浅月端起了粥碗，她把目光移到翠屏脸上，正好翠屏在望她，四目相对，都是惆怅。

翠屏无声地用唇语发出两个字：怎样？

素凌茫然地摇头。

几个人静静地站立着，看苏浅月喝完了粥，红梅迅速收走了碗。

苏浅月起身临窗外看，今日是晴天，雪后的阳光格外明艳，照射在没有融化的积雪上，反射的金色光芒刺人眼目，又是冰冷冷的没有舒缓。

即便依旧是冷，希望阳光的照射可以将人心底的阴暗驱除，光明总是好的。

苏浅月拿不定主意先到端阳院还是留下来继续等，到端阳院可以打探到消息，要是等容瑾来了，亦必定有消息给她。已经经历过一夜了，夜长梦多，谁晓得夜里又发生了什么事？苏浅月只希望是好梦，这两天的担忧恍惚一下就都消失了，皆大欢喜。

站立许久，张大双眼依旧是空无一物。有小鸟啾啾叫着，翅膀呼隆隆带起了空洞的风，逐渐远去。

紧张如疯长的草在心头蔓延，虚空令人毫无依托地害怕，逐渐失去支撑的力量。如此等下去，万一有变故呢？她害怕！坐以待毙，不如主动出击。

苏浅月扭身唤红梅："红梅，还是你陪我去端阳院看望老王爷。"这两天到端阳院她都不敢让翠屏和素凌去，生怕她们再被抓走。

那一晚的遭遇成了她的伤，再不敢碰触。

"是，夫人。"红梅答应着。

素凌急忙去拿来披风，是紫色的那件，优雅高贵的颜色，显示了高高在上的骄傲，还有不可低估的神秘，苏浅月看了看身上绛红色勾勒银丝线绣制成繁复镂空蔷薇花的锦缎长衣，摇头道："还是那件黑色的吧。"

黑底绣着红梅的披风，衣领上有纯黑色闪亮貂毛，沉稳中有富贵，端庄又不失风格，苏浅月不晓得为什么突然想起那件披风。

素凌迟疑了一下，最终将披风换来，穿好，又为苏浅月将颈项下缀着流苏的缎带系好，言道："小姐，小心。"

苏浅月认真点头道："明白。"

眼见苏浅月和红梅出去，素凌怅然叹道："翠屏，你说雪梅什么时候能回来？"

翠屏伸手去拉素凌的手："我很害怕。"她的手冰冷，冰水里浸过一样的冷。

王府里的阴暗和手段，不是她能揣测到的，她如何能回答素凌的问题。

从翠屏指尖上传递的森冷袭击了素凌，她不觉打了一个寒噤，失声道："倘若雪梅有不测，不仅仅是她，还有小姐一定会被牵连。"

翠屏意识到失态，忙道："会没事的，你别瞎想。"

雪地上摇曳的黑色有一种妖艳，更是魅惑，苏浅月全然不知，她一门心思往前走，只想快点儿赶到端阳院，老王爷的身体究竟如何了？雪梅她们要受到怎样的处罚？只希望有一个明确的答案。

风扯起苏浅月身上的披风，红色的梅花舒张成艳丽的鲜活，那样逼真，如同一束束燃烧的火焰。金色阳光拖着她们的身影，映照在纯白雪地上，拉得很长。

她们匆匆地走，脚下冻结的土地坚硬，毫不容情的冰冷，似乎要穿透苏浅月脚上的芙蓉绣花棉鞋将她冻结。

远远地，看到有个人匆匆迎着她们的方向走来，那样急促、慌张，脚步还有一点儿踉跄，显然是有什么事情乱了他的心。苏浅月定睛一看，是王良，他这般的表现让她心里又生出一种不祥的感觉，忙收住脚步。

"红梅，王良回来了。"

红梅站定，心里咚咚咚跳着，茫然道："夫人，不晓得他打听到了什么消息。"

对面的王良发现了她们，脚步更快了，踉跄的姿势更加明显，显然是某种急迫的事令他乱了方寸，苏浅月心中"咯噔"一下，心脏在刹那有停止的迹象：坏了！

倘若不是有不祥的事，一贯沉稳有主张的王良绝不会这般！

还没有走到苏浅月的面前，王良就急忙施礼请安："夫人早安，这般早就出门，是……是到端阳院吗？"口气急迫，微微喘息着，身体一点点起伏。

如此冷的天气，苏浅月却看到了王良额头有细密的汗珠，满溢出来的恐惧箍住了苏浅月的身体，她僵直着，竭力压抑住沉声道："你，有重要的事情和我说吗？"

王良毫不迟疑地躬身："是，奴才有重要的事情回禀。"

"红梅，我们回转，一会儿再去端阳院。"苏浅月急速转身，一旁的红梅慌忙扶了苏浅月。

这一次，苏浅月只觉腿脚僵硬，脚步亦有些跟跄了。

翠屏正在玉轩堂整理物品，眼见苏浅月匆匆回转，身后有王良紧紧跟随，惊愕着，连问一声都忘记。

苏浅月快步走到梨花木座椅上，与此同时询问王良："什么事？"

王良有点儿哆嗦，倘若说是寒冷所致，额头上又有分明的汗珠，苏浅月的心抽搐起来，紧张地盯着王良的嘴巴，恨不能赶快从他嘴里掏出想知道的内容。

王良的手指哆嗦一下，终于还是结结巴巴说了出米："回禀夫人，是……是雪梅，我们院子里的雪梅昨晚……死……死了……"

雪梅死了？

不亚于一个惊雷爆响，轰隆一声砸在头顶，苏浅月顿觉脑海被砸成一片喧嚣的空茫，眼前黑暗，整个身体成了碎片，扬在空中再无拼凑的可能。

怎么会？在她的意识里，雪梅顶多是受一些难以想象的苦楚折磨，她已经心痛得了不得了，无论如何是没有往死亡的方面想象的。

死，好遥远，又那样逼近，那么一个字眼儿，怎么会出现。

"夫人……"红梅慌忙扶住苏浅月，声音已经失真。

耳朵里轰鸣不已的苏浅月听到了身边有人在唤她，只是因为眩晕，眼前还是一片黑暗，心里疼痛到就要撕裂：雪梅，我是要去救你的，你怎么会去死？又怎么能够死？

脚下亦像是踩了云朵，她整个人徐徐上升。

脑海里都是雪梅的身影，还有她的笑容。这般花容玉貌的女儿，这般年轻的生命，会像流星一样瞬间陨落，只把灿烂的划痕留下让人心痛吗？苏浅月相信雪梅是善良的，命运不该用死亡的方式惩罚她。

"雪梅为什么会死？"苏浅月弱弱地问了一句。如同一把利刃再次在心头划过，疼痛敏锐。

王良慌忙道："是……是她招供的，是她在老王爷的补汤中下药，然后她就自尽了……"

红梅喊道："不，雪梅不会，不是的。"声音里带着哭腔。

苏浅月茫然道："不，不会的，你们都晓得不是……"

无论是谁的声音，在她耳朵里都是那般的缥缈遥远、虚无玄幻。

震惊过后，苏浅月逐渐清醒，雪梅不是恶毒的女孩，面对她时亲口说过什么都没有做，她确信雪梅没有跟她撒谎！如此，哪儿来的招供之说？一定是弄错了。

有的错误根本不能犯的，如同死亡了不能重新活过来一样，雪梅却大错特错。

苏浅月回答了自己的肯定："她不会去谋害老王爷。"

王良战战兢兢："奴才……这是奴才得知的真实消息，其余的都不知。"

"夫人，雪梅……"红梅的声音哽咽着。

"夫人，是雪梅亲口招供了她在老王爷的汤里放了药，若她确实做了此事，死了亦是罪有应得……哪怕我们不相信……"王良不晓得如何说出这一事实。

"雪梅绝非谋害老王爷的罪魁祸首。"苏浅月坚定道。

"奴才相信夫人的话，只是……雪梅是自己了断的。"

自己了断，这句话瞬间又让苏浅月浑身浸透寒意，仿佛被埋在了千年寒冰中。

"王良，你说说事情的经过。"苏浅月咬牙问道。

"昨天黄昏以后，崔管家再次对余下的几个人审问。是雪梅承认她在老王爷的补汤中下药，所有的罪责她一人承担，请求崔管家放了别人的。崔管家把她关押起来，本意是第二日禀报王爷和太妃，请求定论。没料到就在夜里，雪梅……雪梅悬梁自尽。还是看管柴房的人发现……"

王良一句句详细道来，苏浅月总觉得哪里错了，不，一开始就是错的。

雪梅承认在老王爷的补汤中下药根本就是无稽之谈，她谋害老王爷的原因是什么？苏浅月没法相信。然而王良口中的话，亦是雪梅亲口所言，到底为什么？

"是不是雪梅遭受了强迫，有人对她动了私刑或威逼，她被屈打成招？"苏浅月已经十分虚弱，声音轻飘飘无力。

"这个奴才不晓得。据说，雪梅认罪的时候，是崔管家让旁人一起站出来听她自己说的，旁人都是人证，证明了雪梅是亲口招认。"王良低了头，声音不大，却一个字一个字清晰无比，振聋发聩。

雪梅亲口招供，旁人一起做证？苏浅月突然意识到不好，急忙对王良挥手："你且去吧，有关此事的消息，无论好坏都要对我回禀。"

"是，夫人，奴才告退。"

看着王良退出去，红梅悲伤地唤道："夫人，雪梅绝对不会给老王爷下药，此事太过蹊跷，她怎么会亲口招供？"

那种不祥的感觉已经得到证实，苏浅月明白此事不会就此罢休。雪梅是她院子里的人，她如何能不承担一些责任？说不定就是有人借刀杀人，矛头就是指向她，眼下只能以不变应万变，看看事态的情形。

"我们不用再去端阳院了，结果已经出来。"苏浅月慢慢站起来。

红梅慌忙扶住苏浅月，无助的脚步一点点移动着，日光从窗纸漏进来，恍惚迷离。

"小姐？"苏浅月的脚步刚刚踏进暖阁，翠屏的脸色就变了，"你怎么返回来了？"

红梅用带了哭音的口气回答："雪梅，雪梅已经不在……"

"不在？她，她被赶出府了？"翠屏以为这是最坏的结果，丫鬟被主人家赶走是最大的耻辱，翠屏一时脸色都变了。

"不是，是……是雪梅自杀了，她死了……"红梅的泪水流了出来。

她和雪梅同时进王府，一起相处的时间很久，平日里她两个又是那般要好，如今雪梅自杀，红梅怎么会无动于衷。

"雪梅死了，自杀……"翠屏惊惧到浑身颤抖，她的害怕，不仅仅是物伤其类，还有后怕，隐隐约约，她已经明白最不好的命运将落在凌霄院的某个人身上，雪梅顶了最悲惨的命运，要是那个命运砸在她头上，她……不能想不敢想。

苏浅月软软地坐到了椅子上，虽无力说话，但眼睛看得清清楚楚，红梅的话让翠屏的身体又一次晃了晃，一张脸已经没有了血色，不自觉地抬手想要抓住什么的时候又徒劳地放下："不会吧，我不相信啊，怎么会呢？"

最后走进来的素凌听到了红梅的话，她一愣在那里，直到翠屏说出不相信。

"怎么会这样？"素凌更是不信，用困惑的眼神看向红梅。

苏浅月的心里发出悲叹，原来不仅仅是她不肯承认已经是事实的事实，她身边的人亦不肯承认。

"我们……我们该怎么办呢，小姐？雪梅是我们的人，她死了我们能没事？"素凌走近苏浅月，目光里都是惊惧和担忧。

"雪梅是否有害老王爷，我们无从晓得。至于我们，断断不会指使她去害人的，我们能有什么事。"苏浅月用尽力气说。

她可以安慰旁人，又如何能安慰得了自己？翠屏一句"被赶出王府"的话反倒是提醒了她，是不是她要因此受连累被赶出去了？无尽的慌乱思想像一匹脱缰的野马，都是最坏的打算，雪梅用死做了了断，但她完好无损亦是不能，被牵连是不是给赶出去？

出府，也好！

"小姐。"素凌走上去，一双手按在了苏浅月的肩膀上，苏浅月的一双失神眼睛已经告诉了她，小姐的云淡风轻都是假的，事情严重了。

"雪梅的尸身自有她的家人去管，我们不必操心，我想还是要她的家人厚葬她。想来她是贫寒之家，又是这种死法，她的家人定然气恼，处置的会更为草率。翠屏，你多多准备银两，让王良着人送到雪梅家中，告知她的家人厚葬于她。"这些话说完，苏浅月有虚脱的感觉。

翠屏惊惧中回过神来，垂泪道："夫人总是这般仁慈，让人心里感动又难过。"

苏浅月只能在心里叹气难过，雪梅服侍了她这么久，她能够狠心不去管？无论怎样，雪梅之死和她有最直接的关系，倘若不是她多事，何来雪梅送汤之说，又何来雪梅之死？

害雪梅死的罪魁祸首，应该是她，没有人明白苏浅月内心的愧疚和悲伤。

挥手，苏浅月对素凌和红梅道："你们两个也退下，让我一个人静一会儿。"

"是，夫人。"红梅施礼，低垂着眼眸离去。

素凌抬头看了苏浅月一眼，眼见苏浅月一副冷漠到拒人千里的表情，强制咽下去要说的话，慢慢离去。

雪梅的死没有那样单纯，她总觉得其中另有阴谋，倘若连累到小姐，如何是好？素凌想提醒苏浅月注意的，却只能黯然离开。

苏浅月自然看出素凌有话要说，她明白此时所有的话题都有关雪梅，她不要听了，只想好好理一理头绪。

雪梅亲口招认苏浅月不信，雪梅的死或许旁人会认为是畏罪自杀，她更是不信。这一切她无法更改，却不代表她对此事置之不理，有朝一日，她一定会让此事水落石出。

千种思绪，万种纷乱，内心如海，表面平静无波心底波澜壮阔。苏浅月实在是痛惜，哪怕雪梅是真正害了老王爷，老王爷并没有被害到亡故，她亦不至于是死罪，为何在招认的当晚就自绝？

突然苏浅月又想到了流莺阁的翠云，于她来说，翠云的死亦同样的不值。

死，很简单，一了百了，只是一人之死给旁人造成的痛苦和祸患太重，如何能在可以活的时候不负责任地选择死亡？真的是无路可走？苏浅月无处知道答案。

悲伤，难过，那么多的痛淤积在一起，痛得麻木、空虚，空虚到连五脏六腑都没有了，只剩一副躯壳。

翠屏打理好一切后轻轻走进来，小声道："夫人，一切奴婢已经打点好，交给了王良，他要奴婢转告夫人放心，他会处理好的。"

苏浅月点头，茫然问道："翠屏，你觉得雪梅之死是罪有应得吗？"

翠屏迟疑着，许久才作答："这个太过突然奴婢不明白。若是奴婢不是和素凌在一起做汤，被定罪的人是不是奴婢？若是奴婢被定了罪，又会如何？"

翠屏的眼里都是震惊和悲痛，她无论如何都想不到雪梅自杀。她亦后怕，倘若被定罪的人是她，她是不是也死了？

苏浅月又被吓了一跳，翠屏的假设不是没有可能，倘若只是从她的院子里找一个人出来定罪，随便就有理由的，欲加之罪何患无辞。问题是，为什么要从她院子里找出一个罪人来？很显然，醉翁之意不在酒。

那么，接下来，就是针对她了，换句话说最可怕的事情还在后头，万一招供者找出主使者是她，她拿什么辩解？

再一次感觉到浑身浸入冰水中一般，内外都凉透了。

苏浅月麻木地迟疑着："王府为什么会这样？"

翠屏悲伤道："争富贵，争荣宠，这些就是富贵之家卑劣的根。"抹一抹脸上淌下来的泪，翠屏又道，"夫人，事已至此，难过亦是无用，快想想接下来怎么办。"

翠屏的一句话提醒了苏浅月，是的，苗头已经指向了她，那种山雨欲来的强烈势态已经逼近，她在这里浑然不觉只顾悲伤，还要不要在王府生存？

起身，苏浅月毅然道："我们就当完全不知道雪梅已死，去一趟端阳院。"

苏浅月一路急走，体力不晓得是从何而来。穿过富丽堂皇的王府金玉堂，转过寿比南山，福如东海的华丽屏风，苏浅月一步步旁若无人地逼入老王爷的病房，端庄的容颜沉静无波，她是一片孝心来看望老王爷的，何惧之有？

太妃，侧太妃，容瑾、容熙兄弟俱在，王妃也在，苏浅月一见这些人的表情，就明白他们在商议重大的事情，倒好像她来得不是时候，不过她全当不知，和他们一一见礼后，坦然落座。

不会让自己尴尬地成为外人，苏浅月用平静的声音问起："老王爷可有好转？"

"好……"

回答她的是太妃，一个字还没有说完，突然老王爷的喉间发出"呵呵"的声音，显然是有痰咳不上来又咽不下去，那种特殊的困难声音极为难听，床边服侍的丫鬟急忙弯腰为他抚摩胸间，揉捏需要揉捏的部位。

侧太妃急忙起身走过去，同丫鬟一起将老王爷扶起，显然是这种状况发生过多次，她熟练地顺着老王爷的喉间上下推拿，片刻工夫后老王爷的状况好了许多，苏浅月提起的一颗心缓缓放下。

苏浅月暗中将目光扫过所有人，见太妃一副平和的面容；侧太妃没有了昨日的悲哀和担忧，多了一份坦然；容瑾除了威严冷漠面无表情，连眼眸中对老王爷的那一份担忧痛惜也掩藏得无影无踪；容熙淡淡的，清冷俊逸的面庞不见一丝波澜；王妃保持着她那皇家郡主的威严，一副高高在上不容侵犯的面容。

再次偷看太妃一眼，见她无动于衷，苏浅月十分惊异，旁人也就罢了，再怎样太妃都是老王爷的结发妻子，她竟然对自己夫君淡漠如此，可见他们中间的淡漠隔阂山高水远，再不会有修复的余地，此种情形，实在叫人凄凉。

苏浅月又看到老王爷睁了一下眼睛后，又极疲惫地合上，显然是没有力气。

太妃看了看众人，脸上带了平和的喜色："老王爷在黎明的时候苏醒过来，虽然暂时无法恢复到之前的状态，但总是脱离了危险，你们都不用太担心了。"她的目光很慈祥地在苏浅月脸上留驻片刻。

苏浅月只有点头，欣慰地一笑，心里却被深深刺痛，她身边的雪梅已经拿命去赎罪了，她却在这里得知老王爷没有危险，是阴差阳错还是把人命当作草芥？

王妃笑道："老王爷吉人天相，自然会转危为安的。"

苏浅月含笑认同，目光流转中瞥向容瑾："姐姐说的是，老王爷吉人天相，自然会转危为安。"眼见容瑾置若罔闻，苏浅月只能做最为关切的晚辈，道，"不过，还是再找太医诊治，用最好的方式让老王爷彻底康复。"

太妃微笑着点头："萧丫头说的是，瑾儿在老王爷苏醒后的时刻已经遣人进宫去请太医，想来太医就要来了。"

苏浅月点头："如此甚好。"

她将头转向容瑾，目光中含了赞许。当然，暗中的不解询问是她和他都明白的，她希望容瑾能说一句话，告诉她为什么牺牲了雪梅的性命。

容瑾淡淡的目光回过来，没有任何信息，苏浅月最后残留的希望一点点冷下去，其实她盼望的希望又在哪里？雪梅已经死了，不用他救了。

"太医到……"外间传来一声禀报。

时间来的紧迫，苏浅月和王妃一时也找不到更好的地方回避，太妃道："你们两个也不用回避了，且听听太医说些什么。"

太妃此话正合苏浅月的意，她是极想知道太医对老王爷的病症有何说法，急忙应一声："是。"

王妃对太妃笑笑，起身拉苏浅月的手："萧妹妹，这里人太多了，我们两个留下诸多不便，就在屏风后面看他说些什么。"

她的提议更好，不用在这里给太医造成不便，也能够得知一切情形。苏浅月欣然答道："妹妹听姐姐的。"

暖阁南面有一架屏风作为隔断，她们两个刚刚走往紫檀木的富贵牡丹屏风后面，太医就走了进来。

苏浅月最关心的是太医口中的诊断，面对那些烦琐的礼节只觉得浪费时间。

许久，太医的手从老王爷的腕上拿下，苏浅月松了口气，却被另一种紧张代替，太医会说什么？

"……老王爷积年抱病在床，身体极度虚弱，却又内火旺盛，导致内息紊乱。如今天气反常，外气寒又有微暖的地气上升，最伤人体，老王爷就禁不住这气候带来的侵害了，又有体虚导致的肠胃不适，才有了种种迹象的发生。眼下，唯有细细调理而已，并没有特殊的方法让老王爷迅速回转如初……"

太医诊断的重要程度，于苏浅月来说胜过朝臣对皇上圣旨的重视程度，她生怕漏听了一个关键的字。

太医的话说完，她听得清楚明白，并没有一个字是指出老王爷的肠胃不适是因一时吃了不该吃的东西。震惊中，苏浅月不顾一切地走了出去。

"太医！"

不顾身份，苏浅月对太医施了一礼，惊得太医慌忙还礼："夫人……夫人万安。"

想到雪梅惨死苏浅月已经顾不得许多，直言道："老王爷的症状可是因为饮食不当所引起，或者误食了什么东西吗？太医可曾查得清楚？"此时，王府中重要的人都在，她想要太医给一个清楚的答复，要别人都听清楚，也给她一个明白。

太医当然不晓得苏浅月的意思，还以为她是一心关切老王爷的身体，沉吟片刻，道："若要问老王爷究竟是误食了什么导致突然病重，恕我医术不精，说不得那般清楚。亦不见得是误食什么突然发病，老王爷久病之身，已经和普通人身体不一样了，稍微有一点点不适对于他就是极大的侵害，常人受得了他受不了。冬将尽春将至的时节中，最是老年病人发病的高峰，老王爷的症状属常见。要老王爷恢复如初，也只能等到阳春三月，天气彻底转暖之时了。"

苏浅月面不改色，静静道："多谢诊治，还望太医多多为老王爷调治。"

将平和的目光扫过众人的脸，苏浅月心中的愠怒悲愤一点点溢出，似乎在责问众人，是谁出言无状？

房间里一时寂然无声，谁都没有料到躲起来的苏浅月突然出现。

"不劳梅夫人叮咛，救死扶伤是大夫的职责，我愿意为老王爷尽力。"太医恭敬道。

"月儿，此事自有本王和太妃定论，你既晓得老王爷的状况，就放心回去吧。"容瑾道。

苏浅月正要将疑问说出，突然被容瑾拦下话头才骤然惊醒，这里不是她随意说话的地方，然而，内心的悲愤如何平息？她身边的人死了，死……了，谁不明白死亡的道理？有谁能将死广唤醒？

好在她没有软弱到被人当成傻子，太医的话当着所有人的面说出来，只要不是聋子的人都听到了，她反抗不了已成事实，总算让众人晓得了有冤枉存在。那么，她的目的亦算是达到了，至于旁的，不是当下的她能解决的问题。

苏浅月的目光那样复杂、那样疼痛，容瑾深邃的目光迎上去，带有一点儿惭愧，他明白没有照顾到她，但不晓得她能不能理解，他有更为重要的事情处理，待他回过身来，已经晚了。他没有三头六臂、没有分身术，千头万绪的事不是他一人之力所能达到的，因此，他有许多疏忽和无能为力。

太妃浅浅一笑："月儿，难得你对老王爷如此牵挂，此番孝心老王爷自有体会。"

苏浅月转过身来，宁和一笑："太妃夸奖了，牵挂老王爷是晚辈应该做的。既然这里有太医料理，妾身不宜留下碍事，这就回去。"说完对太妃施礼，又逐一和众人告别，这才扶了翠屏的手慢慢走出去。

容熙心头复杂难言，这一次算计苏浅月的人有胜有败：胜在给雪梅定上莫须有的罪名，败在雪梅绝不承认是苏浅月指使她下药害人，但不知那人心里做何感想？只是这一切，他都无力阻止。望着苏浅月以不卑不亢、落落大方的姿态离去，容熙心里非常失落，早已经忘记了还有一双眼睛将他的一切尽收眼底。

"请，请太医到福宁堂为老王爷开药方。"

迈出暖阁的门，苏浅月听到身后传来容瑾的声音，她长长叹口气，心里的难过一发难以收拾。

雪梅死了，无论老王爷的情形如何，都不是雪梅害的，她却用生命付出了代价。无人站出来为她说一句话，更不要说给她一个公道。雪梅，终究不过是一个丫鬟，低贱的身份令她如一粒尘土，散了就散了。

苏浅月恨自己卑微的身份，连身边的人都护不住。不过，她暗暗下定决心，一定寻找机会查出害人的凶手。

日照当空，地上的积雪时有融化，斑驳着肮脏的地方显露泥泞，更加显得白一块黑一块的土地面目狰狞。苏浅月难过着，雪梅是如何躺在冰冷的地下的？

回到凌霄院，素凌将一盏暖茶端来，急急地问："小姐，如何了？"

一看素凌紧张的目光，苏浅月就明白素凌在紧张什么，只是无言一笑，端起了茶盏，等到将茶喝完，一面放下茶盏一面问素凌："你想问什么？"

素凌迟疑了一下："明明老王爷不是雪梅害的，却偏偏让雪梅搭了性命，有这样草率简单的事吗？"

不是，当然不是，连素凌都担心到不得了的事情，她如何不晓得厉害？只是她没有力量。

苏浅月又扭身对身边的翠屏道："我们去明霞院看看蓝夫人吧，我已经好多天没有看到过她了。"心中烦躁，又不晓得如何排遣，也许出去走走会好很多。蓝彩霞是个沉得住气的人，苏浅月也想得知蓝彩霞对此事的见解。

"好，奴婢陪你去。"翠屏答道。

刚刚回转的她们要去明霞院，素凌不解："小姐，改日再去不行吗？"

苏浅月只是吩咐一声："看好院子，若有意外即刻告知我。"

蓝彩霞正在刺绣，端端正正地坐在雕花长窗下，眉目间不见一丝被世事所打扰的烦忧，专心致志的神情恍若她是专为刺绣而生。苏浅月怔住，如此美好的画面，但愿永远存在。

身边服侍的红莲见苏浅月款款走来，意欲张口，苏浅月挥手制止。蓝彩霞刺绣的情景分外美妙，她怎么忍心破坏了这一幅美景。但见蓝彩霞纤手微微扬起，银针闪着光，上下浮动中，五彩丝线在她雪白的手指和平展的雪白锦缎间翻飞，那样的姿势流云般婉转，彩蝶般灵动。

苏浅月看着，心里的浮躁也一点点平息。

蓝彩霞全神贯注于她手上的动作和针下的丝线，忽然感觉到异常的氛围，抬头见红莲的目光望向门口，转身一看，是苏浅月伫立着静静看她，凝眸中似有无限感慨。

"萧妹妹，来了怎么都不说话。"蓝彩霞将手里的针别在大红绣架的一边，慢慢起身。

"蓝姐姐，看你刺绣似在看一场精彩的演绎，如何愿意打破？"能将心思凝于一线专注于自己喜欢的事情，是一种幸福，她深有体会。

蓝彩霞走过来，伸手牵了苏浅月过去一同坐下："萧妹妹，在王府你说做什么？倘若没有个爱好来度日，岂非无聊寂寞死了？"

死？一个"死"字将苏浅月拉回残酷的现实，短暂忘却的难过涌在心头，强忍着笑道："蓝姐姐说的是。"

蓝彩霞一笑，唇角掠过唯有她明白的苦涩。每个人都有自己的心思，不是旁人能明白的，她亦不想让旁人明白。

苏浅月坐下去后，目光凝在蓝彩霞的面上，见她气色好了很多。心道时间真是神奇，久了以后，浓的会淡，淡的会浓。

不过，蓝彩霞的伤子之痛终究是她的伤，伤痕永远存在，苏浅月明白，开口关切道："蓝姐姐，有多日不来探望你了，感觉你好了许多。"

蓝彩霞微笑："再不好的事情都会过去的，已经好了，难得妹妹这般惦记。"一面说一面试探着，"风言风语地听说老王爷那边出事，本来我是应该去看看的，昨日倦怠没有过去，今日又觉得耽误了不好意思再去，索性就装着身体不适一切不知。萧妹妹，你没事吧？"

说着话，笑容已经不见，眼里都是担忧。

偌大王府，刻意隐瞒的事情许多时候都瞒不住，何况这样的大事？蓝彩霞自然是叫人打探得一清二楚，包括雪梅之死她也知道。

望着蓝彩霞关切的目光，苏浅月已经明白蓝彩霞知晓了一切，亦不想再虚伪做作，难过道："蓝姐姐……想必你是都知道了……"

蓝彩霞长长叹息一声："王府自成一个世界，有统治者，有被统治者，各种牵连看得见的看不见的，枝繁叶茂的大树在天上招摇必有地下盘根错节的根须做支撑，谁说得清楚？千奇百怪的事情在王府不算稀奇，真的如何假的又如何？"

苏浅月晓得蓝彩霞依旧伤心她失去的孩子，是有感而发，不觉动容："蓝姐姐，为什么总是拿残忍当玩耍，生命还不如草芥吗？"

蓝彩霞脸上的哀痛一闪而逝，取而代之的是深深的无奈："那又如何？你以为珍贵的东西，在旁人眼里不过尔尔，或者旁人就是拿你最以为珍贵的东西来杀你的威风，你越痛他就越开心，所以……死者已矣，妹妹不必太过在意。"

劝人的话好说，劝到人心里的话难说，如同苏浅月当初劝解蓝彩霞一样，苏浅月如何能不在意？

倘若雪梅确实是害人凶手，她死了是罪有应得，苏浅月绝不在意。然而……她不是，她是被冤屈的，是被她连累的，苏浅月的心除了悲痛还有愧疚。

"蓝姐姐，你很明白，若不是我多事给老王爷做汤，雪梅不会做了无辜之冤魂。她是因我而死的，我怎么能够不在意？"将最不想说的话说出，苏浅月心中舒缓了一点儿。

"萧妹妹，那不是你的过错，你本是好意，又怎么会想到这许多？雪梅亲口招供她害人又自寻绝路，和你无关。就算雪梅是无辜的，若是有人真的想要害她，找一个借口还不是手到擒来？不是这件事就是那件事，你如何防备。"蓝彩霞如同一个智者，娓娓道来。

这些道理苏浅月明白，欲加之罪，何患无辞。她怕的是今后，如何在王府立足？她本是一个多余的人，还不安分守己偏偏多事，就算点滴都牵连不到她，旁人亦会说雪梅之死是受了她的牵连。

苏浅月悔恨道："蓝姐姐，无论雪梅是以哪一种方式死去，我都难过。只是我实在不能接受这种方式，让我的心如何安宁。"

蓝彩霞看着苏浅月，目光中是怜惜和无奈："若说方式，哪一种方式导致的结果都是一样，过程如何并不重要。就像我，怀孕以后谨小慎微，处处都万分小心生怕有闪失，却落得这般模样，谁来还我公道。"口中说着，蓝彩霞突然紧紧握住了拳头，手上的骨节因用力而瞬间苍白，森森的冷意掠起人心头的寒意。

苏浅月看得那样分明，心中惊起恐慌的寒意，急忙强制按压下去，直到恢复冷静的状态才道："姐姐，我都明白。明枪易躲，暗箭难防，我们没法躲过旁人算计已久的隐瞒。你……难道你已经寻到了蛛丝马迹？"

苏浅月当然明白蓝彩霞的不甘心，只是不晓得她是否找到破绽。

蓝彩霞摇头："没有，若是做得露骨还叫阴谋？我只是怀疑，痛定思痛后的怀疑。"

任何一个富贵之家，男子三妻四妾必定造成女子间的争斗，争宠爱，争富贵。容王府的王爷还没有世袭王位的世子，因此蓝彩霞腹中的胎儿就成了许多女子敌视的目标，亦终于有人除之而后快了，蓝彩霞不会不恨。

那一日的情景她又怎么会忘。

当局者迷，她虽然晓得是有人对她下手，却没有找到怀疑的地方。

苏浅月心中早装了疑惑，只是没有真凭实据，更没有适合时机将问题引发出来做认真查证，也就不敢有丝毫流露了。

苏浅月只低了头，难过道："我就是想不明白，为什么要用如此血腥的手段对付无辜者？"

蓝彩霞狠狠道："为了达到他们卑鄙的目的！我腹中的孩子倘若是男孩，将来有可能成为世袭王位的继承者，是以要将我的孩子除去。至于你……"蓝彩霞忽而笑笑，"你是王爷最宠爱的女子，你的出现夺走了王爷对旁的女子的爱，你更明白。"

难得谨慎的蓝彩霞说出此话，苏浅月悲凉道："人心怎可如此，为了达到自己卑鄙的目的不择手段，就不怕下地狱。"

蓝彩霞又笑笑："没人在乎死后的地狱，只晓得活着的天堂。"

虽然依旧难过，但终究被蓝彩霞石破天惊的话说得心中敞亮，苏浅月感激道："每一次到姐姐这里都能使心智明快，聆听姐姐教诲最是快意不过。"

蓝彩霞缓缓摇头："你是聪慧的女子，比我明智多了。雪梅的事疑点颇多，你心神不宁难以释怀，不如陪我下棋如何？我一个人终日在房内，真的闷。"

蓝彩霞不过是为了将她的伤心引开罢了，苏浅月明白，忙道："好，我们下棋。"

空空的棋盘，经纬纵横，只待智谋者将它填满。苏浅月明白下棋陶冶性情，更是一种布局，关于人生，关于国家，关于世界，都可以在其中展现，暗藏玄机，运筹帷幄，妙算推测，俱在其间。

和蓝彩霞有过几次对弈，每次都是她输，苏浅月不得不敬佩蓝彩霞的棋艺。

"好。"蓝彩霞微笑，"我发现萧妹妹每次和我对弈都没有那样专注，仿佛都无所谓，或者说你心不在焉，总之……我不知道你是为什么不能专心，今天，你可要专心了。"

苏浅月抬眼笑看蓝彩霞，她喜欢下棋，却不在乎赢输。输赢又能够说明什么？尤其是今天，她的心很乱，只能笑着："我不及姐姐聪颖，亦无法专心致志，不知道为什么。"

蓝彩霞笑道·"你是无心于这个上面。其实棋盘上的输赢算得了什么？需要争取去赢的是人生，而不是这盘棋。"一面说一面落子。

苏浅月也落了一子："是，人应该争取去赢自己的人生，只是人生的输赢不仅仅是自己的争取就能够成功。"

两人一面下棋一面絮絮说话，蓝彩霞突然搁下了手里的棋子道：

"妹妹，我比你年长，又早来王府两年，比你知道得多一些，其实知道得越多越痛苦。费劲心力怀的孩子还保不住，我到底要怎么做才好？"

苏浅月抬眼对上了蓝彩霞眼里的茫然和痛苦，还有那么多的不甘。而她，何尝不是茫然无措？

苏浅月叹一声，无力地将手里的棋子置在棋盘上："姐姐，就让我们安静地说会儿话吧。"

从明霞院出来，天气将近中午，阳光下的积雪已经消融许多，污浊的脏水恣意横流，地面是更斑驳的杂乱，肮脏到令人手足无措的恶心。甬道上倒也洁净，苏浅月和翠屏穿过甬道走去，感觉到天寒地冻中蕴涵了一点儿暖意。

年后就是春天，苏浅月想到。

树木上的积雪亦都下落，枝干没有了积雪做装饰，又是黑瘦的枯竭，瞪着渴望的眼等待春意的滋润。

苏浅月刚刚走进院子，就碰到了张芳华带着红妆走出来。

迎面看到苏浅月，张芳华开口道："萧妹妹，等了你许久不见回转，都等不及了，才说要走回来就碰到了你回来。"她一面说话一面小心地把目光投注到苏浅月脸上。

苏浅月早已明白张芳华是听说了雪梅的事，关心她才来。心里涌起暖暖的感动，看着张芳华温暖的目光，苏浅月突然想流泪。有人想要害她，却也有人在关心我，哪怕只有一个，她也是深深的感动。

苏浅月快步迎上去，紧紧握住张芳华的手："让张姐姐久等，是妹妹的不是了，若是晓得你来，我哪里都不去，就等你。"

张芳华反将苏浅月的手放在手掌中，道："我不也是一个人闷的没意思吗，找妹妹聊聊。"其实她是为了安慰苏浅月才来，她明白雪梅死了，苏浅月一定难过。

原本是好心而来，却又不给人造成压力，除了她还有谁能做到？善解人意的人实在少，苏浅月喉头发紧，低头道："张姐姐，我明白你的心。"心意相通时许多话不用说得直白。

　　张芳华叹道："你瞧瞧你，手这般凉。"

　　苏浅月感觉到张芳华手上的温热顺着手心流淌到全身，那种温暖好贴心，将她从冰冷中解救出来。

　　苏浅月含泪道："许是外边走得久了，冷的。张姐姐不要走，陪我回去说说话，好吗？"

　　时近中午，张芳华原本不愿意再返回去，但见苏浅月如此，爽快答应一声："好。"

　　素凌正在焦急，一见众人转回暖阁，喜悦道："小姐，张夫人都等你许久了。我想着人去请你，张夫人不让。"

　　张芳华笑笑："我又不是外人，更没有要紧的事，无须麻烦。这不，我们又回来了。"

　　暖阁里是暖意融融的温馨，更有双耳青花瓷瓶里的梅花吐着芬芳，仿佛有阑珊春意存在一样。围坐在暖炉边，外边的清冷荡然无存，温暖的炉火顿时舒缓了来自寒冷的袭击。

　　苏浅月将手伸出，细致地揉搓着取暖，对张芳华笑道："姐姐，感觉到温暖了。不过这种温暖是外在的不能暖心，有你在，我才更有温暖。"苏浅月说着眼里雾蒙蒙一片。

　　张芳华抬了一下衣袖，言道："妹妹，我并不能够给你带来什么，唯一的，只是想陪你说说话，希望你不要把不愉快搁在心里。"她清纯的眼眸里含着怜惜，不晓得怎样才能安慰到苏浅月。

　　炉火细细，一片鲜亮的红色里，苏浅月的眼前迷蒙一片，最终她还是哽咽了："张姐姐，我有哪里做错了吗？为老王爷煲汤是我一片心意，我只盼望老王爷的身体结实起来，侧太妃亦不用时刻小心伴在身边连自由都没有，我真的只是单纯这样想的。为什么却说是我的人要害老王爷？人死了，拿什么去弥补？"

苏浅月明明知道，是她多事害了雪梅，却再也无法扭转，她好恨。

张芳华轻轻拍拍苏浅月的肩膀，道："你没有错，不可以这样自责。要说有错亦是你太善良，太容易给旁人利用。雪梅是亲口招供她在汤里下药的，我们都无能为力。事已至此你难过亦是枉然，只要不牵连到你就好。"

苏浅月哑声道："她亲口招供必有原因。我已经晓得老王爷的突发状况并非与我做的汤有关，雪梅从何而来的下药之说？她是冤枉的。"想起阴冷黑暗的柴房里雪梅头发上的稻草屑，苏浅月一阵阵揪心的疼。她不明白，雪梅为什么要招供是她下药害老王爷？

张芳华吃惊道："你是如何得知老王爷的状况并非与你送的汤有关？"

苏浅月如是这般把太医的话告诉张芳华，张芳华一时呆住。

许久，张芳华叹道："怎么会！只可惜雪梅死了，再怎样她也活不过来。萧妹妹，你还是多多保重自己。"

苏浅月愤然道："堂堂王府，亦是这般卑鄙龌龊。雪梅招供定然有不得已的原因，我一定要查找出是谁威逼了她，还她一个清白。"

张芳华的脸一点点被难过笼罩："王府里哪有我们想象的干净透明？雪梅的事情已经发生了，找出原因不是一日两日，你不要着急。"

苏浅月轻轻点头："张姐姐说的是。"

张芳华慢慢站起来，又弯腰拍了拍苏浅月的肩膀："你要好好保全了自己，然后再做别的。我走了，你先歇息。"

苏浅月忙起身拉住张芳华："很想和你在一起，一来打发时间，二来姐姐的话能让我得到许多益处。不要走，中午就陪我一起吃饭。"

张芳华摇头道："我知道你这两日的状况，你吃些东西安安静静地歇息吧，不然身体受不了。来日方长我们有的是时间，改日了再在一起聊天儿。"

苏浅月看着张芳华，眼里涌出泪水："张姐姐，你能不能告诉我，为什么有人要害雪梅？不，是害我！"

张芳华眸光一转，无奈笑道："萧妹妹心里清楚的，如果王爷没有那样宠你，旁人亦不会处心积虑了。改日再聊，我走了。"

苏浅月望着张芳华的背影，痴痴发呆。她何尝不明白？她原本就不该是容瑾的侧妃，更不该得到容瑾那么多的宠爱，不该她得到的她全得到了，如何不招人恨？

素凌将准备好的饭菜端上来："小姐，吃些东西好好歇息一会儿。"

苏浅月看一眼饭菜摇头："吃不下。"

素凌急道："小姐，吃不下亦得吃啊，你这几天又何曾好好吃饭？再这样下去，身体如何受得了。"素凌的目光带了乞求，眼里都有了泪花，"方才还以为张芳华能留下去陪小姐一起吃点儿，她却走了。"

素凌的意思是有张芳华在，她好歹也会陪着多吃点儿，苏浅月不觉苦笑："你哪里懂得。好吧，我吃。"

黄花鱼、溜碎鸡、什锦豆腐、八宝丁儿、嫩笋尖儿、油爆肚丝儿、芙蓉糕、炸元宵、糖蒸八宝饭、莲子粥……

苏浅月面对一桌饭菜心知肚明，抬眼望向素凌，素凌苦笑："小姐，还以为张芳华会留下来。"

苏浅月点点头："你的心意我明白，原本没错。"

端起一碗莲子粥，苏浅月低了头慢慢喝，粥煮得软糯适口，微微清苦中咽下去是丝丝甘甜，倘若在平时，她能吃下好多，今日，亦只有这一碗粥下肚。

苏浅月将一碗粥下肚就放了碗，素凌迟疑着："小姐……"

苏浅月摇摇手："去把翠屏和红梅叫来，你们一块儿吃了。"

话刚落地，翠屏走过来，似有为难："夫人，王爷的庶夫人梁婉贞来访，见还是不见？"

如何在这个时候来？既知庶夫人的地位低下，就不该当不当正不正的在这个时候打扰，苏浅月一听就明白这个女子不识时务、不知进退分寸，绝非聪明伶俐之辈。若是平日她绝不计较，今日心情烦躁郁闷，实在不想应付一个从来没有交集的陌生女子。正要开口回绝，翠屏忙解释道："梁夫人是王妃从皇宫带出来的丫鬟，容貌娟秀姿容姣好，是王妃做主让王爷将她收为庶夫人的。人很好，亦很伶俐聪明。夫人也许能从她口中探到什么。"

苏浅月皱眉："如何正午的时候来？"

翠屏赔笑："其实她早就来了，是奴婢晓得张夫人在，正经主子们说话她进来就不合时宜了，奴婢阻止了她来打扰，就让她在外间等候……"

"她一直等到现在？"苏浅月抬眼看向翠屏。

"是。"翠屏低眉。

"张夫人走后为何不让她进来？"

"夫人要用午饭，奴婢是看到夫人用完了午饭才……觉得她等了许久打发她走亦是不对。哦，要不夫人歇息吧，奴婢这就去告诉她改日再来。"

翠屏说完就往外走，苏浅月道："说我有请。"

素凌在一旁不满道："小姐也是，还忙得过来吗？"

苏浅月沉默，片刻工夫后，眼见翠屏带了一个女子进来，一身浅翠色的裙衫外罩一件淡蓝色风衣，双环髻上插一只翠玉银钗，散碎珠花在乌发间点点闪耀，衬得她肌肤似雪，双耳垂挂银流苏吊坠耳环，身材袅娜，姿容婉约，虽是容貌娇美的女子，却略见怯懦拘谨，一眼看去就明白曾经有过许多压抑，苏浅月暗暗叹息。

梁婉贞婷婷袅袅近前，大礼参拜："贱妾梁婉贞拜见梅夫人，夫人万安。"

苏浅月弯腰扶了她一把："梁妹妹见外了，我们姐妹间私下相见，何须行此大礼，快快请坐。"

梁婉贞见苏浅月搀扶她，受宠若惊："多谢梅夫人。"说完规规矩矩坐下，毕竟是在一个陌生的地方，面对的又是一个并未亲自面对过的女子，难免怯懦。

苏浅月见梁婉贞谨小慎微的样子，和睦微笑道："梁妹妹，不管你和旁人如何，和我在一起不要如此刻意，大家都是一样的女子，何须生分。"转而对素凌道，"给梁妹妹上茶。"

梁婉贞在之前有听人说过苏浅月为人谦和，不料真的如此和善，见惯了看人变脸攀高踩低的她，心中生出感动，忙道："夫人不必为贱妾费心，来得不是时候，实在惶恐。"

苏浅月做出制止的微笑，摇头道："梁妹妹，如若不弃我们就姐妹相称，好吗？既然走到一处就有缘分，我珍惜与我有缘的人。"

梁婉贞受宠若惊："既然夫人如此，那我就不客气地唤你姐姐了。一直听说萧姐姐为人和气宽容，果然是有气度有胸怀的，名不虚传。冒昧前来，还生怕惹到萧姐姐不快，看来是我想多了。"说完微有尴尬。

素凌正好端茶上来，恭敬地将茶放到梁婉贞面前，道："我家小姐对人不分贵贱一视同仁，连我们做奴婢的，小姐亦是当姐妹般看待，即便我们犯错小姐亦很宽容，梁夫人前来，小姐当然是高兴的。"

素凌解释，梁婉贞惊愕地看着素凌，她何时见过主子说话奴婢插嘴的？苏浅月一眼就明白梁婉贞的意思了。

梁婉贞是王妃的贴身丫鬟，她身边带有王妃留下的痕迹，看她如此表情定然是受过许多委屈。想到王妃面上高贵矜持待下人会宽严得体，原来不过尔尔。梁婉贞会将王妃作为依靠，王妃亦会将梁婉贞视为心腹才给她庶夫人的位置，但两人的关系绝非无懈可击。

一时，苏浅月心中早有了计较。

她不动声色地对素凌笑道："主子们说话你还插嘴，越发没有规矩了。"

素凌顽皮道："小姐，梁夫人又不是外人。"

"素凌姑娘说的是。"梁婉贞回过神来，忙道，"苏姐姐对人实在是太好了。"不觉中叹了口气，目光中流出异样。

苏浅月一下子警觉，她无缘无故叹气什么，太不合时宜，只当不知，不动声色地对素凌道："我们说话，你还不下去？"又转向梁婉贞道，"连她们都给我宠坏了，梁妹妹不要笑话。"

梁婉贞忙摇手："萧姐姐，正是你对人和善才如此啊！奴仆见了主子胆战心惊的多了，像萧姐姐这样对待下人的主子太少了，能在姐姐面前当差，实在是修来的福分。"

苏浅月突然脸色带了戚容："是梁妹妹抬举我，跟着我的人哪有享福的，不被我连累就好了。"

梁婉贞小心道："萧姐姐，你说的是什么我亦明白，怎么能怪你呢。你难过，是你重情重义。"

苏浅月用手帕拭了拭眼角，道："梁妹妹不知，实在是我的过错。倘若不是我多事，雪梅如何会死？"

梁婉贞一脸认真："萧姐姐是好心为老王爷好，有目共睹，至于雪梅，那样做是她的事，如何能和姐姐扯上关系，姐姐快别自责了。我本是来想看看姐姐的，却惹姐姐你伤心，实在不该。"说完脸上又是歉意。

苏浅月摇头："不是，我实话说与梁妹妹吧。我去给老王爷请安时碰上了太医，是我多嘴询问太医老王爷的状况到底因何而起，太医没有明确说老王爷的状态是因饮食所致，你说呢？"

梁婉贞顿时惊呆了，许久才变色道："什么？不是……是雪梅亲口招供的呀！"

苏浅月凄凉一笑："老王爷饮食有误之事子虚乌有，何来的汤中下药？"细细地看着梁婉贞脸上的变化，苏浅月又道，"此番言语，梁妹妹就当我没说吧。"

梁婉贞点点头："明白，我晓得苏姐姐的无奈和心疼。事已至此，逝者已去，萧姐姐还是要保重自己的身体。"

苏浅月难过道："话是如此，哪有不难过的，是我无能，连身边的人都护不住。"

梁婉贞神色不定，最终叹气道："总归是我的不是了，原本是想来安慰苏姐姐的，反倒惹得苏姐姐伤心，实在该打。苏姐姐，这几日你定然没有好好歇息，我又唠叨这许久，姐姐你歇息会儿吧，我走了。"说完起身。

苏浅月亦起身道："大中午的劳梁妹妹来看我，这份情意我好感动。日后妹妹闲暇时，记得过来坐坐。"

梁婉贞点头道："定会再来的。"她迟疑着又道，"萧姐姐不要多想，好好保重身体。我走了。"

苏浅月眼见梁婉贞复杂且欲言又止的特殊目光，明白梁婉贞隐瞒了什么，只当不知道，微笑道："梁妹妹慢走。"

"苏姐姐留步。"

苏浅月微微点头，站在原地看着梁婉贞走出去，心里疑惑着，想不明白她是什么意思，没有说出口的话又是什么？

素凌走出来道："小姐，你这大半日就是陪着人说话了，快去歇息会儿吧。"说着，眼里满是心痛。

苏浅月无言地点点头走回暖阁，躺在了床榻上，许久了都合不上眼睛。抬头看一眼一旁的素凌无声地整理着她日常看的诗词书籍，言道："素凌，梁夫人是王妃的人，我们想要得知王妃的什么，通过梁夫人是最好的途径。日后，你们对梁夫人多一些客气，明白我的意思吗？"

素凌点头微笑道："明白，我正有此意，还没有和小姐说出呢！"

"你真是聪明。"苏浅月叹口气，又道，"梁夫人借了雪梅的事和我接近，也许只是好意。但是，她有未出口的话，她的目光……到底是什么？"

素凌无奈道："小姐，无论是什么你都不要多想了，闭上眼睛歇息一会儿，身体要紧，歇息好了再想吧。"

她明白，岂止是梁婉贞未出口的话这一点点？要想的事情多了，要做的事情也多了。

苏浅月好歹歇息了一会儿，刚刚起来不久，一个守门丫鬟就慌慌张张进来："禀夫人，王妃到了。"

王妃是皇室郡主，身份高贵，又是王府第一夫人，掌管王府后院的各种事项，类同后宫的皇后。她绝少到其他夫人院子里的，凌霄院更是没有来过，突然到来，一定是事关重大。

苏浅月一惊，内心一沉，隐隐约约猜到了几分。来不及细想，只对素凌吩咐道："随我出去迎接王妃。"

素凌忐忑不安地随在苏浅月身后，小心问道："小姐，她来不是找我们的麻烦吗？"

"就算是，又如何，我们并没有伤天害理，随便她怎样。"苏浅月已经在行走的过程中平静下来，做了应对的打算。

匆匆走出去，王妃已经到了玉轩堂，苏浅月端庄得体地微笑着如常施礼："姐姐屈尊到来，提前不说一声我都没有安排，实在是怠慢了。"

无论如何，苏浅月都是皇后亲封的梅夫人，这一重身份永远不会变，因此王妃亦要对苏浅月给以国礼相待，苏浅月施礼她不敢倨傲，亦是微笑还礼："萧妹妹，倒是扰了你清静，很是愧疚。"

"姐姐请坐，你如此说倒叫我惭愧了。"苏浅月依旧是端庄自如的微笑，吩咐身边的素凌，"还不快些给王妃上茶。"

"是，小姐。"素凌恭敬道。

两人一同坐下，苏浅月不亢不卑看着王妃，微笑道："王府各种事宜繁忙，姐姐自是日理万机，如何得空到我这里来，定然是有事的。"

王妃无声地笑了笑，面上露出为难，似是不好开口，苏浅月佯作毫不知情，只是一味看着王妃，静静等她说出原委。

端起茶盏饮了一口茶，王妃放下茶盏后勉强开口道："萧妹妹，我亦不晓得如何开口，只是此事……"她为难地看着苏浅月。

苏浅月不晓得她是真正为难还是故意为难，只释然道："木不钻不透话不言不明，姐姐无须为难。"

最终，王妃摇摇头，言道："萧妹妹，我掌管王府后院事宜有诸多为难之处，你是明理之人自然理解。我来，还是因为雪梅之事……"

苏浅月将最无辜的目光直视过去，雪梅那份供词她没有见过，不晓得是否说受了她的指使？死者已矣，终归是连累到她的，意料之中，且看王妃作何说辞。

就那样静静地直视王妃，王妃在踟蹰之后，还是说出了下文："雪梅亲口招认老王爷突然病重是受她所谋害，又自杀谢罪。虽然此事与你毫无关系，毕竟雪梅是你院子里的人，平日里你对下人的管教似乎有些松懈了。你虽则有皇后的封号，只是若我以此不追究，旁人会认为我徇私偏袒你，难免对我有异议，日后我再管别人就有些难了。再者旁人以此为借口不再管制下人，不都乱了吗？萧妹妹，你看……"

好好好！苏浅月在心里对王妃叫好，不管雪梅的供词如何，没有说她指使雪梅害人就是给足了她面子！尽管手段够狠，还是没有到赶尽杀绝的程度。

苏浅月亦暗暗后怕，倘若不是今早她当着大家的面问太医，迫使太医说出老王爷的病因，让他们都明白其中另有原因，是不是真的来一个是她指使？那么陪着死的还有她吧。

心中怒极，苏浅月反倒温文而笑："姐姐的意思，是我对下人管教不严。"口吻与她所说的话语丝毫不符，完全像是在说旁人的事情。

苏浅月如此坦率，并且像是事不关己，王妃暗暗吃惊，料不到苏浅月如此深奥，亦不再婉转，点头道："萧妹妹你说呢？"

苏浅月慢慢地笑了："我说了，是我对下人管教不严。"

看着苏浅月依旧云淡风轻，王妃心中又惊又惧又恨。放在一般女子身上，听她说出这一番话来怎能不求她宽宥？如何能不辩解？苏浅月到底有何资本傲气，全然不当回事，太目中无人了，太不把她的话当一回事了。

王妃养尊处优，一贯受人奉迎，见惯了旁人在她面前奴颜婢膝，如何给人如此轻视过？不觉中对苏浅月多了几分恨意，又不能发作或者显露，就更恨。怔了片刻，强自咽下这口气，抬手扶了扶压着鬓发的珍珠鬓花，平和道："萧妹妹，你既然都懂，就不用我多解释了。妹妹是明理的，亦能体谅我的难处。"

苏浅月竭力维持表面的镇静，心里却掠过惊涛骇浪的悲凉，王妃到底要给她怎样的惩罚？她可以接受惩罚，却不想被侮辱，且看王妃如何对她。

"每个人都有难处，姐姐亦是一样，我明白。"

"就晓得萧妹妹明理。我们都是明白人，拐弯抹角的话不用说了。萧妹妹管教不严，致使下人以下犯上谋主害命，虽凶手自裁谢罪，但你的责任还是由你来负。王府的家法是情节严重者逐出王府，萧妹妹身份贵重，而且此事原本与你没有关系，重罚就太不公平了，我想了许久，亦与太妃侧太妃商议。萧妹妹——"

王妃倒是脱得干净，就好像给予她的惩罚与她无关，她只是传话的，苏浅月微微冷笑。

看着苏浅月，王妃还是说出了她此来的目的："你就不能再是侧妃的位份了，众人的意思是责罚你降为庶夫人，不逐你出去。"

王妃的话，一字字如一把锐利的刀子割着苏浅月的心，痛，还有屈辱。她可以不在乎身份，只是如何咽得下这口气？

"姐姐，今天早上我去看望老王爷的时候，太医的话想必你是听到的，太妃、侧太妃都听到的，老王爷的身体突然危险并非是吃了什么食物造成的。"苏浅月直视王妃的眼睛，"雪梅谋害老王爷是莫须有的罪名，你我心里都明白。我不晓得雪梅为什么要招供是她谋害老王爷，且她又死了，死无对证。我一直想不明白，雪梅为什么要害老王爷？倘若有实实在在的证据证明是雪梅想谋害老王爷，那我自愿出府。"

出府，苏浅月更愿意要这种结果，甚至求之不得。只是这种被逐出去的方式就太屈辱了，她，何罪之有？苏浅月提醒着王妃，绝对明显地指出了有人居心叵测冤枉雪梅，还卑鄙地牵连到她这里。

是谁居心叵测？苏浅月的眼神明白无误地询问着王妃。

王妃心中明白一切，苏浅月的质问不是强词夺理而是事实如此，但是她如何会受制于人，只能装作无辜。还有苏浅月的隐忍让她心里生出快意：苏浅月，你还是知道厉害的！

"萧妹妹，你说的我何尝不理解，只是事实已形成。我就是不明白了，雪梅既然无辜，为何要招供谋害老王爷？太医没有说出老王爷是因何食物导致身体危机的，亦没有完全排除食物引起的可能，可惜我们都不是太医就无从知晓了。不管原因如何，雪梅是你院子里的人，倘若日常时候你多注意训教下人，只怕这种惨剧就不会有了。唉。"王妃用悲悯的目光看向苏浅月，"萧妹妹其实早已经晓得王府对王爷迎娶妻妾的规矩，原本就是王爷破了王府规矩的。这一次……就只能委屈萧妹妹了。当然，萧妹妹是皇后亲口封的梅夫人，你在王府的身份依然高贵，受人尊重。"

庶夫人……苏浅月心中冷笑，其实就因为容瑾给予她的宠爱太多了，太让人嫉恨了。原本她就是多余的，此一下算是给旁人解恨了，只不晓得是谁的手段。

王妃吗？苏浅月看一眼王妃，目光深沉有力。

苏浅月微微笑道："是姐姐对我好，给了我如此待遇，多谢姐姐。只是，姐姐的私情只怕旁人多有不服，不如我自请出府吧。"

王妃吓了一跳，倘若苏浅月真的执意出府走了，容瑾还不恨死她？今后只怕她和他的夫妻名分名存实亡。她只想把苏浅月留在王府，刻意打压欺凌来发泄怨恨，却是不敢让苏浅月真的出府的。

心念所致，王妃忙道："萧妹妹说哪里话，你贵为梅夫人如何能出府？只怪该死的雪梅，她死也就罢了还连累了妹妹你，我晓得妹妹冤枉，只是贵为王府不能没有家法，萧妹妹都明白的。还有一点萧妹妹只怕没有想到，你若出府了，连累皇后脸上无光，日后皇后会想她如何看上了一个被赶出府的无知女子呢？"

苏浅月早忘记了她还有另外一重身份的束缚。日后皇后晓得她出府定然会有它想，哪怕她是自愿出府——旁人绝对不会说她是自愿出府的，指不定有多少污言秽语。

想到那日皇后对她的欣赏，苏浅月心里生出愧意。王妃所言不是危言耸听，皇后得知了，定会认为她是被赶出去的，会为当日的做法后悔，皇后颜面有失，她又如何对得起皇后的看重。

原来，自己真的身不由己，苏浅月感受到屈辱的难过，只是她没有了反抗的资本。

当初她就是多余的侧妃，如今让她做妾也是理所当然，王妃的话暗示了这点，她还有何可说？

"多谢姐姐提醒，我还是诰封的梅夫人，自己都忘了。无论我在王府是何种身份，这一重身份不会变，那就随便吧。"始终，苏浅月没有屈服，她不能接受旁人的侮辱。

王妃终于松了口气，尽管苏浅月的态度并非是她想要的，她亦不强求了。倘若再苛求苏浅月即刻要出府反倒坏事，眼下只要苏浅月不离开就好。

王妃佯做无奈："萧妹妹顾全大局，自然不会给任何人负担，也多谢你给我这一个面子。"王妃又小心道，"还有一件事情需要和萧妹妹说，请萧妹妹多担待。"

"姐姐但说无妨。"事已至此，苏浅月想看看王妃还有什么招数制裁她。

"降了职位，月俸也就跟着减少，妹妹不会介意的吧？王府给夫人们的供奉，是按照个人的等级来的。"王妃满脸歉意，似乎是完全不忍心又无奈。

"规矩如此我不会介意。"苏浅月的脸上露出不在意的表情。

"还有，依照规矩，服侍的仆人亦是要有所消减的，你看……"王妃道。

苏浅月一看王妃似乎是和她商量的口气，面上尊重眼底是隐忍不住的笑意，心里已经厌恶至极，只做随意道："王府后院的事情姐姐掌管，你自有分寸，我没有异议。"

"那好，难得妹妹这般开明，我就不客气了。这贴身的大丫头，王妃是四个，庶夫人是两个，你这里死去了雪梅……那就再跟我走一个，其余的亦一起减半，可好？"王妃又是询问的口气。

"王妃，让奴婢去吧。"苏浅月还没有开口，站在远处服侍的红梅急忙跑来，面对苏浅月跪了下去。

"好，翠屏是掌管院子里事务的，走了实在不便，就你跟我走吧。"王妃欣然道。

王妃走了，苏浅月坐在那里许久都没有动。

自此以后她就是容瑾的庶夫人了，虽然还有一个"夫人"的名位，但庶夫人只是一个名位稍微好一点点的妾，和侧妃是天壤之别。妾，容瑾有多少妾只怕他自己都不清楚，苏浅月心里发出凄凉的冷笑。

她原本就是低贱的舞姬，给她一个庶夫人的身份不算辱没她，算是一切都还原了回来。不过，苏浅月如何咽得下这口气？老王爷的身体危重并非雪梅造成，他们已经断送了雪梅性命，还借此来指控她对下人管教不严，实在是可笑又可悲。

素凌和翠屏静静站立不敢说话。

许久，素凌出去端了一杯茶上来，轻轻道："小姐，喝口茶吧。"

苏浅月看了一眼，伸手端起了青花瓷茶盏。茶水有点儿烫，烫了她的手，那种灼热的感觉太盛，变成了麻麻的痒。苏浅月明白，王妃其实还是给了她面子的，没有将这里贵重的东西一并撤走。

"小姐，茶水有些烫。"素凌小心翼翼地提醒。

苏浅月浅浅饮了一口茶，放下茶盏道："梁夫人的来意，都明白了吧？还有她的神情，这一下我们都不用再猜测她的意思了。要雪梅去死，无非是为将我逐出府做一个冠冕堂皇的理由。倘若不是我早上贸然逼问了太医，他们都晓得我得知内情，只怕我早已经被赶出去了。"

翠屏难过道："不晓得是哪个设了计策，害死了雪梅，诬陷了夫人，手段如此阴狠毒辣。夫人，难不成我们就罢了不成？"

苏浅月冷笑一声，笃定道："不会就此罢了，既然我留在了王府，就一定要把这个公道拿回来。"她的脸上，没有颓败反而多了昂扬。

翠屏松了口气，放心道："这才是奴婢敬重的夫人。我们且忍了这口恶气，日后绝不能便宜了害我们的人。"

苏浅月转脸道："雪梅没有害老王爷，她的一条人命能这样白白断送吗？"

素凌眼里满是泪水，悲戚道："小姐，我明白你从来不会亏待别人。只是眼下我们又落得被动了，行事需要小心。"

苏浅月点头，看了一眼翠屏和素凌，慎重道："无论如何，我如今不比从前，你们做事定要晓得分寸，免得再遭不测。雪梅死了，她是冤枉的你们都很清楚，绝不能让害她的人自在逍遥。在雪梅的死因没有查清楚之前，需要我们同心协力，明白吗？"

"明白。"

苏浅月又端起了茶盏，她本来只想要平和安静的生活，想和所有人和平共处，谁晓得旁人并非与她一样想法，彻底断送了她美好的愿望。

雪梅的命没了，她受了比死还难堪的侮辱，不论她愿意不愿意，都要去和人争一争斗一斗，为雪梅平了冤枉，为她挽回尊严。

喝一口茶，苏浅月的目光一点点变得犀利，脸上的柔和被冰冷取代。她并非没有锋芒，只是骨子里的善良不许她显露罢了。如今，善良只能是任人欺凌，她何必一味善良？

"从今往后，再不许提给老王爷做补汤的事情，就像我们从来没有做过一样。凡是入口的东西，不可以轻易送人，旁人送来的东西，推辞不过的我们收下，但是不可以轻易食用。"苏浅月的口气没有丝毫温度。

"是，夫人。"翠屏忙应道。

素凌突然觉得浑身起了一层寒意，何曾见过苏浅月如此？不用多说小姐是伤心了。来到王府，一次次受辱，逼得人失了本性，只怕哑巴都要说话了。

"小姐，你还是去歇息一会儿吧。"素凌小心道。

苏浅月将手里的茶盏放下，起身道："是，我该歇息了。"

已经是遭人暗算落到如此地步，倘若再不保护自己，就是亲者痛仇者快，苏浅月不是傻子。

君子报仇十年不晚。

苏浅月踏踏实实睡了一觉，醒来已是黄昏。

素凌看到苏浅月起来，赶忙近前，笑道："小姐好睡。"小姐不眠不休才叫她害怕，眼见小姐睡得安稳她总算放心下来。

翠屏忙将熬好的粥端来，苏浅月没有迟疑，坐下去吃完，道："不管好事坏事，尘埃落定了心也踏实。我是落魄了，但心没有落魄。"

苏浅月觉得神清气爽，下床道："这一下，把所有的不眠都补回来了。"

"这是一个意外，起起伏伏的事情多了去了，奴婢相信夫人总有翻身的一天。"翠屏道。

"如今我再不是侧妃，告知众人不可以再叫我夫人，免得再生出意外来。"

"夫人。"翠屏突然跪下去，泣道，"奴婢该死，夫人被贬奴婢有过错，平日里没有好好教导下边的人如何应对主子们，导致大家都不会说话，连累了夫人。"

苏浅月伸手扶起翠屏："此事怎能怪你。是有人借机设了一个陷阱害死雪梅，之后再推到我身上罢了，至于她为何要在明明晓得自己是冤枉的情形下招供，我们总会查找原因。你若觉得愧疚，我们就齐心合力为雪梅平了这个冤枉。"

翠屏含泪坚定地点头："奴婢定会竭力与夫人一起为雪梅洗刷冤屈，还雪梅清白，还夫人公道。奴婢晓得怎么做。"

苏浅月慢慢点头："定要掌握分寸，万不可以叫人看出我们的动机。"

翠屏慎重道："夫人放心，不管奴婢明察也好暗访也罢，定不会弄出动静叫人疑心。"

苏浅月颔首，起身走到窗前看向远处。

黄昏了，太阳西去，晚霞如火如荼燃烧了半个天空，艳艳的橘红颜色叫人心驰神往，是波澜壮阔的美。隔着窗户听见了朔风吹过，有轻微的呜呜声响至枯树的枝干，更有寒竹萧萧的韵声掠过，不过这些丝毫不影响天空的晚霞。望着天空，苏浅月突然十分感慨：夕阳无限好，只是近黄昏。

转至案前，她提笔写道：乘风流霞舞天界，如火烈焰蔓延。仰头夕日渐坠落，今日成过去，未来犹不见。谁料人世起伏，无形暗礁搁浅。风光流年已擦肩，成败不由人，万古皆不变。

将笔放下，不知为何心里又浮荡起一种莫名的哀愁，不是为了她自己的浮沉，而是为这所有的一切，那种黯然神伤的滋味，让她眼里噙了泪。

对于她，这又是一个分界点。

小时候无忧无虑，沉浸在幸福快乐中不知天高地厚，骤然间父母离世，令她犹入地狱。素凌重病，卖身青楼为舞姬。历尽世态炎凉，尝尽红尘悲苦，她亦麻木。却不料容瑾为她赎身平步青云，贵为侧妃也就罢了，还那么荣幸地成为高高在上的皇后亲封的梅夫人，算得上风光无限。可惜现在，她又是什么身份？尴尬难堪！

其实，家中突然的变故令她失了依靠，沦陷落红坊以后更是看破红尘，就希望平平淡淡地过一生，不要名利富贵，不要争斗阴谋，怎会料到进了王府又卷入是非争斗，她想要的再度失去，且又是落败。

这一想苏浅月怅然若失，她愿意过的生活是平和安静的，而不是被人算计任意踩在脚下的，这是屈辱和冤屈，她不想任人鱼肉。只是如何脱困？需要她思虑周全，运筹帷幄。

房间里四个人突然去了一半，剩下的两个人神情忧郁。苏浅月回头看到她们两个人的样子，心里浓重的酸楚越发厉害。

转身慢慢走回去坐下，苏浅月沉声说道："不晓得哪一个如此歹毒？若只是为了将我赶出王府，倒还说得过去，转一圈让雪梅赔上性命就失了人性，如此阴狠的人我们断断不能饶过他的。"

素凌发愁道："此人隐藏得这么深，找出他来，亦不会太容易。"

苏浅月将一只手一点点握住，因为用力手指的关节全部苍白，她用力呼吸了一下："倘若亮在明处还算得阴狠吗？若要人不知除非己莫为，只要我们有心，定会让他露出原形。放低身段，隐藏，伺机而发，时日久了会发现蛛丝马迹，然后再顺藤摸瓜将歹人揪出来。"

翠屏小心道："如今红梅走了，我们的人手亦是不足。是不是奴婢暗中嘱咐她一下帮帮我们？"

苏浅月轻轻摇头："人各有志，我们不能去强人所难。你们先稳住，相信自己，事在人为。"

天渐渐黑了，烛台上的红烛依旧燃烧，明亮光焰微微闪烁和之前一般无二，苏浅月却觉得烛光摇曳中暗影重重。

被一片冷寂包围，苏浅月不晓得是不是命定，退避能逃脱吗？不，已经陷了进来，唯有挣扎抗争才是出路。

胸中藏着激愤，难以舒展的悲痛令她无法安静，苏浅月坐于琴案前，双手玲珑飞舞："人生无奈，东西南北皆徘徊。人生无奈，忠奸善恶都成怪。春夏秋冬脱不过轮换，人生无奈逃不了变迁，沧海桑田不是永远，高山大川都要改变。独荡扁舟飘摇在浪尖徘徊，树欲静风不止仓皇摇摆。有辽远的箫声，茫茫的歌声，浮起闪亮的泪痕。疲惫的夜晚，被忧思搁浅，远去的故事在心底蔓延。大世界难容小人物，严寒酷暑都要我担待。到哪儿去？踏浪奋进，披荆斩棘，何处寻一席神圣灵地展胸怀……"

随心所欲中，铿锵急骤的琴声，悲怆难言的歌声，在冷寂萧然中久久不去，漫漫余韵缭绕在房间里回荡，苏浅月无法抑制悲愤的情绪，拿起手边的锦帕拭去脸上的泪痕后，又静静不动。方才诉说了什么？都不明白，只是心中悲愤，万千思绪难以描述。

手指停歇在琴弦上，如同不知道飞往何处的蝴蝶，突然闻得背后有轻微的叹息，苏浅月一惊忙回头，原来是容瑾在她身后。他什么时候来的，来了多久？

苏浅月反倒平静下来，起身恭敬行礼："贱妾拜见王爷。"

容瑾脸上的肌肉微微颤抖，迟疑一下迅速拥住苏浅月，低了头吻她。

苏浅月再次感觉到受辱的悲愤，她全无心思在这个上面，只觉他的吻令她反感。

记得他说过，会呵护她不让她受委屈，眼下她被人如此欺凌，他就是如此保护她的？想要挣脱他的怀抱，他却愈加用力，心念几转，苏浅月明白除了顺从还能怎样？她如一只被动的木偶，辗转在他怀中，待他看向她时，见到了她眼里晶亮的泪水。

容瑾脸上一片惭色："月儿，本王知道你受委屈了。"

苏浅月用力将泪水逼了回去，神情淡漠："王爷，此话何意？"

容瑾仰头轻叹一声："本王空有王位，一人之下，万人之上，却有太多无能为力，连自己心爱的女子都无法顾得周全，难道不是本王的错吗？本王对你承诺过要好好对待你的，今日……是本王失信于你。"

"好，你还记得说过什么。"苏浅月道，却只抬着清澈深沉的双眸看着容瑾，要看他还有何说辞。

容瑾难过道："方才听你的歌声，本王心中说不出的难过。这件事情，本王让你一个人承受，受了太多委屈。都是本王的错，一错再错没有补救的余地了，终于还是让你担了不该承担的责罚，承受了不属于你的委屈。是本王的错，本王向你道歉。"

看着眼前的容瑾，苏浅月记得他在众人面前那样威严，有着凛凛霸气的王者风范，此时却柔顺得像一个做错事等着责罚的孩子。

苏浅月心中刀割一般的痛，他说了是他的错，说了他无能为力，她还要怎样？每个人都有自己的难处，想保全自己亦只能靠自己的本事，难不成她要将一切都怪罪在他身上？

苏浅月知道身不由己的苦衷，心下一软，伸出手指，轻抚他的脸颊，只问道："王爷，月儿在你心中重要吗？"

容瑾满脸痛苦："月儿不相信本王，是吗？没有保护好你是本王失信，你怨恨责怪是应当的，只希望你相信本王。"

"没有，王爷。"苏浅月打断他的话，"我不是这个意思，王爷误会了。如今此事木已成舟，是不能更改的了。王爷若有心，请以后不要再让他人生出事端来诬陷我，给我一份安宁，好吗？"

苏浅月说得十分有力，掷地有声。

方才"贱妾"两个字让他撕裂了心肺般疼痛。之前这个称呼只是平常，这一次是给人踩在脚下的屈辱，心性高傲的她，说出那两个字是恨，既然容瑾明白她的冤枉屈辱，那么她以后不会再在他面前说出这两个字。

容瑾轻轻拢了她的肩膀，温柔道："诸多事由造成的不得已，本王没有护好你，是本王的无能。你已经是最底端了，她们还要怎样？放心，不会再有下次了。"

他真挚的话语还是让苏浅月心软，其实他又何尝愿意这样？心中难过，苏浅月才想起忘了让他坐下，低了低头道："王爷若是不急着走，就请坐下吧。"

容瑾诧异："月儿以为本王只是来看看吗？今晚不走，就在你这里歇息。"他的话中又带上了霸道，不容任何人否决的霸道。

苏浅月摇头："王爷，不正是因为你对月儿的宠爱多了，月儿这里才事儿多吗。王爷还是多到别的姐妹处歇息。"

容瑾的脸上多了威严："任凭旁人说去，本王只喜欢你一个。如今她们已经借故委屈了你许多，还要怎样？月儿别担心，只要机会合适，本王自会给你公道。"

苏浅月相信容瑾是语出肺腑，最终还是心软，温软道："多谢王爷。既然王爷要留下，那……要不要月儿为王爷煮一杯茶来？"

容瑾脸上的威严散去，只用愉悦的眼神看着苏浅月："好，本王就喜欢喝月儿煮的梅花茶，有劳月儿了。"

旭日东升时，苏浅月临着窗台向外遥望，容瑾已经不在这里了。他走的时候她知道，却装着不知，闭着眼睛聆听他的一切动作，慢慢坐起，又慢慢俯身，在她的额头亲吻，那吻轻柔得如同拂过的春风——他怕惊醒她。

他的吻表明他的心意，他爱她。苏浅月不明白，一个男子对一个女子的爱，有没有身份地位的局限？她是侧妃的时候容瑾就是这样，她是庶夫人了，他依旧如此，在他的心里或许她还是原来的她，而她却明白她再也不是之前的她。

蓝天笼罩一层淡淡的白烟，朝霞却格外的鲜艳透亮。朝阳是初升的希望，如同呱呱坠地的婴儿等着成长那般透露出洁净的期盼。苏浅月想，她的希望在哪里？

素凌轻轻走进来，道："小姐，今日又没事，你就多睡一会儿，起来这么早做什么，冷清清的又去窗户边站着。"

苏浅月回头对她笑："没有多早，往日这个时候不也起床了吗？"

素凌张了张嘴，没有出声。

苏浅月拉了素凌的手走回暖阁，坐下去道："素凌，你觉得雪梅之死到底有哪些蹊跷？"

素凌的眸中露出一丝怅然："我知道的小姐都知道，我不知道的小姐亦早已经想到。"

苏浅月将目光转向窗口，点头道："是，不过我需要时间。"

素凌将一盏养身茶端来："小姐，雪梅素日倔强，亦是冰雪聪明的女子，如何轻易招供说她下药，其中定有隐情。"

苏浅月将茶盏端在手中，慢慢道："就让歹人先得意着，总有一日会水落石出。"她长长的指甲在光滑洁净的桌面上叩击，声音清脆中有沉重，却十分笃定。

素凌向外看了一眼："此事都交给王良安排，小姐觉得行吗？"

苏浅月怅然道："不行又如何？感觉他还靠得住。再者还有你，今后你也务必警惕些，任何异动和疑点都告诉我知道。"

素凌慎重道："是，小姐。"

不再是王府侧妃了，少了许多事端，苏浅月反倒拥有难得的清闲，每日里诗词歌舞，恍若这样的日子才是她想要的。但是内心的隐痛时时都在，被人诬陷的屈辱时时都在，想要查出雪梅之死真相的心时时都在，只不过这些被她暗暗埋藏。

旁人眼里，苏浅月最终还是流入平常，连被封为梅夫人的荣耀也逐渐暗淡下去了。倘若不是容瑾依旧盛宠苏浅月，旁人只怕都要忘记了她。

的确，容瑾对苏浅月的情意没有丝毫变化，他像以前一样许多时候留在凌霄院过夜，苏浅月害怕容瑾的宠爱遭到旁人祸害，明里暗里点拨容瑾要对众人公平，容瑾只当不知，苏浅月只能说破："王爷，或许就是因为你对月儿太多的宠爱令月儿遭人嫉恨，才生出了许多事端。"

容瑾不以为然："本王不是皇上，虽受制却少了被人钳制，还是有自由宠爱自己喜欢的女子的。"

苏浅月只能道："王爷还是公平一些的好，毕竟姐妹们都需要王爷。"

容瑾深深吸了一口气："什么叫公平？本王见了她们就觉得腻味，难道你喜欢让本王去看着那些腻歪的脸就是公平？"

苏浅月失笑："姐妹们都姿容不俗各有千秋，王爷不晓得每个人都有妙处吗？万紫千红才是春，春天是太多人的向往。"

容瑾倦怠地躺下去："乱花污眼，一朵足矣。"

容瑾毫不在意并且我行我素，丝毫不听苏浅月的劝告，苏浅月亦只能听之任之。反正她已被降位，容瑾偏偏喜欢，旁人再气愤也奈何不得了。

素凌偶尔地有些着急，直言道："小姐，我们明明是给人欺负的，难道就此罢了不成？"

苏浅月将手里的诗词放下："凡事都需要水到渠成，你忘了？"

素凌放下手里的针线，忧郁道："我不甘心小姐受辱，我们要忍到何时？"

苏浅月将一只手搭上素凌的手腕，道："虽然我们地位卑微，但这一份平静不是很好吗？我也难得静心来看看诗文曲赋，练习舞蹈。"

素凌难过道："倘若开始就是这样，我们也都认了，要紧的是我们给人算计了才如此。"

苏浅月淡淡一笑："技不如人是自己活该，就让阴谋者得意去吧。有王爷眷顾，一应物品该是我们的都尽数给了我们，我们短缺的王爷暗中接济了我们，还想那么多做什么？"

苏浅月越是如此，素凌越是难过："我明白小姐是安慰我的。雪梅冤死的事你何曾放得下，每次看到小姐独自伤神，我就难过。"

苏浅月轻轻叹一声，许久道："操之过急反倒露出马脚，我自有安排。"

素凌点头："那我就放心了。"

翠屏有事到外边去了，暖阁里唯有苏浅月和素凌，两个人不说话时，除了火炉中炭火燃烧偶尔的"噼啪"声，再无声息。

次日是个晴天，苏浅月坐在菱花镜前，素凌翠屏两个人细心为她上妆。苏浅月看着菱花镜里惊艳的容貌，对她们道："今日的妆素雅就好。"

她不喜浓妆艳抹，不喜繁杂琐碎，只是在众人都以为她落魄的时候，不想让人看了笑话，每一次的装扮都优雅端庄，毫无颓废模样。

翠屏爱极了苏浅月荣辱不惊的姿态，微笑道："夫人即便是素面，自然的风雅亦没有几个人及得上。"

苏浅月微笑："你一贯会说话，就知道哄人开心。"

翠屏指天指地发誓一般："奴婢说的都是真心话。"

素凌笑道："今日天气晴暖，翠屏你在院子里守着，我陪小姐去琼苔园赏梅，再折些梅花回来，可好？"

翠屏怕冷，素凌的提议是为了她好，翠屏明白，笑道："其实你留下来最合适，不过你既然开口，我就成全你。"

素凌丢给翠屏一个白眼："一心为你好，还不领情。"

翠屏从妆盒中拿出一支事事如意发簪为苏浅月固定了发髻，又把一支红翡凤头金步摇斜插在发髻中，笑道："多谢你好意。只是今日不冷，我亦想出去看看。"

苏浅月抬手将鬓发压了压，起身笑道："翠屏真的想出去吗？梅花开得正好，倘若你不怕冷，我们就一起去。外边有小丫头守着院子呢，我们没有事又不怕有人背了门走。"

翠屏怕冷，若非有事极少出去，却给苏浅月说得神往，喜悦道："夫人如此说，奴婢真的要跟着去了。"

苏浅月笑笑："你随意，愿意去就跟着，不愿意去就守着院子。"

翠屏拍拍手，对着素凌兴奋道："我多多穿些衣裳，也要去。"

素凌撇撇嘴："穿成了一个棉花包，你还走得动路吗？"

说笑中，门外小丫鬟急忙进来施礼禀报："庶夫人，王良求见。"

许久了，没见王良来回过事情，素凌和翠屏几乎忘记了院子里还有个管家，两人对望一眼，苏浅月已经徐徐转过身来，对着丫鬟露出这段时间以来极少有的温婉欣慰的微笑："令他到玉轩堂等候。"

"是。"丫鬟转身退了出去。

苏浅月她们到的时候，王良已经站在那里恭敬地等候，看到苏浅月，王良脸上露出笃定的笑容，跪下去道："夫人，奴才给您请安了。"他的声音里有丝丝的颤抖。

苏浅月挥手示意他起来："辛苦你了，起来吧。"说着将期待的目光盯在王良身上。

王良道："夫人那天出府，除了我们院子里的人，旁人都不晓得根由，是一个给厨房送菜的奴才见到夫人悄悄出府宣扬出去的，奴才已经将他处置了，特地回禀夫人。"

苏浅月点头："好，既然你已经处理妥当，我不多言了。咱们院子里的人，若你发现有吃里扒外的，一律不准留用。下去吧，你且仔细着看那天究竟有谁晓得我出府了。"

王良躬身道："明白，夫人放心，奴才这就告退。"

苏浅月又道："王良，我晓得你忠心，但是切记，如今我不是侧妃了，外人面前不准称我夫人。"

王良面露难过之色，只恭敬道："奴才明白。"

苏浅月缓缓点头中，王良退了出去。

苏浅月冷哼一声道："祸从口出，多嘴的奴才一个都留不得。"

素凌正要开口，一个守门丫鬟带了春兰进来。春兰是李婉容的贴身丫鬟，苏浅月一见春兰有些疑惑，平时她和李婉容的关系极其平常，她派丫鬟来做什么？

思索着，春兰已经近前，恭敬施礼道："奴婢春兰拜见庶夫人，我家夫人说上一次见庶夫人身体羸弱，特意命奴婢给庶夫人送一只长白山的野山参来，让庶夫人做汤补补身子，我家夫人希望庶夫人身体安康。"说着，拿出一个红色的锦盒，打开里面果然是红绫包裹的一根上好人参，"我家夫人说，庶夫人妙手自会做得很好，能够起到很大的作用。"

李婉容是何意？苏浅月不会忘记她第一次到端阳院敬茶时遇到李婉容的情景，她们两个不睦，只不过苏浅月不和任何人计较罢了。此时李婉容派丫鬟送来贵重的补品，绝不是单单示好或者真的体贴，难不成是看她由尊贵的侧妃变成一个妾了，供应的物质亦减少，来看笑话？苏浅月再穷，亦不接受嗟来之食。

目光淡漠地从野山参上移开，苏浅月温和道："如此贵重的东西我怎么消受得起，李夫人身体娇贵，你还是拿回去给李夫人用，若是我有需要，再去向李夫人讨要。"

春兰急了，忙跪下道："我家夫人有过交代，说庶夫人需要此物，一定要奴婢让庶夫人收下的，奴婢若是做不好此事，回去无法交代，请庶夫人可怜奴婢……收下吧。"

苏浅月一看春兰几乎要哭出来，心里叹息：和李婉容之间的过节，何必要为难一个丫鬟，于是道："好吧，我收下，你回去代我先谢谢李夫人，就说我改日一定去明霞院当面道谢。"

春兰这才欢天喜地："多谢庶夫人成全，奴婢记下了，这就回去复命。"

"你等一下。"苏浅月一看春兰的情形就明白李婉容想过她不会收才如此，说着对素凌看去，素凌意会，立刻去取来一点儿散碎银子递给春兰："这么冷的天，辛苦你跑一趟，这点儿银子拿去做一件棉袄。"

春兰推辞："这是奴婢应该的，怎敢要庶夫人的赏赐。"

苏浅月道："给你就拿着，这就要新年了，给你自己添置一件新衣。"

"奴婢多谢庶夫人。"春兰将银子拿好，高兴地离开了。

素凌和翠屏亦不明白李夫人为什么突然要送补品过来，两个人疑惑着，苏浅月叹一声："送如此贵重的东西，讽刺我不配用，无非是派人来看看我有多么落魄罢了。"

素凌愤然道："我们过得很好，不用她来施舍。无论如何，我们有王爷的眷顾，什么都有。"

苏浅月挥手让翠屏把野山参收起来，道："我们的地位低了，亦不会对人吝啬，这份情我会还回去。以后我的用度节俭一些，对外的应酬还是要一如既往。其他的，我们亦还是要一如既往，做到不动声色，这样才有利于暗中查询雪梅的死因。"

翠屏点头："奴婢明白。"

苏浅月缓缓松了口气，雪梅之死的真相查不清楚，她不会罢休，此时最重要的就是隐忍。即便被人侮辱，她亦会忍。

上午的时间过去了，苏浅月突然兴味索然没了精神，素凌看到苏浅月又是情绪低落，道："小姐，此时正好暖和了，我们到琼苔园折梅。"

原本说好了去折梅，不愿意让她失望，苏浅月振作道："好，我们去。"因为有春兰突然到来，担心走后有事，又对翠屏言道，"你留下来看门吧。"

翠屏施礼道："是，夫人。"

琼苔园，除了泠泠翠竹带了萧瑟的绿意，就是四季常青的松柏了，黑绿的它们苍茫悠远，将坚贞的风格传承，永不衰退，让人心生敬意。

走过一座座弯桥，看到桥下的流水被薄冰覆盖，听不见泠泠淙淙的声音。假山只有黑瘦的骨架，翠绿的藤蔓只剩伶仃的枯黄，怅惘着明年的花事。一座座飞檐流瓦的凉亭里没有一个人乘凉休息，十分冷落。

其实这样也正好，虽荒凉却也清静，可以给她人淡定的情怀。

真正令苏浅月陶醉的，还是那片梅林。

"小姐，你随意赏玩，我去那边折些梅花，拿回去煮茶。"素凌欢快道。

苏浅月点头："好，你去，我随意待一会儿。"

此处是几株红梅，点点艳红悬浮在枝头，没有一点点杂色的干扰，那样纯粹，那样孤傲，高冷决绝举世无双，叫人心生敬仰。苏浅月伸出一只素手轻轻抚上铁杆虬枝，轻轻道："一树晶莹向雪红，芳枝高洁问谁行。无春才来冠天下，芳菲俗艳不苟同……"

仰望点点冷艳绝色，苏浅月踌躇许久，才离去。

梅林很大，一树树冰肌雪肤，灵秀雅致，红红白白的，将清幽的暗香散放，空气中飘荡着醉人的芬芳，纯粹不杂乱，浓郁清冽，远远胜过春天百花齐放时的浑浊。轻盈飘逸的花瓣在阳光下还凝着雪的融水，晶莹剔透带着彩虹的美好味道。

走过一株雪白的梅树，苏浅月抬手折下一枝雪梅，顿时感到幽香顺着手指传到身上，抵达了四肢百骸，每一条筋络都是一种通透的舒畅。这等不染尘埃的高贵，不和世俗为伍的雅洁，独自繁盛在寂寞中，实在令她叹服。

手捧雪梅，嗅着沁人心脾的幽香，苏浅月浮想联翩：雪梅，雪梅……经过严冬锤炼的君子，是多少人的喜爱和赞美？那么多的诗词名句用在了她们身上，占尽绮丽。

谢绝春意好，素娥唯于月。

纤指轻点妖娆的花瓣，嗅着丝丝缕缕的幽香，苏浅月不由自主想起了雪梅，那个聪颖机灵的女子，凋零了……

想着雪梅，苏浅月悲伤道："拣尽寒枝独自凉，瘦影傲骨有担当。世情薄凉人心恶，葬送冰魂雪魄落。不屑污浊飘零去，难掩芬芳万重光。远在天涯不相忘，雪中白梅永留香。"细细吟出，用手指将雪白的花瓣一瓣瓣从梅朵上折下，一瓣瓣扬手散往空中，如一缕缕雪色的蝴蝶翩跹。心中问道：雪梅，你为什么要自称害人凶手？

零落成泥碾作尘，唯有香如故！希望雪梅就是这样的女子，无论旁人怎样的诽谤陷害，自有不变的风骨。

"悠悠一望一枝梅，萱萱千重千色菲。寒景娇日寂静里，素手撕瓣不欢愉。看取玉颜掩明净，遥知芳容藏兰心。莫将幽怨卷朦胧，独让奈何残清冷。"

忽听身后的叹惋之词，苏浅月急忙回头，他——

其实就在她听到声音的瞬间就想到是他——容熙。

怎么又遇到他，苏浅月心惊。她不愿意招惹是非，容熙是什么意思，既然见她在，为什么不回避了去？

苏浅月冷冷地站立不动，恍若没有知觉，他却轻轻移步到她面前，仿佛是日久相处的熟人，施礼道："月儿。"

莫将幽怨卷朦胧，独让奈何残清冷……他何必说出这样的话来？"二公子，你好。无论如何，你该称我一声嫂嫂。"苏浅月虽如常还礼，口气十分冷淡，心中更是厌烦容熙称呼她月儿。

容熙怅然一叹："月儿，这里没有旁人，你又何必如此冷淡我？"

他来此多久？注意她多久，她的一切他都看到了吗？苏浅月害怕，倘若给旁人看到他们在一起，指不定又要生出多少事来。

苏浅月又冷冷道："我与二公子毫无交集，何来冷淡。"

话虽如此，苏浅月如何不晓得他的意思，突然想到雪梅之事若是当初去求他想办法，他会不会帮她救雪梅，雪梅会死吗？

"我明白，你是你，我是我。"容熙有些急。

每一次见到苏浅月，心中都激荡着说不出的滋味。本是日思夜想的女子，却成了他的嫂嫂，叫他如何甘心，却只能死心。

"明白就好。二公子随意，告辞。"苏浅月干脆道，言毕举步。

容熙突然道："月儿，旁人这样对你，你觉得公平吗？"

苏浅月停下，回头道："我本来就是多出来的，多余的。"她把"多余的"三个字说得很重，"王爷给过我辉煌的体验就够了，因为一日的辉煌就和一辈子的辉煌一样。我已经有过，又何必觉得不公平？"即便内心再不甘，亦不想在容熙面前表露。

目光掠过一树树的梅花，苏浅月深深呼吸了一下，让心情平静下来。

容熙的目光中露出赞许："好，苏浅月还是苏浅月，让我欣赏。"

苏浅月淡淡道："浮华的东西，刻意去追求有用吗？人生不过一场花事，终会繁华落尽，好好地开好自己这一朵，无怨无悔也就罢了。"

容熙不觉点头道："你和我的想法一样。人生只是一个过程而已，做好自己，不要在意过多。负累没有了，才能潇潇洒洒一身轻松。"

他说着张开双臂，仿佛展示他的干净利落，清俊的面容更多了一份清雅，却没有半点儿散漫。苏浅月不觉一震，暗中拿他和容瑾做着比较：他们兄弟容貌相似，容瑾少了儒雅，有着威严的霸气，让人对他更多敬畏少了亲近；而容熙多了一份通透的灵秀，飘逸落拓的姿态仿佛萧天逸，更倾向她喜欢的类型。

萧天逸？怎么想到了他！

苏浅月突然间意识到她的思维有误，连忙转而问道："今日老王爷可安好？"

容熙带了淡淡愁容，轻轻摇头："老王爷的身子一向不好，谁都明白他濒临油尽灯枯。我知道他是我的父王，知道这样说话大逆不道，然而这是事实。"他的声音低下去。

父子骨肉，容熙眼里的痛惜那样明显，苏浅月还是咬牙问道："老王爷突然如此，就是因为雪梅那一碗汤吗？"

容熙神色一变，说道："我对医术确实不通，雪梅怎样我不知情。我只知道老王爷的身体，如同风雨飘摇中的枯叶……能不能挨到明年的阳春三月……"

苏浅月直白道："雪梅为此事死了，二公子知道吗？"

容熙的目光带了探寻："你是不是对雪梅之事有疑问？我能帮你什么？"

不觉中暴露了内心，苏浅月急忙否认："没有。谢谢二公子。"

容熙一叹："我懒散惯了，什么都不想知道。"

苏浅月最终没有从容熙嘴里得到有用的东西，亦不想让容熙帮她，不过雪梅的事情她绝不会就此作罢。

回去时，苏浅月和素凌采摘了好多梅花，两个人几乎被梅花包围，又像是把一座梅山移了回去。

翠屏没有到梅林，见了这许多梅花也喜悦道："和我亲自到梅林去一样了。"

素凌刮了刮她的脸："看着好看是不是？只怕你去后只顾冷了，连梅花是什么样都没看到。"

翠屏对苏浅月道："夫人，你看素凌又取笑我，这样美的花，我能不好好看看吗？"

苏浅月笑笑，低头细看，刚刚脱离梅树的梅花依旧有枝头的坚韧娇艳，脉脉香气浓郁芬芳。突然想到梅花正是旺盛的浓艳，她就用这种方式让其凋零，是仁慈还是残忍？不觉道："不知道梅花若有知觉，是希望待到自然的枯萎零落，还是愿意在芬芳最浓烈的时候被人拿下将艳丽驻留？"

素凌和翠屏一时愣住，不知道怎样回答，苏浅月又道："结局一样，过程方式不同罢了。你们两个将它们快些收拾好，时间久了花瓣会萎蔫儿。"既然已经落下枝头，苏浅月希望它们留下最美的芳姿，永远新鲜水嫩。

看着素凌和翠屏忙碌，苏浅月想起了雪梅，她没有等到繁华落尽，而是用决绝的方式把美丽容颜硬生生地种植在别人心中，她的美永远留在别人心中。

想着雪梅，苏浅月走至案头，展开一张素绢后，提笔描画雪梅的容颜。苏浅月对雪梅记忆深刻，几笔就将轮廓勾勒出来，接着是她明媚的眼眸，笔挺的玉鼻，微翘的唇角，耳轮上闪耀的荷花耳坠……苏浅月一笔一画将记忆倾吐出来，雪梅的形象一点点丰满，直至跃然在素绢上。

看着她的画像，苏浅月仿佛看到雪梅轻启朱唇盈盈浅笑："夫人……"

就是这样美好曼妙、灵秀可人的女子，瞬间烟消云散，怎不叫人痛彻心扉？

苏浅月希望尽快找到雪梅冤死的证据，还给她清白。

晚饭后，苏浅月吩咐素凌她要沐浴。

出浴后的苏浅月更似一朵出水芙蓉，曼妙娇艳的芳姿飘逸翩然。

暖阁里的红烛氤氲出一片暖色的明黄，铺展在每一个角落，苏浅月披一身洁白色明丽轻巧的长衣，乌黑长发在腰际流泻成一道黑色瀑布，那样飘逸灵秀的美，恍若仙子临凡，素凌和翠屏的眼睛都直了。

"小姐越来越美丽，天女下凡般，就没有几个人及得上小姐。"素凌不知道怎样说出她的感受。

"是我们自小相处，你没有见过旁人有多美，就以为我是最美的了，坐井观天。"苏浅月微微一笑坐到床榻上。整整一天，身心都没有清闲过，她累了。

"夫人的美确实少有人比得上，真的。奴婢不同素凌那样自小和夫人在一起，见过的美人也多了，却没见过有谁的风姿气韵比得过夫人。"翠屏由衷赞道，语气肯定。

苏浅月不觉一笑，刚要开口就听到了轻微的脚步声，抬头一看容瑾已经走了进来。

素凌和翠屏忙施礼："王爷。"

容瑾的目光留驻在苏浅月身上，挥手道："你们退下吧。"

"是。"

翠屏和素凌静静地侧身而退，容瑾目不斜视一步步走向苏浅月，感叹道："清水出芙蓉，天然去雕饰，这两句用在月儿身上真是再贴切不过。"

苏浅月从床上起身，眼见他眼眸深处的粼粼波光中似乎有她晶亮的倒影，殷殷情意无限延展，情知容瑾是真心，心中亦是感叹，道："王爷偏爱才将月儿说得这般好，月儿配得上王爷的称赞吗？"

容瑾伸出手臂将苏浅月一绺头发放在手里揉搓，继而又在手指上缠绕：“月儿当然配了，若是月儿不配，就没人配了。”说着将苏浅月紧紧拥入怀中。

苏浅月濡湿的头发沾湿了他的深紫色朝服，望着他头上束发的紫金冠，苏浅月想象着他在朝堂上的威严，昂然的霸气……他，自有国之栋梁的豪迈，社稷之柱的雄健，如此气魄怎么就在她这样一个小女子面前温软顺从？就算去宠爱，他也应该去宠爱王妃，王妃出生皇族有雄霸的势力，于他在仕途上有诸多帮助。而她，没有家世地位，是什么都帮不上他的，却从她跨进王府的时刻起，他的宠爱一直不衰，且越来越烈。

抬手轻抚他的眉，苏浅月歉意道：“王爷，月儿不能对王爷有任何帮助，愧对王爷，王爷更应该去宠爱那些对你有帮助的女子。”

容瑾不屑道：“本王不想靠裙带关系去谋划什么。”

苏浅月摇头：“就算不为这个，王爷亦应该对各位姐妹公平。”

其实苏浅月内心是怕的，容瑾不因为外界的任何原因干涉而独宠她，岂不是更遭人嫉恨？她真怕旁人再生是非诬陷她，倘若再有一次，她真不晓得该如何应对了。

容瑾不以为然：“她们让你降位，这就公平吗？本王无力掌控后院，却能掌控自己的心。”

雪梅之死害苏浅月被降为庶夫人之事一直是容瑾的心结，只是他不能说出来罢了。

苏浅月心里泛起感动：“王爷，月儿不能在仕途上帮你，就希望你能开心。王爷累了，让月儿为你歌舞一曲，王爷舒展一下如何？”

容瑾的脸上洋溢着满足的快乐：“好好，就有劳月儿。”

在他深情注视的目光中，苏浅月亭亭玉立在暖阁的地上，雪白长袖抖出一朵雪白莲花，灵动的腰身展开，踏出了凌波微步。她本有凌波仙子的美名，舞蹈动作自然随心所欲，只是几个简单的动作，容瑾已经心醉神迷。

苏浅月一边舞蹈一边用珠圆玉润的歌喉婉转唱道："红墙重院，佳人倚栏瞧。霜月隐薄寒，瘦竹响萧萧。朱栏空无尽，踏步有多少？径曲幽，浩渺渺。穿空星静，亮眼闪闪照。遥闻车辙，郎君回归到。怅然展颜娇，双眉带浅笑。纤手玉指绕，钗环光下摇。心花绽，娇颜俏。相思不怨，尽头总有靠……"

一曲歌舞，容瑾如痴如醉，苏浅月移步他面前，温婉一笑："王爷是不是累了？如此装束就来看望月儿，不用说明月儿也知道是匆匆而来的，回府晚了吗？不会是朝廷又有大事让王爷操劳忧心吧？"从他到来，苏浅月就发现了他眼底的一抹疲惫。

容瑾出手紧紧拥住她："有月儿的关怀，所有疲惫和劳累都没有了。"

摇曳烛光温情柔软，无尽的缠绵旖旎，缱绻难分。

清晨苏浅月醒来后容瑾照例不在，晨曦的微光亮在窗上，苏浅月披衣起床，立于窗前往外看。

又是一个好天气，湛蓝的天空，偶尔飘过的云都是透亮的雪白，氤氲得人的心情都明丽起来。倘若不是雪梅的事情毫无进展，苏浅月一定也明朗开心。

想起今日是腊月二十七，再有两日就是除夕。

时光如白驹过隙，眨眼间飞转流失而去，不管快乐悲伤都这么一晃就过去了。这是苏浅月到王府的第一个新年，希望今后的日子都平平静静，如窗外的天空一样不要再有阴霾。

素凌轻轻走进来："小姐，你总是这般早起，又临窗而立，那冷风是会透过窗纸的，着凉了怎么办。"抱怨的口气中都是关切。

一次次的，苏浅月总是不听劝。

苏浅月笑道："你真正成我的管家婆了。"

素凌也笑笑，又忍着笑刻意地严肃着："不是吗？早起的风这么凉，吹在身上是寒气。你是大人了，都知道，别这样行吗？"

苏浅月佯作听话地离开窗边："好，听你的，这样子好吗？"

素凌满意地点头："好。"说着再也忍不住笑起来。

她的开心源于王爷对小姐的宠爱。一直以来，王爷没有因为小姐成为庶夫人有丝毫不满或怠慢。素凌就想，旁人再恨又如何？横竖有王爷在，虚名总不如实在，面子再光亮不如里子贴心舒服，小姐已经是庶夫人了，旁人还能怎样？总不敢有人指责王爷的，不敢管着王爷不能到凌霄院。

翠屏走了进来，亦笑道："夫人早安，一大早就这样高兴，应该是快乐的开始。"

苏浅月点头："希望这是快乐的开始，以后的我们一直快乐下去。"

翠屏立刻接口："是，以后我们就一直快乐下去。"

素凌道："好，我们就这样说定了。"

苏浅月笑看着她们两个，更希望是这样。

即便是位置卑微，苏浅月依旧是皇封的梅夫人，重要的日子照例要到端阳院去。

一切都收拾完毕，苏浅月走向端阳院。

隆冬的最后释放强劲，却也因为力衰略有羸弱，空气中恍若有早春的气息，苏浅月感觉到一丝舒缓。

曲径幽廊，楼台水榭，一处处精致的别院，时有仆人匆匆的脚步，仆人见到苏浅月照例恭敬施礼。听得见远处有零星的鞭炮声响，年的味道愈重了。

苏浅月还想一个人静静地去看望一下老王爷，知道他的准确情形就好，不愿意和更多的人碰面。

进到端阳院，先去太妃的上房请安，太妃却已经去了福宁堂，看来她还是不够早。

苏浅月步入福宁堂，太妃已经在太师椅上端坐，王妃也在，侧太妃紧紧地守护在老王爷身边，丫鬟仆妇们一个个大气都不敢出，苏浅月顿时紧张，预感到不好。

整个房间里那么多人，却安静得如同旷野，连掉在地上一根绣花针的声音也听得见。

苏浅月按照规矩一一行礼，然后坐下来，这才细看躺在床上的老王爷，他的气息更显虚弱，整个人一动不动，侧太妃把忧郁的目光落在苏浅月身上，两人对望一眼各自转开了目光，苏浅月顿时明白了老王爷的时间不多，心下凄凉不安。

还没有半盏茶的工夫，各位夫人陆续到了，连身体不好的蓝彩霞也到了，整个房间愈发显得拥挤。

众人一一见礼完毕，太妃叹道："难为众位儿媳有心，老王爷若是睁开眼睛看到你们就在眼前，该有多么高兴，只是……他一时还无法睁开眼睛。众位儿媳心意已到，就先请各自回房吧。老王爷好转了，再派人一一告知，你们也好来看望。"

太妃发话，众人一起告辞出来。

苏浅月和张芳华、蓝彩霞，以及新熟识的梁婉贞同行，走出端阳院。从李婉容身边经过时，苏浅月骤然想起她的那份人情，十分殷勤地寒暄问好，虽说客气，却无法亲近，之后告别。

拉了蓝彩霞的手，苏浅月道："蓝姐姐，你身体依旧有些瘦弱，不过气色好些了，一定要好好调养，争取早日恢复如初。"

张芳华接话道："是啊，萧妹妹说得对，蓝姐姐多多调养，争取早日再怀孕。"

蓝彩霞哂笑："两位妹妹打趣而已，能够有那样便宜的事情吗？"

"怎么没有，蓝姐姐一定能的。"梁婉贞答道。

蓝彩霞看向梁婉贞："妹妹们的心意姐姐领了，你们是希望我好的。只是……今后，我只求平安就好。"

张芳华忙劝慰："蓝姐姐怎可说这等没有底气的话，机缘巧合，一定会有的，想要就能够有。"

蓝彩霞苦苦一笑：“想要就能有？我再不想了，希望各位妹妹如愿。”

容瑾还没有长子，如果哪一位夫人先产下男儿，将来母凭子贵是断断少不了的，谁都希望自己能产下男儿，只是正如蓝彩霞所言，不易罢了。

说话间来到外边的岔路，蓝彩霞告辞道：“天气还是十分寒冷，我不宜在外边久留，各位妹妹若是有空就到我院子里玩耍，我先回去。”

和蓝彩霞告辞，苏浅月对张芳华和梁婉贞道：“两位若是没事，到我院子里喝一杯茶，可好？”

张芳华笑道：“我本是闲散的人，梁妹妹呢，若有兴致，不妨去凌霄院坐坐，享受萧妹妹的梅花茶。”

梁婉贞随意道：“两位姐姐有兴致，就随两位姐姐好了。”

三人回到凌霄院，有素凌、翠屏准备的各种糕点，还有芳香四溢的梅花茶，十分周到。

张芳华四顾一眼，叹道：“萧妹妹这里的情形和原来一样，只是人少了许多，有些冷清，难为妹妹你受苦。”

苏浅月忙笑道：“如此更为清静，正合我意。”

张芳华不想引起苏浅月不快，端起茶盏用心嗅着，又喝下一口，道：“梅花茶就是不同普通的茶叶，若是有蓝姐姐在，说不定又有很多典故出来。”

梁婉贞道：“蓝姐姐失去这一胎，人憔悴也就算了，精神所受的打击才是大，短时间不会和大家一起品茶聊天儿了。”

张芳华叹道：“是啊，希望她赶快彻底好起来，只是可惜……”

“是啊，好好的突然流产，十分蹊跷，谁都难过。”梁婉贞眉宇间有淡淡的沉思。

旧事重提，苏浅月想到了有关的种种，问道：“蓝姐姐院子里服侍的丫鬟都是可靠的吗？”

梁婉贞警觉道：“萧姐姐，你认为这其中有破绽吗？”

苏浅月心中一动，看起来许多人都明白蓝彩霞的流产不同寻常，直言道：“蓝姐姐的身体一向很好，如何一下子就流产，梁妹妹不也觉得蹊跷吗？怀孕的人，饮食起居有人照顾着，都要用心的，若是其中有什么，不通过她身边服侍的人是无法行事的。”

梁婉贞连连点头：“我也是这般认为，只是不敢说出来而已。”

张芳华若有所思：“她身边的人……红莲是她自己带过来的，剩下白莲、玉莲和青莲……好像那一阵子白莲因为家中有事告假回家，她身边贴身的就只有红莲、玉莲和青莲了，据蓝彩霞说她们都忠心耿耿的，谁会晓得是哪里出了差错？唉……”

苏浅月细细想着那天她见到的情形，突然听到声音，“萧妹妹，想些什么，莫非发现了什么疑点？”

苏浅月忙掩饰道：“没有什么，只是觉得难以理解。”

梁婉贞愤愤道：“许多事情就是难以理解，比如萧姐姐这里，雪梅为什么会给老王爷下毒？连累了萧姐姐。”

苏浅月许久道：“罢了，人心隔肚皮。”

张芳华肯定道：“我总觉得此事透着古怪，萧妹妹是聪明的，还是细细想想看吧，难不成就是雪梅下的药？”她用目光示意苏浅月。

苏浅月当然不会善罢甘休，只是有梁婉贞在，不比她和张芳华两个人，不想暴露出来，只难过道：“我倒是想呢，又能看出什么。”

又闲话一会儿，苏浅月送走了张芳华和梁婉贞，一个人默默坐在椅子上。

寂静中，抬眼见房内一切豪华设施依然是她嫁过来时的模样。虽被降至妾的位置，念及她是皇封的梅夫人，没有令她移居别院，亦为她保持了一切陈设。对于这点，苏浅月并不清楚是容瑾的坚持还是王府的恩惠。

她只静静坐着，偶尔望一望寂静中闪亮的豪华，一如既往的纤尘不染，只是她的心，已经蒙满了灰尘，再也清亮不起来。

雪梅之死终究是怎样的真相？奸人害她也就罢了，赔上雪梅一条性命辗转着再来害她，其心歹毒用意险恶，苏浅月岂能没有恐惧。她已细细想过，奸人的目的是要置她于死地，至少将她清除出王府，可惜没有达到目的，她还稳稳居住在凌霄院中，不晓得奸人背地里是如何咬牙切齿。与她来说，不将奸人揪出来，总有一日她会被咬死。

每每想及这些，苏浅月就心绪难平，不觉中冷汗涔涔。

素凌见苏浅月深陷悲伤忧思之中，怯怯走过来，道："小姐，老王爷的状况如何？"

将手抚了一下额头，苏浅月摇头道："老王爷偌大年纪又多年卧病在床，此一次病情加重，要他撑到春暖花开……难。"

素凌吓了一跳："小……小姐，不会再说是因为雪梅下药导致的了吗？"

看起来雪梅之事成了许多人的心病，苏浅月无奈苦笑："雪梅已死，再说是因为雪梅下药，顶罪的只有我了。"

素凌急了，探身抓住了苏浅月的肩膀："小姐，老王爷不会死了吧？不，即便老王爷不好，亦不会有人怪罪到小姐身上。"

眼见素凌紧张得几乎发抖，苏浅月抓了素凌的手，安慰道："不会，你别害怕。"

腊月二十八日，又是一个好天气，为了迎接新年所有人都更加忙碌，素凌和翠屏找出各色彩纸剪窗花，各种花卉和可爱小动物在她们的剪刀下栩栩如生。

苏浅月看着也觉高兴，拿起一把剪刀和她们一起剪，捏了翠绿色的纸张，她用剪刀娴熟地修剪，等到纸张在她手里辗转成为一丛翠绿色的纤竹时，翠屏愣住："夫人，你的手艺这般精湛，奴婢都不敢献丑了。"

苏浅月放下了竹子，笑道："我和你们一样，喜欢这些，你们剪的不也十分精致吗？"

翠屏摇头："不是不是，奴婢剪的比夫人差远了，若说奴婢剪的还算像的话，夫人剪的就是活的了。"

素凌忍不住笑："我们小姐做什么像什么，那时我们过年时小姐也剪窗花的，还分送别人，人人见到小姐的剪纸都说好。"

素凌的话让苏浅月想起从前。一个窗花虽算不得什么，却能叫人愉悦，于是吩咐翠屏："多找一些彩纸出来，我剪一些送与旁人。"

翠屏笑道："好，只是剪这些也十分劳心累人的，夫人不嫌累吗？"

苏浅月道："不累，过新年，大家图个吉祥喜庆。"

苏浅月细心想着要送的人的性格，喜欢的图案，颇费了一番功夫才剪好，吩咐素凌和翠屏送出去。她们走了，房间里剩了苏浅月一个，臂膀和手指因长时间劳累而酸痛着，心里却满溢着快乐。原来将身心投入一件喜欢的事情中时，都是愉悦。

就这样猝不及防想起了萧天逸，苏浅月一下从椅子上坐直了身体。

就要过新年了，萧宅里没有女主人，那些琐事虽有下人安排妥当，萧天逸身边却无合意的女子，他寂寞吗？想到他，苏浅月心里有一丝疼痛，他……终究是第一个驻在她心底的男子。

就在此时，外边守门的小丫头突然走进来，施礼道："禀庶夫人，萧公子求见。"

萧公子？萧义兄……是他吗？

苏浅月一惊，急忙从椅子上跃起，道："有请。"

萧义兄来了，想着他的时候他来了，是心有灵犀吗？苏浅月急忙对菱花镜理了理鬓发，稍微整理了一下衣衫就往外边走。刚刚走至玉轩堂，萧天逸在小丫鬟的引领下走了进来。

"哥哥。"望着迎面而来的他，苏浅月心里激荡着说不出的思绪，想到这许多日子里的辛苦和委屈，不觉中眼泪已经在眼眶里打转。

"妹妹，月儿……"萧天逸急切地走近，"月儿你怎么了？"他万万没有料到苏浅月会用这样的方式和他见面，迎上去拉了她的手，一脸担忧焦急，"你怎么了，是谁欺负你？"说着话，萧天逸的脸上隐隐带了怒气。

激动之中，苏浅月眼见萧天逸变了脸色，顿时醒悟过来，忙道："哥哥一路辛苦，请坐。"说着不动声色从萧天逸手中将手抽出来。

这是第一次，忘情了，他和她真正有了肢体接触，苏浅月的脸微微红了。方才实在是失态，给萧天逸误会，实在是不应该。

萧天逸没有丝毫尴尬，只是望着苏浅月，眼底的痛惜一点点加深："月儿，告诉我发生了什么事。"

苏浅月展了一下双臂，对萧天逸嫣然一笑："哥哥，没事。快请坐。"

萧天逸完全不知道苏浅月这里发生的事情，只能疑惑着坐下，一双目光看着苏浅月。苏浅月对一旁的小丫鬟吩咐："上茶来。"

"是，庶夫人。"小丫鬟是看到素凌和翠屏都不在才没有离开，第一次近身服侍主子有些受宠若惊，慌忙恭敬施礼回答。

庶夫人？

萧天逸骤然听到这三个字，立刻意识到这里发生了变故，一双眼睛警觉地盯住了苏浅月。苏浅月难为情地低了头，生怕萧天逸询问原因，又觉得不妥，忙抬头问："哥哥，要过年了，都制备好了吗？"

萧天逸漠然道："我一个人过年，能有多少准备的，都好了，你不用惦记。"他深深看着苏浅月道，"总是不放心你，特意来看看，果不其然，你这里发生什么事了？"

恰好小丫鬟送茶上来，苏浅月挥手让小丫鬟退下，知道那些事瞒不过萧天逸，只得一一诉说于他。

末了，苏浅月难过道："令我难过的是雪梅，她就那样死了，倘若我不能找出她真正的死因，如何甘心。"

萧天逸完全没有料到会有这样的事情发生。

一直以来，他以为苏浅月贵为梅夫人，又有容瑾的宠爱，会在王府生活得幸福美满，却原来是这样。

许久，萧天逸沉声道："睿靖王爷给我保证过，会对你好，原来他也没有保护你的能力。月儿，倘若你不开心，我有的是办法带你走，离开王府吧。"

苏浅月忙道："不不，哥哥误会了。"

萧天逸摇头："没有误会。我虽是你的义兄，却因你我都是孤儿，我们的兄妹情意胜过同胞。月儿，这不是你想要的日子，随我走。"

一看萧天逸态度坚决，苏浅月吓了一跳，萧天逸是真有本领带她离开的。只是她不想离开，不是留恋荣华富贵和容瑾的宠爱，而是雪梅的死太冤枉，她更屈辱和冤枉，她不想如此给人冤枉，在不能找出真相之前，她哪里都不去。

苏浅月急道："哥哥，即便是离开，也不是时候，我不想给人冤枉着，定要找出事情的真相，还了我清白。"

萧天逸沉默下去。

苏浅月不想让萧天逸难过，解释道："哥哥，我不会害人，亦不想被人冤枉我害人，如此诬陷我断断不肯接受，一定要留下来做一个抗争。我明白哥哥一心为我的好意，只是我不能。"苏浅月的泪一点点流下来，当初他若肯主动为她赎身，又何来这么多波折？

一失足成千古恨，再回头已是百年身，萧天逸明白已经无法挽回，只怅然道："月儿，我并非有他意，只要你过得好我就开心。看到你受委屈我好难过，哪一日你想离开了，我会接你走。"

素凌回来的时候，萧天逸已经离开，一看苏浅月悲伤的神情，素凌吓了一跳："小姐，刚刚还好好的，怎么难过了？"

苏浅月忙拭去眼角的泪水，黯然道："萧义兄来过。"

素凌一看四下无人，道："小姐为何不留萧公子多坐一会儿？"

苏浅月摇头："就要过新年了，谁不忙？他来看看就可以了，如何有多的时间停留。"至于她和他说的那些话，苏浅月一个字都没有和素凌说。

素凌长长叹口气，两人一时无话。

翠屏急匆匆地进来，像是禀报喜事那样的高兴："夫人，奴婢去梁夫人那里，正好碰上王妃也在，真的没有料到她也在，奴婢就莽撞地去了。奴婢把窗花给梁夫人留下，王妃见了啧啧赞叹，连声说好。梁夫人悄悄吩咐奴婢，说是请夫人也给王妃剪几幅吧。"

只是几幅窗花，苏浅月原是只给和自己交好的几个人送的，没料到王妃亦喜欢，这才想到欠缺周全，于是又费力剪了许多，给所有院子里的夫人送去。

临了，素凌笑道："小姐，你倒是安排的齐齐全全，只是你忘了一个重要的地方——端阳院呢？"

若不是素凌提起，苏浅月几乎忘记端阳院了，用疑惑的目光询问素凌："有这个必要吗？"

素凌依旧笑："大家都是图个喜气，玩耍一样，几个窗花不值得什么，若是剪的好看大家看了心里也喜欢。小姐的剪纸，我相信这府里没有几个人能够比得上，不如小姐就多剪几幅给太妃还有侧太妃那边送去，总不能送了下面的人，反倒冷落了长辈吧？"

苏浅月迟疑道："几个窗花本是玩耍的意思，上上下下的都送，就好像我有什么目的，或者是借此讨好人心一样。"

苏浅月看着苏浅月为难，面上也有为难："当初我也没有想到这么多，只是如今看小姐这样安排，觉得不送太妃她们显得另类，虽然是下面小辈玩耍的东西，老人也喜欢个新鲜的。横竖是过年，大家图一个吉利开心。"

苏浅月只得笑道："有道理，那就照你说的做。"

新年，这一传统的节日，隆重盛大。苏浅月想起小时候过年的情景：那时父母会商议着怎样过年，还倾听她的建议；她还是母亲忙碌时的参与者，所有的布置她和母亲一起看着，时而指指点点，母亲亦绝不嫌弃她多嘴，而是用宠溺的目光看着她多嘴絮叨；准备食物的时候，母亲还询问她的意见，想要吃什么需要做成怎样的……

想起父母种种的好，苏浅月突然想要落泪。可她不愿意落泪，死死闭起眼睛将泪水逼回眼眶。

就要过年了，她暗暗祈祷父母在天堂安好。

红烛高照时，又是轻轻的脚步声，苏浅月已经记得这种脚步声了，起身看去，容瑾已经走近，"王爷。"苏浅月道。

自从她被降为庶夫人，仿佛是弥补，容瑾对她的宠爱更盛，夜晚的大多数时间就留在她这里，苏浅月百般提醒，容瑾置若罔闻。

"月儿，本王看看你准备好了没有。"他伸手轻轻碰触她发髻上一颗晶亮的珍珠。

"王爷，你怎么又到凌霄院了。"他应该有诸多事宜需要安排打理，哪里有时间啊，苏浅月的口吻有淡淡埋怨。

"月儿是烦本王了，对吗？"容瑾蹙眉道。

"你知道不是。"苏浅月无奈一笑，摇摇头，"过年了，需要王爷处处打理周旋，那么累，如何有空来看我。"

"本王的事不用你操心。看到你安排得得体大方本王很高兴，特意来看看你。"欣慰的笑容在容瑾脸上洇开，他是绝少笑的人，这样的笑表明了他确实高兴。

“王爷见笑了，月儿那是雕虫小技。”苏浅月已经明白了容瑾所指，难为情道。

“过年了，谁都图一个高兴博一个好彩头，即便是雕虫小技，哄得众人都高兴就是大计策了。”容瑾欣慰道。

苏浅月确实没有想到几个玩耍之意的窗花会有那么多人喜欢，因了这个，她得到了那么多贵重的回礼，望着堆在案桌上的礼盒，苏浅月不知如何是好。

翠屏笑道：“夫人，有很多挂件和摆件该如何安置，存放起来还是拿出来用？”

苏浅月四顾一眼，房内的摆设一样不少，无须再摆放物件。眼前的礼物，虽是大家的心意，却和容瑾的宠爱息息相关。无论她是怎样的身份，容瑾的宠爱不变，谁不是无奈之下只得巴结呢？谁都怕她一个不高兴在容瑾耳边吹了枕边风祸及自己，心思难测。

苏浅月面无表情道：“都收起来吧。”

翠屏看苏浅月并无高兴，小心道：“夫人，王府里就是这样，逢年过节的时候，大家就互送礼物庆贺，关系不够融洽或者有隔阂了想要改变一下的，也送一件礼物表示缓和，都是最正常的。”

素凌恰好走进来，接口道：“大家表示一下友好无可厚非，只是我们拿什么送人家，回报这份人情？”

素凌此言正是苏浅月的忧郁所在，她用赞赏的目光看着素凌，没有言语。

翠屏沉吟道：“我们剪了许多窗花分送她们了呀，虽然不是贵重物品，但那是夫人亲手所制，并非谁都有殊荣能得到夫人亲手做的东西，即便是她们愿意拿贵重物品来换，夫人是否愿意还说不定呢！”

眼见翠屏认真更兼强词夺理的模样，苏浅月嗤笑一声：“有你这样说话的吗？虽则是我亲手所做，但这样的交换太霸道无理，日后我们就用这种方式与人做交换，一定能富可敌国。"

素凌一下子笑了："好好，小姐的这个主意绝好，以后我们用这个赚钱。"

说笑中，外边丫鬟来报："禀庶夫人，容福求见。"

容福是容瑾的贴身小厮，和容瑾寸步不离的，如何他这个时候到来，苏浅月连忙答："唤他进来。"

片刻后，容福进来跪下："奴才奉王爷之命，给梅夫人送一物品过来。"说着话，把手旁一只沉甸甸的箱子提过来。

原来是这样。

苏浅月道："起来吧，回复王爷就说我收下了，多谢他。"

容福起身："奴才记下了，这就去回复王爷。"

"慢着。"苏浅月示意素凌拿来一些银子打赏，"过新年了，这点儿银子你拿去置办一点儿年货。"

容福慌忙推辞道："多谢梅夫人，奴才不敢，王爷有过吩咐，一应打赏都有王爷支付，梅夫人这里的打赏奴才不敢受的。"

苏浅月微笑道："既然如此，那你去吧。"

眼见容福走远，素凌笑道："王爷真有趣，生怕浪费了小姐的银子。"

素凌没有说错，苏浅月亦不好意思接话，只命翠屏打开箱子，才看到是一箱子赤金元宝，怪不得方才容福走进来的时候吃力。

一切都准备完毕，苏浅月才偷得片刻清闲，坐下去饮茶。眼见房间里打扫得纤尘不染，耳中又是断断续续的鞭炮声，深感世事苍茫，浮生若梦。

她是九月十一日嫁入王府的，不过百日多，经历却好像百年那样多。

自身的：皇封，降位，起伏不定；他人的：病痛、死亡、悲伤……

想起翠云，苏浅月泫然欲泣，当初她和她那样要好，却阴阳相隔再不能相见。清晰地记得她的音容笑貌，苏浅月忙起身去到案桌上铺开宣纸提笔，为记忆中的翠云画像。

一笔一画，她全神贯注。对于故交，还能有比这个更好的方式悼念吗？

晚上了，在素凌和翠屏的服侍下，苏浅月用灵芝玫瑰汤沐浴身体。

明天是除夕，大卫靖和十七年的最后一天，王府要举行晚宴庆祝新年，苏浅月是皇封的梅夫人，即便被降为庶夫人，还是有资格坐上座的。她希望用清爽干净、轻松愉悦的心情出席晚宴。

浴室中乳白的雾气在空气里飘散，苏浅月坐在浴水里，翠屏将带着玫瑰花瓣的浴水轻轻泼洒在苏浅月身上，灯光朦胧中，看着苏浅月洁白细腻的肌肤，翠屏唯有叹息："夫人，你的皮肤好到奴婢不知道怎么说好。"

苏浅月微微一笑。

一切都收拾停当，苏浅月令素凌和翠屏去歇息，不料容瑾到了。

苏浅月吃惊道："王爷，你……你怎么又来了？"

容瑾也很吃惊："怎么了，本王今晚不能来吗？"

除夕前夜，容瑾有许多事情要忙，还需要同王妃商议除夕的宴会以及过新年的各种事宜，再怎样都不该到她这里，苏浅月如何不意外？

容瑾的反问令苏浅月有短暂的失神，片刻后迟疑道："王爷明白月儿不是这个意思。今晚你有更重要的事情，有关除夕和新年的各种安排事宜，需要同王妃商议，还要向太妃禀报，如何有空到我这里。"

容瑾缓缓将一条手臂搭在苏浅月肩膀上："凡事都一样，为之，则难者亦易矣，不为，则易者亦难矣。本王刻意想要来你这里，自然能派出足够的时间。"

苏浅月内心一震，在她身上，容瑾当真如此用心？从她踏入王府，

218

不论旁人如何，容瑾对她始终如一，苏浅月心知肚明。这一刻，苏浅月有微微的感动："月儿知道王爷心意，只是怕影响了王爷。今晚不是普通时间，倘若王爷留在这里，就是月儿的罪过了，王爷看是不是？即便王爷再有心，也需要避开这个特殊的时间，省得旁人非议，有利于我们日后的长久，王爷你说呢？两情若是久长时，又岂在朝朝暮暮。"

苏浅月温柔地靠在容瑾的胸前，看到了他青色锦绣长袍领口处的蔷薇花，花儿绣制得栩栩如生呼之欲出。苏浅月不觉伸手去触摸，容瑾扬起了头，修长圆润的颈项上，浑圆光洁的喉头婉转滚动，男子的雄健和柔韧暴露无遗。

其实，他有太多的美好，苏浅月完全明白，倘若不是过往在心里有了阴影，她完全可以用全部身心接纳。

容瑾闭了闭眼睛，一点点将苏浅月纳入怀中，叹道："两情若是久长时，又岂在朝朝暮暮……本王都明白，只是舍不得离开你……其实，正如你所说，两情若是久长时，又岂在朝朝暮暮……"容瑾反复说着这句话，品味其中深意，最终道，"月儿的话不无道理，本王今晚不该在你这里留宿，因为你担心旁人非议。那么，本王还是走吧，毕竟明天是个特殊的日子，本王需要周旋得好些，也省得旁人对你虎视眈眈，更有利于我们的今后。"

听得容瑾说出这一番话来，苏浅月心中反倒翻涌起说不出的滋味，却晓得不能再和容瑾这般缠绵下去，轻巧地离开容瑾的怀抱，一脸的笑颜："王爷不怪月儿了，如此甚好。那么多的事情等着王爷，你还是快些走吧，不是月儿赶王爷走，而是王爷懂得的：两情若是久长时，又岂在朝朝暮暮。"

容瑾牵起苏浅月的手，深幽的眼眸中露出依依不舍："好，本王就按照月儿的话去做，你早点儿歇息。"

苏浅月点头："是，王爷。"

"那……本王走了。"容瑾走出一步后回眸，眼里是深深的不舍，口吻里满是眷恋。

"去吧，王爷，来日方长。"她望着他，点头，有鼓励也有安慰。

晨起，苏浅月只觉神情倦怠，浑身酸涩。素凌见到苏浅月蔫蔫的样子，着急道："小姐，你不舒服吗？"

一夜胡思乱想，岂能有好精神？苏浅月摇头："没有，只是没有睡好而已。帮我化妆吧，今日除夕，不需要有多艳丽，却绝不能萎靡不振。"

素凌叹了一口气："小姐，每年这个时候你总是去思虑很多事情，以至于影响到睡眠。如今，已经有了安逸的所在，又何必去想很多呢。这是我们来王府要迎接的第一个新年，希望小姐快快乐乐，也给明年一个好兆头。"

苏浅月点头："说得是。我只是不由自主就想到很多，今后不会了，你放心。"说着话努力给素凌一个微笑。

素凌这才欢喜："我知道小姐都明白。"说着素凌的脸上显露凝重，"老爷太妃的牌位供奉在我的卧房，我会给老爷夫人上香，小姐勿忧。"

往年，每到除夕苏浅月就把父母亲的牌位请出来，供奉在她的房间，让他们和她一起过新年。今年不同以往，苏浅月不敢提起，素凌却已经为她打理好了，苏浅月感激道："多谢你，素凌。"

素凌摇头："小姐怎么说这样的话，老爷和太妃的恩情我哪里敢忘，都是应该的。"

苏浅月怅然道："素凌，此时有你都不用我操心，等你嫁人了，我依靠哪个？"

素凌神情严肃道："看看，小姐总是说要赶我走的话。"

苏浅月伸手按了按素凌的手背："不是我赶你走，我哪里舍得你，只是不能把你的青春葬送在我手里。"

素凌红了脸："小姐，我们不说这些好吗？素凌哪儿也不去，就在小姐身边。"

不想让彼此心里难过，苏浅月微笑点点头："好。"

和父母在一起时的点点滴滴在脑海回放，心头涌动着说不出的难过，那么多次冲击着喉头几近哽咽，强自隐忍着，酸涩在口腔翻滚，最终没有流一滴眼泪。苏浅月明白，一旦流泪就会情绪失控再也收不住，会成什么样子？

这里是王府，一个不慎，那些盯着她的眼睛最擅长的就是无中生有、造谣诽谤，到时候她会百口莫辩。已经死了一个，再死就是她自己去死，目前她不想死。

收拾完毕，将翠屏支出去办事，苏浅月才对素凌言道："走，到你卧房。"

素凌谨慎地到外边看了看，才回答："好了，小姐。"

素凌房间的一个角落，恭敬摆放着苏浅月父母的灵位，苏浅月一见，再也忍不住眼里的泪水，她点上香烛，深深跪下去，磕头，悲伤充斥了整个胸腔。真想在父母面前大哭一场，与他们诉说委屈，却总是不能。

苏浅月唯有默默祷告：希望父母在天上安好。

那么多的话，唯有在心底诉说："父亲母亲，今年女儿不能和你们在一起过年了。"这句话出口，苏浅月愈加悲伤，几乎要失声痛哭。

身后跪着的素凌急忙拉苏浅月的衣角，低声道："小姐，不可……万一被旁人知晓……"

用力地憋住呼吸，终于将所有的难过都咽下去，苏浅月一点点恢复平静，又重重地给父母磕了头，这才起身。

"素凌，谢谢你帮我做这些。"苏浅月悲伤道。

"小姐，素凌做这一点点微末的事情都是应该的，何劳小姐一个

'谢'字。"素凌慌忙道。

她自然不懂苏浅月心底的悲伤有多重，不明白苏浅月的那些难言之隐。

苏浅月亦微微点头，走出素凌的卧房。

刚刚走回暖阁，就听见有人急匆匆进来，苏浅月回头一看，翠屏已经慌张地走近："夫人，刚刚有人来报，老王爷殡天了。"

突然一惊，心中一凉，苏浅月顿时打了个寒噤，老王爷……殡天？

"是吗？是吗？"苏浅月一时不知道怎样接受，唯有森森寒意袭击了全身。

倒是素凌提醒："小姐，既然如此，赶快出去收拾一番，到端阳院去吧。"

苏浅月醒悟过来："赶快给我换装。"

苏浅月身着一身白色素净的衣裳，发髻用发簪绾起，简单戴了一朵白色木芙蓉，她和素凌、翠屏匆匆走往端阳院。

走过亭台楼阁，一重重院子，一条条甬道，所有人来来往往都脚步匆忙，苏浅月的心沉沉下坠，老王爷真的故去了！原本就没人拿这种话和她开玩笑，但她还是此时才接受。

老王爷故去给整个王府带来忙乱和悲哀。

此时没有人记得今日是除夕，是旧年的最后一天，只知道老王爷死了！

从老王爷死去到出殡整整半月，一直到正月十六才算彻底结束。这段时间大家忙得团团乱转，苏浅月亦不晓得这半月多是怎么熬过来的。

期间萧天逸来吊唁老王爷，顺便到凌霄院见过苏浅月。苏浅月一直不能忘记萧天逸关切的眼神，还有他的话，"月儿，倘若你不想在王府，我随时接你走。"

随时。

有谁对谁的情感能重到随时？苏浅月明白萧天逸的懊悔，同时亦有难言的尴尬，往昔那么多时间都过去了，到现在来追悔，还有丝毫意义？

素凌见苏浅月愣愣坐着，以为苏浅月在担忧，亦忍不住忐忑道："小姐，是有什么事吗？"她一直害怕王府有人将老王爷去世和雪梅扯上关系，那样的话，势必会连累到小姐。

苏浅月一看素凌的眼神，想起在老王爷发丧期间，素凌说过害怕有人怀疑老王爷的死还是因为雪梅下药，余毒未消之故。苏浅月早明白了素凌的意思，摇头道："没事，你放心了。老王爷故去和雪梅无关，连累不到我身上，你放心。"

素凌这才松口气，温言道："如此我也不担心了。小姐，你劳累了这么多日子，都瘦了许多，还是歇息一会儿吧。"

苏浅月没有动，只软软道："将萧义兄带来的物品拿出来我看。"

素凌将一个很大的盒子取来，一边打开一边道："萧公子最放心不下的就是小姐的身体，希望小姐能好好保重自己。就为老王爷，小姐按照规矩做了很多，还有暗中照顾侧太妃，人忙得像旋风一样，就算是铁人也受不了了。"

素凌絮絮叨叨说着，苏浅月只看她拿出来的物品：人参、灵芝、银耳、何首乌……各种药材补品，一张桌子上堆得满满的。苏浅月苦笑："哥哥真是的，我们又不开中药铺。"

苏浅月突然冒出这么一句，素凌怔了怔，笑道："萧公子还不是担心小姐舍不得调理自己的身体吗，还有害怕我们这里的东西不够好——"说到这里忙住口，四下看看没人才松口气，言道，"小姐，这里真的没有自由，连说一句囫囵话都不敢。"

苏浅月点头："你能明白最好，祸从口出病从口入，切记。"

正说着，翠屏走了进来，小声道："夫人，老王爷的丧事刚刚完了，众人劳累还无暇顾及旁的，奴婢出去碰到红梅了，她想找机会来看夫人，夫人是不是见她？"

在端阳院时，苏浅月数次碰到红梅，因为有太多人在场不方便说话，每一次红梅只是规规矩矩行礼，不过苏浅月看得出来红梅欲言又止的眼神，只是一直没有机会单独找她说话，翠屏提起，苏浅月忙道："见，让她进来。"

翠屏答道："是，奴婢这就去找她进来。"言毕急匆匆出去。

素凌见翠屏走远，回头道："小姐，当初红梅是自愿离开的。"

她那样决绝自愿离去，还假惺惺回来看望，素凌微有不满。

苏浅月一叹："我知道，不过红梅不是没有心机的女子，她走也是万不得已，并非无情，因为总要有人离开，她不走……难不成要你走呀？"

素凌不服："固然是这样，但她走得那样利索，到底是什么意思？"

苏浅月摇头："她更懂得的，你是我自己身边的人，自然不会走，剩了翠屏和她，翠屏掌管院子里的一些事务，难不成让翠屏离开吗？你误会她了。"

素凌怔怔看着苏浅月，最终叹了口气。

翠屏带着红梅匆匆走进来。红梅一见苏浅月急忙跪下："奴婢给夫人请安，夫人吉祥如意。"红梅有些哽咽，身体轻微地颤抖。

比起之前，红梅也瘦了许多。

苏浅月心里一片酸涩，放下手里的茶盏，柔声道："红梅，起来说话。"

"多谢夫人。"

红梅起身，苏浅月看到她眸中一层厚厚的眼泪，心中亦难过："你在那边，过得开心吗？"

红梅急忙点头："烦劳夫人惦记，奴婢也算好吧。若说开心，在凌霄院服侍夫人那段时光是奴婢最开心的日子。"

苏浅月微微摇头，心中酸涩。

红梅看着苏浅月，鼓足了勇气道："奴婢离开夫人是另有用意，不知道夫人能否理解奴婢。"

苏浅月微笑："我明白。只要你在那边过得开心，我亦不再惦记你了。"

红梅抬手拭去眼角的泪，说："那时雪梅死了，奴婢心中难过却无法可想。没料到还连累到夫人，奴婢就想为夫人做点儿什么，亦只有离开夫人才更方便行事。总算是天不负人，前几天奴婢听到了一些话，是关于雪梅的。"

"是什么？"苏浅月顿时紧张，将所有的注意力集中到红梅身上。

她没有看错人，红梅果然有心，只希望红梅的消息有用。

红梅看到苏浅月殷切的目光，胸中舒缓许多，言道："那一日晚上，奴婢从外边回端阳院，路上恰好碰上崔管事带着一个下人外出……"

那晚没有月亮，红梅没有拿灯笼，只摸黑往回走，迎面看到有人提了灯笼过来，说话的声音极小，红梅忙躲到一边，看清楚是分管王府事宜的崔管事和一个仆人。

他们两人没有注意到还有旁人在，嘀嘀咕咕说了几句，忽然都笑了起来。正走过红梅藏身处时，那仆人对崔管事献媚道："给潘大夫办事自有好处，崔管家高升的时候不要忘了提携奴才一把。"

崔管事哈哈笑道："当然，若不是有你这般得力，雪梅的事情也不会弄得这般干净利索。"

仆人道："当然是崔管事计谋高明，如今老王爷故去，都以为老王爷故去是她下药所引起，说不定梅夫人会更倒霉。哈哈……恭喜崔管家，您就等着高升吧！"

崔管家得意道："还不是机会合适？又有潘大夫调理……"

他们边说边远去，红梅不敢追去，只得回去。

眼前浮现当时情景，红梅接着道："他们的话让奴婢想到雪梅之死定和崔管家、潘大夫有关。还有老王爷故去之事，此时众人都因忙碌老王爷的事宜无暇顾及夫人，待到过得几日，奴婢只怕会有人拿夫人生事，请夫人早做打算。"

苏浅月暗自心惊，果然是有人暗中谋害。好在有红梅提供了重要信息，有了目标查下去就不难了。

心中愤恨，捏得紧紧的手不觉中用力，长长指甲陷入掌心是锥心的疼痛，不过，比起精神上的疼痛就微不足道了。凝望窗户上喜气洋洋的窗花，苏浅月心中无一点儿喜气，她狠狠道："红梅你放心，雪梅的这个仇，我会为她报。"

红梅跪下，泣道："雪梅和奴婢一向姐妹情深，看到雪梅冤死，奴婢怎能不难过。相信夫人定能将凶手揪出来为雪梅洗清冤枉，奴婢亦安心了。多谢夫人。"

苏浅月肃然道："快起来，要说谢谢，还是该我谢谢你。这么久我没有查到蛛丝马迹亦是着急，今日没有你提供重要信息，我不知道还要费多少周折。你放心，我会思虑打算的。"

红梅起身施礼："奴婢只希望能洗清雪梅的冤枉，亦不要再连累夫人受害了。"

苏浅月竭力平静，许久才说道："红梅，此事重大你万万不可走漏风声，人命关天我们也不可以草率。老王爷故去，既然有人要怀疑起因还是雪梅，势必会给我加一个罪名。需要我们提前准备了。"

红梅回道："奴婢明白。"

苏浅月嘱咐道："你在端阳院一切留神，若有旁人提及雪梅，一定要小心应付。重要的事情随时告知于我，倘若不方便，就找翠屏。"

红梅恭敬道："是，夫人。"

看红梅这般的聪明伶俐，苏浅月亦放心，叹息道："想得知更多内幕，亦只有依靠你，让你受委屈了，红梅。他日真相大白，倘若你愿意回来，我欢迎。"

红梅顿时笑了："多谢夫人，奴婢迟早会回来。"

苏浅月点头："你不宜在此久留，免得给人察觉，早点儿回去。倘若你有心，如有机会我会叫你回来。"

红梅施礼："多谢夫人。夫人保重身体，奴婢先去了。"

望着红梅离去的背影，苏浅月思索着她的话想着对策，素凌已经急急道："小姐，我们还是快一点儿想出法子来，不然有人借题发挥，又要小姐横担罪名，如何是好。"

翠屏也急巴巴道："是啊，夫人，这些人太阴险了，我们早点儿想对策。"

苏浅月收回目光，坦然道："如今红梅为我们提供了如此重要的线索，我们再坐以待毙就太不堪了。无妨，你们都不用担心，一时无人敢怎样我。"

素凌还是焦急道："那帮人如狼似虎，只怕我们没有查清楚真相之前又再一次找麻烦。红梅提供的线索虽然重要却那样简单，我们手里没有任何真凭实据，如何尽快把真正的幕后凶手找到呢？"

苏浅月再次拿起面前的茶盏喝了口茶，道："曾经有一次给老王爷问安，恰好有王妃在，又赶上太医为老王爷诊治，我有过当着太医的面证实老王爷的病并非因为吃了不该吃的东西，那时太妃等都在，王妃是知道的，如今她再赶来派我一个罪名……来之前她不能不细细考量。"

翠屏松口气："夫人有把握最好了。只是红梅的话空口无凭，我们能查得下去吗？"

苏浅月掷地有声："能！只要有方向，我们一定能。"

尽管劳累到筋疲力尽，苏浅月还是强打精神对翠屏道："你去外边把王良唤进来。"

"是。"翠屏答应着，转身去了。

一盏茶的工夫，王良就到了，苏浅月看着恭敬站立的王良道："这院子里的事情我从来不曾隐瞒你，是因为我绝对信任你，你明白吗？"

王良忙道："多谢夫人的信任，奴才明白。夫人有何吩咐只管直言，奴才绝不懈怠。"

苏浅月点头，一点点放慢说话的速度："方才红梅过来，告诉了我一个消息，是关于雪梅之死的线索。"

王良猛然抬起头来："啊？"

苏浅月将红梅之言转告给他，又道："此事有些复杂，我们没有一点儿真凭实据，所以哪怕明明知道实情也不可以乱来。唯一的办法，是从崔管事身上打开缺口，你明白吗？"目光深沉，苏浅月期待地看着王良。

王良的浓眉一点点皱起来，思索良久，躬身施礼道："奴才明白了，夫人只管放心，奴才告退。"

"慢着。"苏浅月示意素凌去取了两个金元宝过来交到王良手上，然后道："见机行事，你去吧。有任何消息，随时报于我知道。"

"是，夫人。"

房内只余苏浅月和素凌翠屏三个人了，苏浅月终于放松下来，整个人顿时虚脱般没有了一点儿力气，虚弱道："素凌，扶我到床上歇息。"

身心放松，苏浅月踏实地睡了一觉，醒来后顿觉神清气爽。素凌看到苏浅月醒来，笑道："小姐这一觉睡得踏实。"

苏浅月伸展了一下双臂："是，都感觉身轻如燕了呢！"

翠屏端了一碗白粥进来，笑道："舞蹈太费力了，夫人还是等精神全部恢复吧。"

老王爷故去，所有的庆贺庆祝全部取消，苏浅月自然不担心容瑾逼她到皇宫献艺，亦不着急练习舞蹈，于是宁和一笑："安分守己的好，还舞蹈什么。"

接过翠屏送过来的粥吃了，更觉精神百倍，看看时光还早，苏浅月又道："老王爷刚刚故去，侧太妃还沉浸在难过中，王爷要我们多多照看侧太妃，不如此时我去看看她。"

素凌阻拦道："小姐，毕竟天色不早你又劳累，还是明天去吧。"

苏浅月摇头："今日和明日自有不同，我还是去一趟。翠屏，你随我去。"

"是，夫人。"

端阳院福宁堂，一直是老王爷的住所，尤其是他生病后，几乎没有出去过，与他相依相伴的是侧太妃。此时老王爷居住过的暖阁中，静的像从来没有人来过，侧太妃一个人端坐，好像房间里毫无声息的一件器具。唯有她的内心，如平静海面下的狂涛。

老王爷在的时候，她感恩老王爷对她的情意，一心一意服侍老王爷，哪怕他不会动，亦是她全部的寄托，如今老王爷没了，她只剩一个空空的躯壳。

老王爷故去，她在王府还有何价值？还原她丫鬟的本分？太可笑，没人愿意用一个老妪做丫鬟，她连服侍太妃的资格都没有了。服侍太妃？那是遥远的过去，太妃和她，再也回不到过去了。

青春年华时，她是太妃的丫鬟，那时太妃还是高贵的郡主，她是聪明的丫鬟，她们的主仆情意深厚。可年华如流水，过去在今天就像没有存在过一样。

这么多年来，卑微的屈辱，逆来顺受的忍耐，都是为了儿子容瑾，倘若容瑾得知老王爷和她隐瞒了几十年的秘密，还拿她当作亲生母亲对待吗？想到"秘密"二字，她激灵灵打了个寒噤，老王爷至死都没有言及秘密的一个字，或许老王爷不愿意让容瑾知道，毕竟……于老王爷而言不是光彩的事情，可她若带着秘密进棺材，对得起容瑾吗？

翠屏急匆匆挑帘进来，侧太妃猝不及防，不觉怒道："没规矩的东西，不是吩咐了不准来打扰我吗？"说着将眼角一滴混浊的泪水拭去。

翠屏慌忙施礼，难过道："侧太妃息怒，奴婢该死。可是您在这里已经很久了，奴婢怎么放心得下……萧庶夫人来问安，侧太妃还是见一见吧。"

老王爷丧事完毕，侧太妃明显地苍老下去，翠屏真正心酸难过，她不知道怎么劝慰，正好苏浅月前来，她怎肯不回禀。

听说是苏浅月前来，侧太妃不再抗拒，言道："让她到这里来。"

丫鬟殷勤恭敬地打起了帘子，苏浅月一眼望见了枯坐的侧太妃，再一转眼看到了空空的床榻，顿时觉得鼻中一酸，侧太妃的孤寂难过她理解。

"侧太妃……"

苏浅月的礼行了一半就被侧太妃制止："玥儿，难得你这个时候还来看望老身，快坐下吧。"

苏浅月坐在侧太妃身旁，一时也不知道怎么劝说才好，许久了才道："侧太妃，老王爷得你照顾多年，没有什么遗憾了，倘若老王爷地下有知，你难过老王爷亦会难过的。玥儿还是希望你保重身体。"

侧太妃凄凉一笑："死了就是死了，有什么知的呀。"言毕，将目光望向床榻上，却是空空的一片，她的目光顿时茫然起来。

多少年了，她踏进来的第一眼就是向床榻上看，已经习惯。如今，床榻上的那个人再也不见了。

苏浅月急忙道："无论如何，您还是顺其自然，自己的身体要紧，不然王爷亦跟着难过。"苏浅月只想用这样的话来提醒侧太妃，希望她明白。

王爷，容瑾。

那个秘密突然蹿到了脑海，容瑾是把她当成生母，即便他不能做到的，也托付他最宠爱的女子来照顾。看一眼苏浅月，侧太妃无声地点点头："烦劳你不停地看望我照顾我，我却没有丝毫帮到你。"

苏浅月摇头："不，侧太妃对玥儿诸多关爱，玥儿心知肚明。"

侧太妃亦摇头："没有，老身亦是亏欠你的，老王爷身体有病是许久的事，即便突然不好又哪里是你的过错，却连累你成了庶夫人。可惜老身人微言轻，帮不上你。"

庶夫人不过是一个没有名分的妾罢了，死后都不能享受容家祠堂的香火，侧太妃如何不知道。她只是不明白苏浅月是真的不在意还是什么。

苏浅月一愣，原来侧太妃明明白白知道她是冤枉的？不觉动容道："玥儿原本无辜，还连累雪梅送了性命。如今老王爷故去，玥儿真怕再有人兴风作浪，说出老王爷故去还是因为雪梅下药之故，亦不知道如何应对了。"

侧太妃突然叹口气，言道："玥儿，老身的身世只怕瑾儿与你说过，在王府，老身的话是不作数的。只是这一次，你记住，倘若再有人用老王爷之死找你麻烦，说三道四欺负你，你就来告诉老身。"

苏浅月连连摇手："不，玥儿不能孝顺您也就够了，还怎么能连累您。"

侧太妃森然一笑："你是好心反惹麻烦。倘若再有人说老王爷之死还是因为喝了雪梅送来的汤，老身就说是老身下药想害死老王爷，因为老身不想再服侍他，看旁人还说什么！"

苏浅月吃惊地望着侧太妃，许久说不出话来。

从端阳院回来，苏浅月一直无法平静，侧太妃为什么要那样护着她，就因为她是容瑾最喜欢的女子？想了又想都想不透，不过有侧太妃这一层保障，她可以有时间去查害死雪梅的幕后凶手了。

素色的蜡烛在烛台上冉冉晃动，灯光如被蒙了一层轻薄的纱，房间里都是朦胧和神秘，满是玄机一样。

苏浅月对素凌和翠屏道："你们都劳累许多天了，今晚你们早点儿去睡。"

素凌不放心道："小姐，你也早点儿歇息。"

苏浅月点点头，独自静静坐在椅子上，面对半个月以来最安静的一个晚上，回想红梅的话，侧太妃的话。

不论怎样，她是该加紧去查雪梅之死的幕后者了。只是不晓得王良什么时候才可以给她回话，一旦王良那里有了进展，接下来就有了眉目。

想及此事，苏浅月又神思烦乱，还有极度难忍的悲哀，起身走出暖阁来到外间临窗的琴案前坐下，拨响了琴弦："夜深深，茶已冷，难收思绪乱纷纷，风不止一叶难平静。事不平，心怎宁，揪开记忆数埃尘，伤痕太重伤痛历历在目。怜我有限身，等闲复残梦，浮萍随波飘零。依赖何处念远空，难辞黑夜目不明……"

琴声幽幽，歌声幽幽，如泣如诉，在夜色里愈发悲凉，灯光随着愈加孤寂冷清。

苏浅月止了琴声，觉得眼中有一颗珠泪顺着面颊滑落，十分冰凉，于是抬手轻轻拂拭，恍惚间觉得身旁有人，猛然抬头见身旁站立一人。

"王爷。"苏浅月惊呼。容瑾何时走进来她竟然毫无察觉。

容瑾叹了口气，一只手轻轻抚上了苏浅月的肩膀："月儿，都是本王不好，没有实现诺言，累你受苦。"

苏浅月忙起身施礼："不不，王爷言重了，你对待月儿已经是千好万好，是月儿自己没福气才多出许多是非来。"

半个多月，容瑾瘦了许多，眉眼间有淡淡的倦容，目光亦没有了往昔的灼灼神采，长发只用了一条白色的锦带束起，飘散在后背，白衣穿在他身上，略有空荡。

见他如此，苏浅月微微心痛，不觉又轻声一唤："王爷……"伸了手去碰触他清瘦的面颊，"这段日子王爷劳累，该好好歇息，如何这么晚了还来看望月儿，倒叫月儿惭愧。"

容瑾反握了她的手在他的面颊上抚摩："本王是该好好歇息，亦需要一个人好好静一静。今晚本来在书房歇息，躺下后却想起月儿，觉得不放心就来了，果然是你又在悲伤。你能不能不要苛责自己，本王亦能安心歇息。"

苏浅月心里生出歉意："都是月儿不好让王爷挂怀，月儿听话好好歇息不再难过。王爷你……也去好好歇息，可以吗？"苏浅月害怕容瑾又要留在她这里，急忙温言软语道，虽是商量的口吻，却暗含坚韧的劝说，希望容瑾离开她这里赶快去歇息。

容瑾将苏浅月的手放在唇边亲吻："你会听话吗？"

苏浅月忙点头："会，不仅仅是为了自己，还为了王爷。月儿不能再让王爷挂怀不安了。"

"好。"

抱抱她，容瑾松了苏浅月的手，慢慢离去。

苏浅月呆呆站立许久，望着容瑾消失的地方，觉得他依然存在般，周身有他遗留的体温，还有他温软的话恍若就在耳边。

三更了，该歇息了，苏浅月拖了沉重的脚步回了暖阁上床。

素凌哪里敢踏实去睡，在苏浅月上床以后没有多久，她就突然醒来，头脑瞬间清醒后再无睡意，又在床上辗转一会儿，终究放不下苏浅月，于是穿了衣裳走往苏浅月的暖阁。

许久没有人剪去烛花，因为老王爷过世燃起的烛火愈加昏暗，素凌害怕惊扰到苏浅月，蹑手蹑脚地走往苏浅月的床榻前，

刚刚近前，就听得苏浅月口中含糊呓语，似乎喊着"救命，救命……"

素凌仔细一看顿时明白苏浅月是陷入了梦魇，慌忙摇晃呼唤："小姐，小姐醒醒。"

"啊……"

仿佛被人从遥远的地方唤回，苏浅月一点点睁开眼睛，眼前是素凌惊慌担忧的眼神，哪里有父母的影子？顿时明白过来，她做梦了。

"素凌，我梦到了父亲母亲。"

听得苏浅月嘶哑的声音，素凌慌忙将备好的茶水端来："小姐，先喝口茶润润喉咙再说。"

苏浅月感觉到喉咙里火辣辣的疼痛，难怪声音嘶哑，忙将手肘支

撑在枕头上将素凌手里的茶喝下，言道："我梦到了自己小时候，在母亲怀里撒娇，突然房内起了大火，我清楚地看到父母在火海里挣扎却无能为力，我想喊人来救……"

想起可怖的火海，苏浅月心有余悸，不觉浑身颤抖。

素凌拍着苏浅月："小姐是日有所思夜有所梦，都过去了，不怕。"

苏浅月弱弱问了一句："什么时辰了？"

素凌道："四更多，快五更了。"

原来快天亮了，天亮以后，她如何做？这一阵忙碌结束，接下来的忙碌会更叫人头痛。

"天都要亮了……"苏浅月一面言语一面想要坐起来，谁知道刚刚坐起来顿时一阵头晕目眩，急忙躺下去。

"小姐，你怎么了？"素凌惊呼一声，脸色都变了。

"没事，起得有些猛，头晕，一会儿我缓缓再起床。"喉咙还是干痒得疼痛，害怕素凌担心，苏浅月没有说出来，只是用手拉住素凌的手，让她坐在床上。

素凌的手那样凉，手心还有黏腻的汗水，可见吓得不轻，苏浅月用力摇了摇她的手，笑道："我没事，你怕什么。"

素凌这才松了口气，担心道："我真怕你劳累得又病了。"

还真是被素凌说准了，苏浅月起床以后才发觉踩在地上的双脚毫无力气，如同踩在棉花上一样，且浑身酸痛。翠屏一见苏浅月脸色不好，也急了："夫人，你是不舒服了吗？"

苏浅月扶了扶额头："有点儿。"

翠屏忙道："奴婢去请大夫来。"说着又迟疑了，"请哪一个呢？"王府中最信任的就是潘大夫了，如今她们却已经和他势同水火。

苏浅月道："就请潘大夫来。"

正好素凌走进来听见，急忙道："小姐，还嫌弃他害我们不够吗？

如此心肠歹毒的人，如何配当大夫，不行！"

苏浅月略略笑笑："他现在还不至于明目张胆要害我性命，先稳住他，这一次是我们再暗处他在明处了，且看他如何做。底下的事，自有人去做。"

中午的时候，潘大夫来了。

因为苏浅月病重，所以翠屏带他直接来到暖阁。潘大夫一见床榻上虚弱的苏浅月忙施礼道："小人给梅夫人请安。"

还好，他没有称她为庶夫人而是梅夫人，苏浅月不动神色，只无力道："潘大夫请起，有劳你了。"

潘大夫忙道："夫人说哪里话，能够为您效劳，小人求之不得。"

潘大夫依旧是恭顺的态度，可苏浅月感觉到那种虚假和做作令她恶心，只极力忍着。

素凌走近，把一方锦帕拿起来，苏浅月伸出手腕，让素凌把那方锦帕覆盖，潘大夫又施了一礼，方才恭恭敬敬地伸手，很准确地扣上了苏浅月的脉搏。

苏浅月定了心神，她知道身体上的所有症状都在经脉中显示，小小的脉搏跳动，快慢急缓都代表了她身体的真正状况。

眼角的余光扫视潘大夫，见到他的神情全部集中在脉搏上，苏浅月看得出他是用心的，暗暗叹息，他对病人倒是负责。不由想到：凭他的医术，若是人品端正，应该是德高望重，值得众人尊重。

可惜了……

潘大夫的手指离开苏浅月的手腕，言道："梅夫人此次的症状要比上次严重，不仅仅是受了风寒，还有忧思过度，引起了内息紊乱，不过不必担忧，小人保证两剂药就能够让夫人恢复健康。待小人出去开具药方。"

"有劳潘大夫，多谢。"苏浅月相信他的话，也相信潘大夫不会明目张胆用药害死她，用眼神示意素凌也跟着出去。

看着他们一起走出去，苏浅月独坐在床上，头脑中昏昏沉沉，不用潘大夫多说，她亦知道这一次病得要严重许多，因为身体的反应在这里放着，但不知道潘大夫为她用什么药？

没过多久，翠屏拿了方子和素凌一起走了进来，道："夫人，现在就着人外出取药，可好？"

苏浅月伸手："把药方拿过来，我看。"

虽然她粗粗知道一些药理的知识，毕竟不是专业大夫，看不出药方是不是对症。不过她可以肯定，所用的药材中没有毒药。正要把药方还给翠屏，突然想起萧天逸带来的那一大包药材，于是吩咐道："去把哥哥带的药材取过来，其中有的我们就无须再买，只买没有的。"

"是，夫人。"

翠屏离去，素凌轻轻问道："小姐，这药方可对症？"

苏浅月摇头："我也不懂，不过信他吧。"

翠屏将药材取来，苏浅月看着药方从中细细寻找，发现萧天逸带来的药材还真够齐全，除了一味藏红花没有之外，其余的全部有。苏浅月苦笑着摇头：哥哥，为何你这样细心对我？亲自动手一样一样将药材挑选出来，又命翠屏拿过来称了药量，自己配好，这才做罢。

不过短缺一味藏红花，是不是需要出去买？藏红花有增强体质，养颜美肤，解郁安神，调节内分泌和养血等功效，是一味上好的药材，只是不明白和许多药材混合在一起又有什么效果。

看苏浅月茫然沉吟，素凌忙道："小姐，哪里不对？"

"没有不对，是缺了一味藏红花。"

"若是重要，我们出去买来。"

"我去买。"翠屏看着素凌道。

"还是我去买。"素凌毅然道。

两副药吃下去，苏浅月好了许多。这天午睡起来后，欣慰地对素凌道："潘大夫用心了，我好了许多。"

翠屏端了一碗白粥进来："夫人的气色不错，奴婢熬了一些白粥，请夫人用一点儿。"

苏浅月下床坐到案旁的椅子上，接过粥碗道："好，这粥就很好，我正好感觉饿了呢，就吃这粥，若是有想吃的东西了，再告诉你。"

这几天容瑾因为守孝没有上朝，时不时过来看望苏浅月，苏浅月担心被容瑾撞上，亦没有招王良来过问所查之事的进展，身体好了心中难免焦急。

这一日晚上，容瑾没有来，素凌悄悄道："小姐，白日王良向我询问小姐的身体状况，我想他是有话要回小姐。"

苏浅月忙道："你可曾问他事情办理到什么程度？"

素凌摇头："他没说，大概是害怕走漏风声，想亲自回禀小姐。"

苏浅月沉思了一会儿，道："等他问我的身体时，你就说大好了，旁的不用多言。"

素凌道："是，小姐。"

又过了两天，苏浅月的身体完全恢复，翠屏笑道："夫人全好了，天气也暖和不少，给夫人换一身清爽的服饰算是祝贺吧。"

因为老王爷故去，众人还在守孝期间，即便是鲜艳的衣裳，无非还是素色上带一些白花罢了。苏浅月亦不想让她们跟着心情郁闷，于是笑道："好，就依你们。"

就这样，苏浅月着了一身杏子黄长衣，上面有银线绣制的素白团花，逶迤长发梳成一个端庄的倭髻，用一根纯银的双环板扣发簪固了发型，发间有素白珠花做了点缀。这样的她，更是娇俏可人，优雅而飘逸。

素凌笑道："小姐无论怎样穿戴都是美丽的。"

苏浅月叹息："感觉老了。"

翠屏一双眼睛盯在苏浅月脸上，道："夫人天生丽质，和进王府的时候一模一样年轻，哪里老了呢！"

光阴似淡烟，似流水，划过后没有痕迹，仿佛不曾有过，然而人的身体经过岁月的洗礼怎么会没有刻痕？任凭绝代风华，也有繁华落尽的时刻。

苏浅月从菱花镜里虽没有发现她老了多少，但那份沉着稳重显而易见，这一份沉静，就是岁月流过的痕迹。

苏浅月又一叹："谁能不老？"

翠屏忙道："夫人和进入王府的时候一模一样，美丽不曾改变，模样不曾改变……"

"呵，今日怎么这般热闹，好叫人羡慕，冒昧的到来，不会打扰了各位的兴致吧？"

一个愉悦的声音打断了翠屏的话，苏浅月扭头看去，是张芳华带了红妆走进来。苏浅月忙起身喜悦道："张姐姐来了。"

"来看看萧妹妹身体好了没有，今日精神不错，应该是没事了。"张芳华对苏浅月左右端详，一脸喜色，"人好看了怎样都好看，萧妹妹怎样装束都美若天仙呢。"

"张姐姐来看我是哄我开心的，怎么又取笑了。"苏浅月红了脸。

天气虽有寒气，到底是春季了，张芳华褪去臃肿的斗篷，着一身春天的装束，一身翠色的衣衫，身披浅翠色水烟薄纱，纤腰盈盈不足一握，身段玲珑有致，诱人倾倒。如云青丝挽精致的云髻，插一只白玉珊瑚发簪，摇曳多姿，流光溢彩。

"姐姐才是绝色的佳人，清雅绝尘的模样任谁看了都难以忘怀。王爷说起姐姐的时候，亦是赞不绝口的。"苏浅月真心赞美，拉张芳华进暖阁一起坐了。

听苏浅月提起容瑾，张芳华心里一阵起伏，他会真赞她？又暗中叹息，随便他了，只不动声色道："这一阵子你身体欠佳，一直都在屋子里，连一丝新鲜空气也不曾呼吸过。今日天气晴好，虽然没有多少春意的温暖，却也不冷了，不如我们一起出去透透气，可好？"

苏浅月也的确是闷了许久，细数一下，竟然是十多天，正月都要过完了呢。她欣然应允："我也正有此意呢，和张姐姐一起出去最好不过。"

留了素凌，苏浅月带着翠屏和张芳华偕同红妆出门，步入琼苔园。

还不是春花阑珊的时节，树木的枝条虽活泛发翠亦没有绿意盎然，空气中虽微有清冽，却也春风拂面醉心胸了。

苏浅月走入了那片梅林，梅花已经凋零，地上是凌乱的梅瓣，任人践踏或随风飘零，让她黯然神伤。"零落成泥碾作尘，唯有香如故"，想到这一句，苏浅月心里稍微好受一些，就因为梅花的品质永存。

"谁道无情冷似霜，独对落红祭残香。春风不解佳人意，日暖却若幽恨长。"

突然听得人声，那份熟悉灌入耳中，苏浅月已经知道是容熙，"漠然冷对凄凉景，谁识多情似无情？拂袖映香落落空，隔岸犹有解语人。"暗和一首，装作没有听到想要走开。

"梅夫人留步。"

苏浅月明白走不掉了，只得转身，佯做刚刚看到他："原来是二公子，打扰了你的雅兴实在对不起，我这就离开。"

容熙横着阻拦："月儿，这里没有旁人，我们就不能随随便便地说几句话吗？"

苏浅月正色道："无论有人和没人，都是一样。你是你，我是我，只是我如今是庶夫人，并不是二公子口中的梅夫人。"

容熙眼见恳求不起作用，难过道："你又何必如此？"

"若是没事，这就告辞。"倘若给人看到指不定会生出多少是非，苏浅月明明知道自己已经身在漩涡中了，实在不想再多事。

容熙急切道："听说月儿病了许久，可好些了？"

他这样的问话让苏浅月不能不回答："好了，谢谢二公子问候。"

"萧妹妹，原来你在此处，让人好找。"

急促的说话声在背后响起，是张芳华的声音，苏浅月转身，见张芳华走得急，身上佩环摇摆，衣裙飘风，摇曳的风姿着实迷人。

"原来妹妹在此和二公子相遇，我生怕萧妹妹有个什么闪失呢，你的身体还没有完全康复。"走得急了，张芳华微微喘息。

苏浅月忙道："想来看看梅花，和二公子不期相遇，让张姐姐着急，是妹妹的不是了。"

"看来今日小弟出来的正是时候，得遇两位嫂嫂。"容熙看着张芳华笑道，"梅夫人为雪梅的死耿耿于怀来看梅花，张夫人怎么也来了。"

听容熙说起雪梅，张芳华忙道："我们说正经的，老王爷故去到底是不是和雪梅下药有关系，二公子是如何看待的？"

苏浅月没料到张芳华如此直白问出口来，紧张地看着容熙。

容熙动容，微有悲伤："不论怎样，老王爷是我父亲，我恨害他的人。至于是不是雪梅做了手脚，我亦是持怀疑态度。没有认定就是雪梅。牵扯了梅夫人，也是我不愿意的。"

张芳华怅然道："为什么许多事情要成为疑案？"

容熙突然一笑："就因为王兄身边的女子太多了。"

他这一句含义够深，张芳华长叹一声："二公子，唯有你智慧之言叫我心服口服。"

女子太多？

一句话刺激到苏浅月，也伤害到苏浅月，是太多！多到她多余！

王府中诸多的狠厉不就是因为女子太多的缘故吗？倘若一夫一妻何至于如此？一想到这个，苏浅月心中刺痛：进府时被轻蔑，庆祝宴上险些丧命，被人用计来诬陷，真不如跟萧天逸一走了之。

回到凌霄院，苏浅月再也不能安宁，端起素凌捧上的茶一口气喝完，将茶盏顿在桌案上，扭头对翠屏沉声道："去把王良唤来。"

翠屏忙恭敬道："是。"

翠屏急匆匆出去，素凌连忙小心问道："小姐，出什么事了？"

苏浅月扬了扬头，房间里的阳光经过窗纸过滤，已经没有了强烈的明亮刺眼，清淡柔和的样子叫人心头松弛，苏浅月却明白这样的阳光已经没有了真实，就如同人戴了面具失了本真。任何事，遮掩和真实终究是不一样，想得到真实必须揭掉它的面具。

凝视着从雕花长窗上漏进来的阳光，苏浅月只是莫名其妙说了一句："王府中的女子太多了，才生事。"

王良面上有释然的欣慰，见到苏浅月施礼道："奴才给夫人问安，夫人贵体可大好了？"

苏浅月点头："已经无碍。这段时间，事情可有眉目？"

王良欣然答道："是，夫人。奴才查清了跟随崔管家的下人魏鑫，是他协同崔管家审查的关于老王爷被人下药一事。查得魏鑫的家在郊外，家中有妻儿父母，奴才故意用他父母妻儿的性命威胁他才逼迫他说了实话：老王爷被人下药一事不过是潘大夫刻意渲染蒙蔽旁人，加上他在王府中的威望，便有许多人信以为真。那晚被抓去的老王爷身边的人，实际上是陪衬，真正要拿的人是我们凌霄院的，无论哪一个，只要能连累到夫人身上就好，换句话说，就是针对夫人您的。"

随着王良的叙述，苏浅月心中的凉意和悲痛愈烈，果然不出所料，雪梅就是因她而死，不觉恨声道："如此恶毒用心，可惜了雪梅性命。"

王良忙道："至于雪梅为什么而死，就只有崔管事心中明白。奴才掌管凌霄院的事宜，没有权限拿得住崔管事，请夫人定夺。"

一旦得知真相，苏浅月心中十分悲痛，脑海中混乱，一时没有良策对待，于是对王良道："好，你且下去，容我想想。"

王良躬身施礼道："是，夫人。"

王良出去，翠屏急道："夫人，既然我们知道是崔管事所为，如今又有人证，为何不把崔管事拘来审问？"

苏浅月道："我虽是庶夫人了，但皇后亲封的梅夫人的地位还在，把崔管事拿来查问不难，但毕竟隔着王妃，她才是王府诸事的管理者，越过她私自拿人，不就显得对她不尊重了吗，影响我们日后的相处，更影响我自己的声誉。还有万一崔管事狡猾抵赖，就如同雪梅一样来个死无对证，我成什么人了。"没有十分的把握，苏浅月不想贸然下手。

素凌也着急道："不如把魏鑫的妻子拘来作为人质，就不怕他反口，这样崔管事就难以逃脱了。"

苏浅月摇头："这样也不可。还是翠屏到端阳院见过红梅，告知红梅设法让雪梅的姐姐来一趟，问一些雪梅的情况。"

翠屏急不可待："奴婢这就去。"

翠屏急匆匆出去，素凌担心道："小姐，能从雪梅的姐姐口中问出什么呢？"

苏浅月叹息："我也不知道她们姐妹关系如何，平日里对对方的情况了解多少。不过雪梅被关入柴房时，作为姐姐不可能不闻不问，她得知一些实情亦有可能。"

雪梅的姐姐雪兰来到凌霄院时，已经夕阳西下，殷红的晚霞染红了半个天空。房内的窗户关好，房中的光线如同隔了一层纱，朦胧柔和，有着神秘的美好。苏浅月却感觉到一种难以名状的无力感，万一她提供不出任何线索呢？

翠屏轻手轻脚走到苏浅月面前："夫人，雪梅的姐姐雪兰来了。"

哦，原来雪梅的姐姐叫雪兰，苏浅月点头道："好，叫她进来见我。"

片刻后，苏浅月面前出现一个眉眼和雪梅有几分相似的女子，不同的是两个人的姿态，雪梅趋于刚强伶俐的类型，雪兰是一种百依百顺的柔弱和隐忍。

一见苏浅月，雪兰急忙规规矩矩跪在地上："奴婢给梅夫人请安，夫人吉祥如意。"

无论怎样，雪兰都是雪梅的亲姐姐，望着雪兰苏浅月只想雪兰的身上能多几分雪梅的影子，不由心中难过，对雪兰平和道："起来回话。"

"多谢夫人。"在一个陌生的地方，面对死去妹妹的旧主，雪兰心中沉痛，默然低了头起来恭敬地站立着。

苏浅月看着雪兰，温和道："叫你来，是想了解下雪梅当时的情形，好为雪梅洗清冤枉，你知道多少都说出来，不必害怕。"

雪兰施礼道："多谢夫人。"说着拭泪，"那时被关的人还有奴婢，只是各自被关在不同的地方，彼此都不知道对方。崔管事第一次询问的时候，放出了许多人，余下被关的人里面有奴婢。奴婢得知妹妹也在是第二次被审问的时候，那是午后临近黄昏的时候。奴婢给单独带到霜寒院的一个审讯室里……"

眼见雪兰眼里的泪雾越来越厚，终于承受不住掉了出来，苏浅月心中不由刺痛，随着雪兰的叙述，苏浅月恍若看到当时的情景：

黑暗不清的房间，一支蜡烛摇摇晃晃发出昏暗冷漠的光，雪兰跪在坚硬冰冷的地上颤抖着："奴婢真的没有……在老王爷的饮食中下药……请管事明察……"

一张案桌后冷笑的崔管事道："明明你为老王爷送过食水，最有机会做手脚了，还说没有？"

雪兰吓得几乎瘫软在地："不……奴婢真的没有……"

崔管事沉吟道："这个……看起来你的确没有啊，那是另有旁人了？"

崔管事之言令雪兰突然见到黑暗中的曙光，急忙道："奴婢没有做伤天害理的事，请您明察。"

"也好，就再问问旁人证明你的冤枉。"崔管事笑笑对身边的人道，"将下一个提上来。"

雪兰战战兢兢跪在一旁等候，唯有惶恐害怕，她很清楚，无论是谁被定罪，都不会有好结果。

不知道过了多久，又被带来一个人，雪兰就着昏暗的灯光一看，竟然是妹妹，当时就吓坏了，雪梅一见姐姐在也是大吃一惊，急忙叫道："姐姐，你怎么也在？"

"妹妹……"

崔管事猛然一拍桌子，冷笑道："原来是姐妹俩一同在王府当差啊，姐妹一起定是被哪个主子收买了暗中害人，看起来老王爷被害一事就是你们两姐妹其中的一个所谋划的。说，你们两个，是谁？"

雪梅倔强道："血口喷人，我们姐妹不会害人。"

崔管事怒道："嘴硬！哼哼，你的意思是你姐姐害人了，那好……"他看看身边的人，"去给雪兰掌嘴，看她招不招。"

"好咧！"

那人走过去对着雪兰的嘴巴噼噼啪啪打了起来，几下雪兰的嘴里就流出了血，雪梅一见亦是急了："住手不许打我姐姐！不许……"喊得声音嘶哑，已经是泪流满面。

崔管事摇手让那人住手，冷笑着对雪梅道："你是说，你姐姐是冤枉的？"

雪梅哭道："我姐姐自小就胆小，绝不是我姐姐害人。"

崔管事的脸上露出满意笑容："既然你担保不是你姐姐，那么……

就是你了？那么，先把雪兰带下去。"

雪兰一见要留妹妹在这里，心中惊恐万状："不是我妹妹，不是……"

"把她带下去！"

崔管事一声吼，他身边的仆人早已经动手连拉带拖将她拽出室外，哪里给她说话的机会，雪兰绝望地喊着："妹妹……雪梅……"凄厉的呼声早被关在门外，她被拖进原来的黑暗房间。

她哭泣着，担心妹妹，每一秒时间里都是地狱般的熬煎。在她出来以后，得到的消息是妹妹供出了是她在老王爷的补汤里下药……

说起往事，雪兰泣不成声，至于妹妹为什么会自杀，她不知道。

雪兰的哭诉叫人听着就毛骨悚然，苏浅月无法想象那样的审问到底是审问还是威逼，有用这种方式审问人的吗？有用这种卑鄙的手段对待人的吗？所有的疑问和责问都是枉然，因为眼前就是。

雪兰离开时，天已经黑下来，虽然房间里早已经点上了蜡烛。

凋零红蕊化粉尘，坠落泥层有回轮。魂魄含冤堕幽冥，他年何处觅芳踪？苏浅月还是觉得黑，仿佛被装在黑暗的无底洞里，无从挣扎一般。和雪兰长时间的谈话令她疲惫，几乎虚脱。

素凌端了饭菜上来："小姐，从中午到现在你还没有吃东西呢，快用饭吧，不然身体受不了的。"素凌的声音里透着深深的担忧，苏浅月深陷在椅子里连吃饭的力气几乎都没有了。

她虚弱地摇头："吃不下，你们下去吃吧。"

翠屏和素凌互看一眼，翠屏担忧道："夫人，好歹吃点儿吧。"

若她不吃，眼前的两个人是不会吃的，苏浅月不想连累别人，只得勉强挣扎着来到桌前："你们两个坐下陪我吃。"

死去的雪梅不会活过来，她不能如同草本植物一样，在下一年能够继续傲然春光。苏浅月心中明白，悲戚中看着素凌和翠屏，越加觉得她们珍贵，但愿今后能平安地和她们在一起。

容瑾到来的时候，苏浅月独自窝在椅子上一动不动。她是闭着眼睛听到了容瑾的脚步声，听着他一点点走近，然后睁开眼睛，没有开口，也没有起身，就静静地、温柔地看着他走到她身边。

他俯身握她的手，她缓缓起身，抱他。这是她来到王府以后第一次无遮无拦，全心全意，情意绵绵地抱他。他的腰身结实、胸膛厚实，她倚在他怀里，聆听他心跳的声音，静静地感受他热烈的男子气息。

人和人，有时候是需要珍惜的，一不留神就有可能再也见不到，比如雪梅，今生是再也见不到她了。

容瑾没有见过苏浅月如此，一时心下疑惑，却没有问出口来，只是细细吻她，头发、额头、脸颊……

苏浅月非常累，但她却挣扎着从容瑾怀里起身："王爷，月儿为你弹奏一曲如何？"

容瑾感觉到出乎意料，还是应道："好，但是不能太累。"

两人牵手来到琴案前，苏浅月抬头看一眼容瑾，容瑾微微颔首，苏浅月垂下眼睛，素手轻抬，皓腕在灯光的映衬下晶莹如玉。

心中充斥着别样的思绪，手指轻灵如蝴蝶，在琴弦上舞蹈，顿时有泠泠长音如潇湘云水，意浮山外，韵在天边。绵绵不绝的妙音里，苏浅月轻启朱唇，寄意韵律："春去春来春又在，新蕊枝头盛开。灼灼其华耀光彩。青青碧野，翠色一路来……艳慕初生欣欣然，丽影阑珊寄情怀。悠悠韵致秋涵盖……交替四季，去留谁能改……"

许久，容瑾意识到苏浅月另有所指，缓缓开言道："月儿，你是很不开心吗？世间万物，有的可以重新来过，有的不能，植物可以，动物如何可以？顺其自然，我们不能强求。"

他在劝说她。

苏浅月怔怔道："王爷能从琴声中领悟到这么多，月儿自愧不如。

我虽然是弹唱了，却没有想这么多。"其实她想得更多不过不想让容瑾知道罢了。

容瑾感叹："诗词韵律，琴音妙语，二弟懂得最多，他的造诣高深，是真正懂得。"

容瑾突然提到容熙，苏浅月不觉抖了抖，暗中心惊，这是她到王府以后容瑾第一次正式地在她面前提到容熙的出众，有欣赏之意。苏浅月不知道容瑾内心有何感想，只是实在不想让他说下去，免得她有异状，忙道："是吗，倒是难得了。月儿的意思，只是为了王爷高兴，是让王爷明白许多事我们无法更改，少些悲伤，多些快乐而已。"

容瑾暗暗松口气，开颜道："难得月儿如此。"

雪梅的事情在心头百转千回，苏浅月最终没有在容瑾面前吐露一个字，她还是想自己设法处理，她不能出面的，自会想法让人替她出面。

早饭后，苏浅月从容道："翠屏，将王良找来。"

王良进来，给苏浅月恭敬地请安道："奴才给夫人请安，敢问夫人，将奴才唤来有何吩咐？"

苏浅月将雪兰之言对王良言说一遍，王良震惊道："这些奴才不知情，原来有许多隐情，看来想得知真相崔管事是万万不能放过了，许多过节都在他身上。"

苏浅月冷笑一声："眼下我们已经掌握到崔管事的实情，能制住崔管事的，就是魏鑫。"苏浅月看定了王良，缓缓道，"王良，你晓得怎样去做了吗？"

王良思索片刻，毅然道："夫人，奴才晓得了。"

苏浅月顿时一笑："你去吧。办好了这事，我不会亏待你。"

她面上在笑，眼眸中的凌厉显而易见。

王良躬身："奴才这就去办。"

"好，事不宜迟，也免得夜长梦多。"苏浅月挥手道。

看着王良，感觉到许久没有过的轻松。逼不得已，该用的手段不得不用。

"是。"王良施礼告别，急匆匆地低头往外走，急切中一下子撞到一个正走进来的人。

王良猛然一个抬头看到是容瑾，惊慌地跪下："奴才有眼无珠，冲撞了王爷，奴才该死。"

苏浅月没有丝毫注意到容瑾突然而至，方才的话他听去了多少？内心慌乱，面上竭力保持如常一样的微笑，款款起身行礼道："王爷，这个时候，你怎么来了，朝廷无事吗？"

素凌和翠屏也没有料到容瑾会来，更是慌忙给容瑾行礼。

这样的场景，容瑾不用多想就明白他们正在预谋一件事情。

一直以来，他以为苏浅月简单纯洁不动心机，和那些心怀叵测的女子有天壤之别，难不成她亦是一个暗中耍阴谋的阴暗女子？当下不动声色，只沉声道："月儿，发生了什么事？"

苏浅月知道自己没错，却也不想把实情说出去，只做平常的口吻，温婉言道："没有什么，不过是院子里的一些杂事，我和他们商议该怎么处理。"

容瑾转首，素凌和翠屏慌忙将头垂得更低，王良跪着不敢动。容瑾心里一阵冷笑，顿觉凄凉，难不成他最看重宠爱的女子亦不是他想象中的光明磊落？若真如此，他好失败。

"月儿倒是善于理事，一些杂事就如此谨慎对待，想来在大事上断断不肯叫自己有错了。"容瑾的声音里带上了森森冷意，威严的面容更显冷峻。

苏浅月只觉从心底里冒出一股寒气，他不问青红皂白就用这种口吻对她，那种轻蔑和怀疑实在令她难过，看起来容瑾就是一个武断的人，怪不得当初雪梅就那样轻易地死了，倘若他过问一下，雪梅会死吗？

当下苏浅月气愤委屈中，强硬道："是，我就是这样想亦是这样做的，只是人微言轻，管得了自己不肯出错却管不了旁人，那些为所欲为者便觉得我软弱好欺了。"

容瑾没料到一向端庄内敛的苏浅月说出此话，亦是惊了一下："你的意思，是旁人对你不公？"

"此话是王爷所言，我没有如此言语。"

"你……"

"王爷——"王良突然发声，膝行到容瑾面前，"都是奴才的错，王爷不要怪怨夫人。王爷——"他又突然仰面看着苏浅月，一副豁出去的样子，"夫人，事到如今，我们为何要隐瞒王爷？不如和王爷实说了吧。"

苏浅月没有来得及出声，容瑾已经开口："王良，到底怎么回事？"

王良急急道："王爷，夫人冤枉，雪梅冤枉，当初老王爷病重和雪梅无半点儿关系，都是小人陷害，想拿雪梅来谋害夫人。"

容瑾顿时明白过来，脸上的严峻愈发浓重，直视王良，沉声道："你跟我出去。"

王良恭敬磕头，毫不畏惧："是，奴才遵命。"言毕起身。

容瑾严厉的目光扫视一圈，苏浅月不卑不亢没有言语，容瑾转身而去，王良忙忙地跟上出去。

眼见他们离开，素凌焦急道："小姐，王爷发火，不会不好吧？"

苏浅月向容瑾消失的方向看一眼，淡淡道："随便，大不了我被赶出去，你不是也不想留在王府吗？我带你走。"

口中说话，心中想到了萧天逸，果真在王府待不下去，最好的去处就是萧天逸那里，只不晓得萧天逸是否依旧和从前一样待她？

玉轩堂里，一时寂静，翠屏不敢言语，素凌不知道怎样言语，苏浅月心潮起伏。

苏浅月更明白此事最终是要水落石出的，容瑾知道真相不过是迟早。眼下于她们的不利，不过是还没有真正将实情查清楚端到容瑾面前罢了。事到如今，什么都无法挽回，亦只能看王良怎样处理，她能做的，就是等待王良和容瑾给的结果。

接下来两天，容瑾没有来过，王良也没有露面。素凌和翠屏几次想要出去找王良问个清楚，都被苏浅月拦住。该来的总会要来，是福不是祸，是祸躲不过。

然而，就算心里这样想，又如何控制得住焦灼不安？

早春时节，树木的枝条显出柔嫩微有绿意，还没有桃红柳绿的繁华胜景，天空又是灰暗的阴霾，苏浅月百无聊赖，捧了一本书看，心思却不知道在哪里。

素凌轻轻走来把一盏茶放在案上："小姐，你要是闷，我陪你去外边走走。"

苏浅月将书合上放在案上，用慵懒的语气道："感觉到累，不想走动。"

素凌转到苏浅月背后，伸手轻轻帮她捏着肩膀："小姐，雪梅的事情由王爷插手，定会给我们一个结果，不过是迟早罢了，小姐就不要忧心了。"

苏浅月缓缓道："我不愿意让他插手，你知道的。"

素凌愤然道："小姐就是好性子才给人欺负，连王爷亦觉得我们过于好说话了，当初若是王爷插手，说不定雪梅不会死，这事本该王爷去追查，又不是我们不能用他。"

苏浅月反手去拉素凌的手："你不要说了，好吗？"

迄今为止，她一切都明白。

张芳华走进来时，苏浅月正在喝茶，她只见苏浅月低了头慢慢饮茶，还以为苏浅月轻松悠闲，不觉笑道："萧妹妹好悠闲，不觉得闷吗？我受不了了，来和妹妹说话开心。"

苏浅月一颗心七上八下，没有注意到张芳华突然而至，急忙笑道："我也觉得闷，天气阴沉没个去处，张姐姐来得正好，我正想找个人说话呢。"起身请张芳华落座。

张芳华坐下后，笑道："天气阴着也没有下雨，出去透透气也比闷着强。"

王府里和苏浅月关系较好的几个人中，数张芳华开朗，叫人看到光明，苏浅月很喜欢张芳华的个性，言道："是想过出去。"

素凌适时把一盏茶恭敬地放在张芳华面前，道："小姐还提到过想到张夫人的院子里去，是奴婢说怕下雨，小姐才没出去，张夫人来了，我家小姐求之不得。"

张芳华捏了捏素凌的手，赞道："主子懂事，这奴婢都是通透的，说话让人开心。"

苏浅月对素凌叱道："总是改不了多嘴多舌的毛病。"口中批评，眼神里有着称赞。许多时候，素凌总是帮她很多。

素凌自然知道小姐的意思，忙赔笑道："是，素凌知错。这就去准备一些糕点来，给小姐和张夫人赔罪。"

张芳华越发笑："萧妹妹你看，素凌是不是越来越伶俐了。"扭头对身旁的红妆吩咐，"你也去，给素凌帮个忙。"

"是。"

红妆答应着和素凌一起出去，张芳华这才回头，满脸正色道："萧妹妹，王爷前天晚上到我院子里去了。"

苏浅月心中"咯噔"一下，情知原因，却佯做不知，故作轻松道："王爷一直看重张姐姐的，更是喜欢张姐姐，到你院子里再平常不过。"

张芳华着急地摇手："不是，王爷去我那里，是为了妹妹的事情。"

苏浅月故作惊讶道："为我？"

"其实，还是雪梅的事情。"

苏浅月难过道："雪梅死去好久了。"

张芳华叹道："是啊，看起来雪梅是给冤枉了。王爷抓了潘大夫，他可是王府里上上下下都认可的大夫啊，为什么他要做那样的事情？实在令人费解。"

看来容瑾还是彻查清楚了，倒也没有辜负她的期望，苏浅月神色黯然："无论抓了谁，都换不回雪梅的性命。张姐姐，王爷都说了什么，方便告诉我吗？"

张芳华摇头："没有细说事情缘由，只说雪梅之死另有隐情，不用说亦是潘大夫给某人出头，用害死雪梅来诬陷妹妹了，幸好雪梅没有说是妹妹你指使她谋害老王爷，雪梅仗义，妹妹幸运。还有更可怕的呢，蓝姐姐流产，好像也与潘大夫有关，是潘大夫自己说出来的。"

怎么会！潘大夫到底要做什么？苏浅月的震惊不亚于头顶滚过一阵惊雷，头脑一阵轰鸣，脸色都变了："怎……怎么蓝姐姐小产也……也是潘大夫？"

张芳华一脸难过："是啊，人心难测。这个是潘大夫主动供出来的，是他指使了青莲找机会在蓝姐姐的食物中下药，想要蓝姐姐流产的。"

果然，苏浅月记得她去看望蓝彩霞时，一旁的青莲神色紧张引起过她的怀疑，她还特意把红莲叫到院子里询问详细情形。

苏浅月恨声道："太恶毒了。"

张芳华叹道："谁说不是，真是人心难测，潘大夫还治病救人，谁知道他是什么心肠。"

"潘大夫为什么要这样做？"

"他说王府对他不公平。"

苏浅月心头泛起冷意，不公平就害人吗？她的父母还是给人害死的，难不成她就因为这个残害无辜？

张芳华低声道："许多事情总有太多曲折，并不是我们表面看到的这样简单。潘大夫这般暗藏心机害我们，实在难以接受。最终是什么原因，也有待王爷进一步的追查了，总会有个了结。"

苏浅月慢慢道："只希望赶快知道结果，让人悬着的心有个着落。"

张芳华也道："谁说不是。"

张芳华走了，素凌不高兴道："王爷也是的，什么意思？为何不把查得的结果告诉我们，跑去告诉张夫人，反倒是张夫人来告诉我们。"

翠屏抿嘴一笑："王爷自有王爷的深意。"

素凌嘟嘴："我何尝不知道王爷是难为情，可当初不就是他疏忽的吗？疏忽到连人的性命都没有了。"

能查得真相自然是好事，苏浅月却心中难过：正如素凌所言，当初容瑾谨慎一点儿，又何至于让雪梅断了性命？事到如今，再怎样也晚了。

翠屏一见苏浅月脸色不好，忙用眼神示意素凌不要再说了。素凌一看，心下了然，急忙转而笑道："小姐，无论怎样王爷帮我们查到真相，这是开心的事，我们做美食庆贺一下。"

翠屏忙点头随和着："对呀，这个主意不错。"

苏浅月不想扫了众人的兴致，勉强道："好，你们做些平时大家喜欢吃的食物，一起吃。"

自从进了王府，因为等级的关系，苏浅月极少和素凌她们一桌一起吃饭，还是后来凌霄院发生变故，苏浅月又成了庶夫人，才又有许多时候同素凌一起吃饭，连带翠屏也陪着一起吃。

当下素凌和翠屏答应着，欢欢喜喜去了。

午后，天空飘起了雨丝，细细的，柔柔的，无声无息。苏浅月推开窗户，伸出手臂接了雨丝，雨丝太细了，落在手里没有一点儿感觉。

天地混沌，一片茫然，苏浅月心里想着，既然容瑾查到了害雪梅死的罪魁祸首是潘大夫，为何不亲自来给她一个交代？就因为惭愧？或者是别的原因？无论是什么原因，亦不用转弯抹角通过张芳华的口让她知道吧？难不成还永远不来见她？哼哼，倒要看他怎样。

　　苏浅月只想容瑾会如何做，完全没有料到王妃会冒雨前来。

　　就在她一面思索一面伸手慢慢触摸外边的雨丝时，外边守门的丫鬟来报："禀庶夫人，王妃到。"

　　"有请。"苏浅月从容言道，至此，她才明白容瑾没有先来的原因，且看王妃怎样和她交代。

　　"小姐，她怎么又来了？"

　　素凌做出一个厌恶的表情，苏浅月扬手打断："不许这样说话，随我出迎。"

　　刚刚走出玉轩堂，王妃已经走进来，老远就笑逐颜开："萧妹妹这是要到哪里？"

　　苏浅月忙施礼："听说姐姐到了，这不赶出来迎接姐姐的吗。"

　　王妃急忙还礼："萧妹妹何须如此客气，我这不就来了吗。"说着，王妃热情地伸手去拉苏浅月，"萧妹妹，今日前来，一则给妹妹道歉，二则给妹妹道喜。"

　　一听这话，苏浅月已经知道王妃的来意和她预想的一样，便和王妃一面往回走一面笑道："姐姐说笑了，你又没有愧对我何来道歉一说，再则……喜事，我能有什么喜事？"

　　一面说着已经到了玉轩堂，苏浅月请王妃坐下，一面对素凌吩咐："上茶。"

　　王妃抿嘴一笑，故意高深莫测道："萧妹妹猜猜我今天来的目的？"

　　苏浅月摇头道："姐姐为府中诸事操劳一向很忙，能屈尊到我这里来定然有事，什么事嘛……猜不出来。"

王妃忽而叹气："忙也是瞎忙，以至于出错，所以才请萧妹妹原谅。"

苏浅月故作惊讶："姐姐做事一丝不苟，并没有苛责我，何来原谅？"

王妃摇着头将素凌送上的茶端起，大大喝了一口，放下茶杯这才慎重道："还是雪梅给老王爷下药的事，当初听信小人之言，冤枉了雪梅致死，还累了妹妹一个对下人管教不严的罪名，今日前来，给萧妹妹赔罪，再者，还妹妹侧妃的位置。"

苏浅月故意作完全不解的样子："什么！姐姐说雪梅是给冤枉的？那……那可是一条人命，到底是谁如此狠毒要害雪梅一死？"

王妃无奈地摇摇头，又把张芳华告诉苏浅月的话详细说了一遍，这才正式言道："都是我们误听小人之言，导致悲剧发生。今日我来的目的是还妹妹这个公道。"言毕又感叹，"都是雪梅性子太烈，容不得一点儿委屈。"

王妃之言分明就是在推卸责任，什么雪梅性子太烈？但她亦不好对王妃过分，只不肯再说话，低了头默默擦拭了一下眼泪，用以表示不满。

王妃言道："妹妹之前所受的待遇，一样不少重新给妹妹，撤走的仆人一并归还妹妹。当然了，妹妹想挑选新人进来也可以，随妹妹喜欢。还有，给妹妹添置一个近身服侍的大丫鬟，妹妹随便要，王府中只要是妹妹看准的，我都给。"

苏浅月起身施礼："多谢姐姐如此厚待，仆人还是原来的吧，不愿意回来的不勉强，至于大丫鬟……姐姐，雪梅已经不在了，听说府中有她姐姐，不如就拿她姐姐顶替她的位置，姐姐看行吗？"

王妃连连点头，笑道："只要妹妹愿意哪一个都可以，能来萧妹妹身边是她的福气。如此，这件事情到此为止，这一页我们就翻过去了。至于对坏人的处罚，自有王爷定论，连我也说不上话，妹妹就不要计较了，行吗？"

苏浅月依旧沉浸在失去雪梅的难过中，茫然道："没有不行的，既然王爷有公断我无话可说。只是雪梅死了，我难免惭愧，若不是我多事给老王爷做补汤她何至于丢了性命，说来说去是我的错。如今明白了她的清白，我不能还她活过来，但补偿她的家人是一定的。"

王妃亦难过道："你也不要太难过，补偿的事儿我会做出安排，不会叫你破费。"

"多谢姐姐。"

"妹妹，既然完结了前事，也算去了一块心病。今后伺候王爷，我们更要尽心尽力，为王爷延后，为王府着想，与其他姐妹也要和睦相处，光大我们王府。"王妃不忘拿出当家人的威严来说话。

"谨遵姐姐教诲。"苏浅月以礼应答。

"那就好，我回去安排一切，萧妹妹先歇着，有事找我。"王妃起身道。

苏浅月也不挽留，起身道："烦劳姐姐跑一趟，知道姐姐忙，我亦不多留你了。"

送走了王妃，翠屏急忙施礼祝贺："祝贺夫人，该是夫人的终究是夫人的，一切又都还回来了。"

素凌也道："恭喜小姐。"

苏浅月眼见素凌的"恭喜"二字虽然说了，脸上却没有一丝喜悦，故意问道："你怎么不高兴？"

素凌一副莫名其妙的样子，不高兴道："这些本该就是小姐的，她们还回来我就该高兴吗？是她们冤枉了小姐，如今一句话还回来就够了，我们的损失她们如何补偿？一句话都没有。"

翠屏去拉素凌的手："不要再说这些，不管用，许多事情你是不知道的。王妃算是公开给夫人道歉，天大的面子了，她是郡主我们能怎样，告她到朝廷吗？给雪梅的补偿她来安排，我们就不要追究了，都不成的。"

苏浅月微微颔首，在王府，公道比富贵荣华更为奢侈，她又何尝不知？

"素凌，翠屏说得对，你不要计较了，连我都不能计较的，你再生气亦是枉然。只可惜了雪梅，她拿什么计较？"苏浅月慢慢走过去坐下，看着窗口迷蒙的昏暗。

整个天空都是阴的，她如何寻找到明亮？

于她而言，亦是几番起落了：养尊处优的千金小姐，青楼舞姬，普通农女，王爷的侧妃，继而是皇封的梅夫人，转而又是王爷的侍妾，如今又成了王爷的侧妃。每一次起落，都是一个转折，仿佛踏上了另外一条人生路，是恍如隔世的感觉。

十八岁的她，人生之路还十分漫长，今后又会有怎样的起伏？苏浅月都不敢想象。今日起她又是王爷的侧妃了，却还是无法安排自己的命运。苏浅月难以想象今后，亦不想去想了，不能改变的就接受，顺其自然吧。

素凌一看苏浅月忧郁的脸色，早明白她不该说方才的话，忙笑道："小姐，无论怎样亦是一桩喜事，祝贺小姐。小姐口渴，我去端茶来。"

说着话，门外的丫鬟进来，满脸喜色施礼道："恭贺夫人，梁夫人来了，要见夫人。"

苏浅月一见守门丫鬟一脸献媚的笑，心中感叹，她刚刚恢复侧妃的身份，太多人的心思就转了，当下不动声色，只淡淡道："有请。"

"是，夫人。"

片刻，苏浅月听到了远远有声音传来，"恭喜姐姐"，苏浅月向声音处看去，梁夫人还有容熙的夫人秦夫人携着丫鬟转过屏风，走了过来。她们的丫鬟手中都带着礼品。

"梅夫人大喜，妾身祝贺。"

她们两个按照礼制规规矩矩施礼问安，身后的丫鬟把礼品呈上，翠屏接了。

苏浅月和秦夫人虽然见过几次，然秦夫人是第一次来，苏浅月心中奇怪，难不成她是专为祝贺她复位而来？肯定不是。当下心中疑惑，面上却含笑："多谢两位，两位大驾光临才是大喜的事呢，快过来坐。"

梁夫人又施礼道："恭喜萧姐姐。"

秦夫人亦恭敬地再次施礼："给梅夫人道贺。"

苏浅月拉她起来，热情道："这里只有我们姐妹，秦夫人无须这样，随意就好。"又朝梁夫人客气道："都请坐，梁妹妹请坐。"

秦夫人第一次来，还是有些拘谨，客气道："多谢梅夫人。"之前相见都是在公众场合，大家都按照规矩来，一时之间秦夫人亦学不来梁夫人的随意。

梁夫人见秦夫人如此，含笑道："秦妹妹不必拘束，萧姐姐并非苛刻的人，否则我亦不会和你同来。"

苏浅月点头："还是梁妹妹了解我，秦夫人既然和梁妹妹一起来，只怕从梁妹妹的口中了解了我不少，我们私下相处就都随意些。秦夫人若不嫌弃，我们就姐妹相称，这样亲切。"

秦夫人难为情道："多谢萧姐姐大度容纳，来得唐突，真怕打扰到萧姐姐。"

苏浅月微笑道："秦妹妹客气了，不嫌弃就尽管过来坐，没有打扰，我一个人在也是烦闷，你们正好陪我说话。"

梁夫人笑道："秦妹妹你看，萧姐姐人很好的，说话温柔又随和，即便是有什么难题，只要是萧姐姐能帮的，绝不会袖手旁观。"说着对苏浅月眨了眨眼睛。

苏浅月不动声色地含笑点头，心中不由猜疑：秦夫人与她并无深交，突然到来，而且梁夫人又是这样言语，秦夫人到底是为了何事前来？

秦夫人越发不好意思："很早就想来看望萧姐姐的，只是胆怯一些，不想萧姐姐真的如此平易近人。妹妹太笨，许多地方还请萧姐姐多指教。"

这一下，苏浅月的心更是沉了沉，秦夫人到底什么意思？却只是笑道："我们彼此学习就好，谈不上指教，再者我能有什么指教秦妹妹的？"

秦夫人不觉把两只手搅在一起，一张脸灿若红霞："我知道萧姐姐多才多艺，能指教我的地方多了。我……我平日里只喜欢舞蹈，却跳得不好，一心希望得到萧姐姐指点。"

秦夫人倒也真诚坦率，苏浅月悬起来的心落回实处，原来就为舞蹈？王府中喜欢舞蹈的女子不少，于是笑道："原来秦妹妹也喜欢舞蹈，我们算是知音了，今后相互学习共同进步。"

秦夫人忙摇着双手："我跳得极难看，萧姐姐的舞蹈却是连皇后娘娘都赞赏的，若能得到萧姐姐指点一二，我也就了不得了。"

苏浅月将翠屏捧上的茶亲手推到秦夫人面前，热情道："说哪里话，我也只是喜欢罢了，今后我们共同学习。"

梁夫人接口笑道："秦妹妹的舞蹈是专门给二公子欣赏的，她总说自己跳得不好，二公子嫌弃。其实秦妹妹的舞蹈跳得极好，只不过二公子太过苛刻，秦妹妹才妄自菲薄。"

苏浅月顿时暗吃一惊：秦夫人学习舞蹈是为了容熙？秦夫人是否知道容熙和她之间的过节？倘若容熙拿她和秦夫人作比较，那就真坏事了。

当下，苏浅月面不改色，从容道："原来如此，秦妹妹学习舞蹈是为了夫君，好贤惠。我跳舞是消遣，很随便，今后相互学习一起提高。"

秦夫人兴奋道："萧姐姐果然随和，令我觉得亲近。听你这样说话，我好高兴。"她突然转向梁夫人，又是一脸遗憾，"梁姐姐，一直听你说萧姐姐为人极好，我却因为旁人的歪曲事实迟迟没有来拜访，真是后悔。"

梁夫人皱眉道："那些人的话，今后不听也罢。"

秦夫人连连点头："当然，就是有人嫉妒萧姐姐才恶意中伤，还造谣生事，幸好苍天有眼还了萧姐姐清白。"

秦夫人的刻意讨好和恭维叫苏浅月心中难过，原来在旁人眼里她是坏人？哪怕她早就知道，可当亲耳听到从旁人嘴里硬生生说出来，她还是受伤。

今天，秦夫人和梁夫人一起到凌霄院，就是因为她们觉得苏浅月高兴——人在高兴的时候情绪高昂，特别容易满足别人的要求，秦夫人原本想得不错，可她哪里能掌握到苏浅月的心思？

苏浅月克制着内心的疼痛，微笑着："清者自清，浊者自浊。"

秦夫人忙道："那是自然，萧姐姐品行高洁，即便是被埋在污泥中，开出的花也是可远观不可近玩的神圣，没几个比得上的。"

梁夫人笑道："我们能近得萧姐姐身边，亦跟着沾染了清气，觉得自己神圣了。"

秦夫人不失时机道："还望萧姐姐不要嫌弃，指点一二，我们就更是不胜荣幸了。"

苏浅月苦涩一笑，说来说去，秦夫人还是希望苏浅月能指点她舞蹈，梁夫人在和她唱和罢了，两个人倒是用心良苦。

苏浅月不知底细，一时不想答应指点秦夫人的要求，只言道："三人行，必有我师，我们相互取长补短。"

说着话，门外的丫鬟进来禀报："夫人，王良带了那些离去的仆人们回来了，在玉轩堂等候夫人分派。"

"让他们稍候片刻。"苏浅月故意不紧不慢，心中却暗暗松口气：真是及时雨啊，她心中烦乱，实在不想应付眼前的两个人了。

秦夫人忙站起身来："恭喜萧姐姐。打搅你许久，我们该走了，你赶快去处理正事。"

梁夫人也站起来："正是，萧姐姐赶快去吧，我们改日再来打扰。"

苏浅月热情洋溢地笑道："不碍事，就让他们等一会儿也无妨，我们难得一聚。"

说心里话，她没有任何一次是此刻的心情——赶人走。秦夫人来学习舞蹈的目的是为了容熙，这一点太叫苏浅月介怀。

秦夫人施礼道："改日再来向萧姐姐讨教舞蹈，今日告辞，萧姐姐去忙吧。"

送她们走后，苏浅月没有停留就带了素凌和翠屏去玉轩堂。王良果然带着许多人在那边等候，苏浅月看到那些面孔都非常熟悉，其实这些人苏浅月并非都见过，就因为心情的原因，觉得所有人都亲近了。

苏浅月是侧妃，又是皇封的梅夫人，自然仆人众多，又各有分工，他们因为苏浅月降位被遣送到各处去了一阵，大多数人都觉得没有在凌霄院做事好，眼下听说可以回来，都巴不得赶快回来。

眼见苏浅月走来，他们兴奋着一齐跪下："奴才（奴婢）拜见夫人，恭喜夫人。"

那么多人，在苏浅月脚下匍匐成一大片，声音齐整洪亮，场面宏大，令人感动。

看到他们如此，苏浅月心中一片澎湃，涌起难言的激动，原来还有这么多人是愿意追随她的，扬手做了一个请起的动作："大家免礼，起来说话。"

平日里苏浅月不曾亏待过下人，逢节日时她都有赏赐，无论哪个有了困难，凡是她知道的也都会或多或少地帮助，难怪有这么多人心里向着她，对她如此尊重。苏浅月暗中叹息，人心换人心，果然是的。

"谢夫人。"他们又是粗犷的声音，脸上仿佛还带着激动。

王良近前一步，施礼道："夫人，他们都是我们院子里的旧人，如今听说可以回来，又都一起回来了，无有一个疏漏。夫人平日里宽厚仁德，大家都愿意跟随夫人，忠于夫人。夫人请看，他们是依旧安排在原来的位置上，还是另外分派，请夫人定夺。"

那么多的人，苏浅月那时也只是得知一个大概的分派，如今又怎肯去多管，一切自有各自的领头总管管着，而且管得极好，她又何必多此一举。

面对众人，苏浅月微笑道："既然大家愿意跟随于我，我感谢大家盛情。至于大家的去处，依旧是之前的分派，若需要调整，就由王良安排。"

苏浅月又看向王良："所有人的安排，都交给你处理，哪里需要重新分派的，有你说了算。难得大家对我信任，全数回来，我很感动。我复位，也算喜事，大家都有赏赐。我让翠屏安排，一会儿你给大家派发赏赐。"

被人信任才是真正的胜利，苏浅月不想失去大家对她的信任，不想让大家失望，因此只能加倍地对他们好了。

"多谢夫人。"众人又一起跪下谢赏。

王良躬身："遵夫人之命，奴才这就去安排。"

一时，王良把人都带走了，宽敞的玉轩堂一下子陷入了寂静，仿佛是空旷原野的寂静，和刚才的恢宏形成了鲜明的对比。苏浅月感觉到怦怦的心跳，她的凌霄院又恢复了往日的荣光。

只是有得必有失，不晓得暗中有多少人咬牙切齿？苏浅月欣慰中又是胆寒,她在降位为庶夫人的时候,平静了一段日子,如今又恢复成侧妃,等于再一次被推送到风口浪尖,到底是被巨浪淹没还是能顺风顺水?

"恭喜夫人,他们又一起回来了,我们的凌霄院一定更为兴旺发达。"

翠屏喜悦的声音打断了苏浅月的沉思,她这才想起刚才说过的话,忙吩咐道:"你去问一下王良,一共是多少人,我们按照人头给他们赏赐,不可以吝啬。"

翠屏作难道:"夫人……这好多人呢……需要许多银子。"

苏浅月思索一下:"我可以少裁剪几件新衣,饮食上节俭一些。"

翠屏不情愿,却也无奈道:"夫人对下人的好,奴婢都没话说。只是这样未免太委屈夫人。"

苏浅月笑笑:"没有什么委屈,只需要大家平平安安、高高兴兴地在一起,这个比什么都重要,你去安排吧。"

"好,奴婢这就去。"

翠屏答应一声去了,素凌怅然道:"小姐,一场又一场的,一会儿一个样子,水里的火里的,变得真快。小姐复位,我自是高兴,可我心里就是不踏实。我不希望小姐大起大落,只希望小姐过得开心,风平浪静,妥妥帖帖。"

苏浅月看看素凌,还是她对她最为体贴,只是苏浅月又怎么能够左右得了这局势?

她扭身执起素凌的一只手,放在手掌中揉搓着:"素凌,你也知道,这一切并不是我愿意的,被置放在风口浪尖上忽而冲天忽而沉没,真是胆寒。我也不想过无法主宰自己的日子,只是我们有什么办法?唯一的,以后行事要小心翼翼,别再惹是招非。"

素凌道:"小姐复位,有许多恨的还有许多巴结的,秦夫人不是都来了吗?"

提起秦夫人，苏浅月心里疙瘩着："秦夫人不过是寻了个为我祝贺的由头，趁机讨好想跟我学舞蹈。她是为二公子而来，这点你能明白。"

"我们在落红坊的时候，二公子多次观看小姐舞蹈，得知小姐舞姿超群，因此想要旁人也达到小姐的水平。岂知小姐的水平并非谁都能达到，倒是为难了秦夫人。"

"不用多说，二公子言语间定然有过对秦夫人不满意的流露，秦夫人即便不知道我和二公子的过节，因我是皇后欣赏的梅夫人，她来向我请教亦是情理之中。只是，我该如何应对？"

素凌眼见苏浅月为难，道："小姐一点儿也不教，显得小姐傲慢过分；倘若小姐教了，秦夫人会刻意模仿小姐去讨好二公子，反倒令二公子心中不快，这又是一个难题。"

"谁说不是，我不想得罪谁更不想别人因我心有不快，结果反倒是我们为难。我没有显赫的身份，甚至有过不堪的往事，这是我内心的伤痕，总觉得自己卑微，因此从不出风头，更不想招惹是非。只希望那些秘密成为永远的秘密，我的人生平静就好。"苏浅月为难着，"素凌，我还想到另外一个问题，趁我现在还有身份地位，给你选择一个合适的郎君将你的终生安排了吧，省得我再有事，连累你。"

素凌皱眉："我们在说小姐的事情，如何小姐又想起了旁的？我说了，不想离开小姐的。"

苏浅月只得笑："我提起这件事不是一时兴起，这件事一直是我心中的牵挂。你看，我现在又是侧妃了，可以风风光光地将你嫁出去，我也安心了。"

素凌搀扶苏浅月："不说这些了，还是回房吧，小姐该歇息了。"

素凌分明是不想让苏浅月继续她不喜欢的话题，苏浅月如何不知道，回了暖阁，刚刚坐下去，门外丫鬟又来回禀："夫人，张夫人的丫鬟来送贺礼。"

丫鬟刚刚回禀完毕，红妆就捧了礼盒进来行礼："恭喜梅夫人，我家夫人说她身体不舒服，不便亲自来给梅夫人道贺，派了奴婢来。"

"张姐姐有心了，回去告诉她，改日我去看她。"

刚刚走了红妆，王妃派丫鬟带了更为贵重的礼品和金银前来，苏浅月明白王妃送金银的目的，其中包括她言说的对雪梅的补偿。王妃倒是会做事，只给她金银让她安排，至于多少与她无关。

接下来又来了几拨人，连太妃也派了丫鬟来送礼，声称是给她的补偿。苏浅月没想到还有这些应酬，一时觉得麻烦。

被贬罚不是荣耀的事，就算复起又有何荣耀？苏浅月有一种被玩弄的感觉，为什么说长说圆任凭旁人的口？有谁在她被冤枉的时候站出来帮她？相比之下，她更喜欢雪中送炭而不是锦上添花。

苏浅月烦着，素凌也不去碰触，只说道："小姐，该想想如何给雪梅补偿了。"

苏浅月怅然道："死了的人，再怎样的冤枉也总归是冤枉了，不能令她起死回生。再丰厚的补偿亦是活人求一个心安理得，于死者没有任何意义。"

素凌将一盏茶放在苏浅月面前："小姐，我们能做的无非是补偿她的家人。"

苏浅月黯然："比起生命，钱财太过于苍白、浅薄了。"

素凌叹道："小姐就是为他人想得太多……还能如何呢？钱财不能换回雪梅性命，却是给她一个最好的交代。今后你的性子该改一改了，不能只为旁人着想，到最后苦了你自己。"

苏浅月苦笑："我们纠结这个问题，也不过是虚伪罢了，于死去的无知无觉的雪梅来说没半点关系，人死如灯灭。我只是不知道潘大夫为什么要害雪梅一死，他要得到什么？"

素凌回道："问旁人自然是不方便的，等王爷到来的时候，小姐细问王爷，现在不用费心去想，很多事情错综复杂，也不是能想象出来的。"

苏浅月点头，端起了茶盏，浅浅喝上一口，目光投向窗外。容瑾破天荒地一连多日没有来，等他到来的时候，不用问他，他也该给一个解释。

一切事由皆因老王爷而起，想起老王爷，苏浅月突然想起侧太妃，忙对素凌道："素凌，我很想再去看看侧太妃。"

素凌不解："小姐，你今日复起，来祝贺的人一拨又一拨的，走了谁来应付？能不能改日再去？"

苏浅月摇头："复起又如何，不复起又如何？与我好的一直都好，与我不好的再来也是不好，起落沉浮于我没有那样重要，我还是我，去告知翠屏来了人由她打发。我心里烦躁，很想找她老人家说说话去。"

素凌不得已一笑："小姐不仅仅是想和侧太妃说话，分明是躲清静去的，是不是？"

苏浅月竖了一下大拇指："知我者，素凌也。"

素凌一看苏浅月的情形，知道拗她不过，只得收拾了陪她一起去。

路上，那些见到苏浅月的仆人又是低三下四地献媚讨好，素凌叹道："不晓得侧太妃面对小姐复位的事，说些什么？"

苏浅月不置可否地摇头，轻叹一声。

结果，令苏浅月万万没有想到的是，她原本躲清静的目的没有达到，却得知了一个骇人的秘密：

容瑾并非侧太妃亲生！

请看第三部：《风尘王妃：何处繁华笙歌落》

图书在版编目（CIP）数据

风尘王妃. 朱门深庭斗芳华 / 童颜著. -- 北京：
北京联合出版公司，2018.6
ISBN 978-7-5596-0075-2

Ⅰ．①风… Ⅱ．①童… Ⅲ．①长篇小说－中国－当代
Ⅳ．①I247.5

中国版本图书馆CIP数据核字(2018)第041369号

风尘王妃：朱门深庭斗芳华

作　　者：童　颜
出版统筹：新华先锋
责任编辑：李艳芬
特约监制：黎　靖
策划编辑：黎　靖　陈　汐
封面设计：杨祎妹
封面绘图：吴　莹　张扬浩
版式设计：徐　倩
营销统筹：章艳芬
ＩＰ运营：覃诗斯

北京联合出版公司出版
（北京市西城区德外大街83号楼9层 100088）
北京雁林吉兆印刷有限公司印刷　新华书店经销
字数160千字　620毫米×889毫米　1/16　17印张
2018年6月第1版　2018年6月第1次印刷
ISBN 978-7-5596-0075-2
定价：39.80元